MAX BRONSKI (Franz-Maria Sonner), geboren 1953 in Tutzing, ist Autor zahlreicher Kriminalromane. 2019 wurde er mit dem Friedrich-Glauser-Preis für den besten Kriminalroman des Jahres ausgezeichnet; zuletzt erschien *Halder* (2021). Max Bronski lebt in München und Hannover.

MAX BRONSKI

URS DER BERSERKER

KRIMINALROMAN

EDITION NAUTILUS

Edition Nautilus GmbH
Schützenstraße 49 a
D-22761 Hamburg
www.edition-nautilus.de

Deutsche Erstausgabe März 2023
Umschlaggestaltung:
Maja Bechert
www.majabechert.de
Porträt des Autors Seite 2:
© Monika Stein

FSC
www.fsc.org
MIX
Papier aus verantwortungsvollen Quellen
FSC® C083411

Druck und Bindung:
CPI – Clausen & Bosse, Leck
1. Auflage
ISBN 978-3-96054-315-2

DER ANDERE ZUSTAND

Berserker brüllten,
dies war ihr Kampf,
Wolfshäute heulten,
und schüttelten die Eisen

Finnur Jónsson, Den Norsk-
Islandske Skjaldedigtning

Aber seine eigenen Mannen (scil. Odins) gingen ohne Brünnen, und sie waren wild wie Hunde oder Wölfe. Sie bissen in ihre Schilde und waren stark wie Bären oder Stiere. Sie erschlugen das Menschenvolk, und weder Feuer noch Stahl konnte ihnen etwas anhaben. Man nannte dies ›Berserkergang‹.

Snorris Königsbuch (*Heimskringla*), Erster Band

When the men on the chessboard get up
and tell you where to go
And you've just had some kind of mushroom,
and your mind is moving low
Go ask Alice, I think she'll know

Jefferson Airplane, White Rabbit

1

Es war ein langsames Erwachen, eines, das so gemächlich und gelassen wie das Morgengrauen heraufzog. Überraschenderweise hielt mich eine Frau fest umfangen. Eher fürsorglich, Leidenschaft verflüchtigt sich nicht so vollständig, da wären zumindest Spuren im Gedächtnis haften geblieben. Vorsichtig löste ich mich aus ihren Armen und setzte mich auf. Um ihren Leib war eine Schweizer Armeedecke geschlungen, wie wir sie im *Hotel Swiss* in jedem Zimmer bereithalten. Auch ich, so stellte ich fest, war in eine solche Wolldecke eingehüllt. Sie hielt ihr Gesicht in die Arme vergraben, nur ihr dichter, dunkler Schopf war zu sehen, aber auch so erkannte ich Olga vom Zimmerservice.

Über mir ein noch blaugrauer Himmel, dessen Farbe durch die aufgehende Sonne immer mehr an Leuchtkraft gewann. Die Uhr drüben am Hauptbahnhof zeigte fünf Uhr dreißig an. Von meinem Ausguck hatte ich einen unverstellten Blick nach Osten, wo sich die Sonnenstrahlen auf blanken Schienensträngen zur Innenstadt hin verlängerten. Ich befand mich mit Olga oben auf dem Dach, dessen First mit einem breit laufenden Kupferblech so abgeflacht war, dass man sich dort bequem hinlegen konnte. Aus feuerpolizeilichen Gründen war im Speicher ein Ausstieg eingebaut worden. Auf einer Leiter stieg man ganz nach oben und hatte dann Zugang zu allen umliegenden

Kaminen. Allerdings wusste ich nicht mehr, wann und wie ich hochgeklettert war, und vor allem, warum mir Olga Gesellschaft leistete. Ich schaute nach unten. Die Luke stand nach außen gestemmt offen.

Ich verfügte über keine genaue Erinnerung mehr an meine Eskapaden. Das war beunruhigend. Wahrscheinlich hatte ich auf den Dächern einen Ausflug unternommen, ich hielt mich schließlich nicht zum ersten Mal in luftiger Höhe auf. Da ich aber wohl stundenlang nicht bei Verstand gewesen war, konnte ich nur dankbar sein, alles unbeschadet überstanden zu haben. Ich horchte in mich hinein. Eigentlich fühlte ich mich kräftig und ausgeruht, und so rasch, wie sich in meinem Kopf alles zu ordnen begann, würde ich in Kürze wieder alle Sinne beisammenhaben.

Allerdings hatte ich von diesem Wundertrank deutlich zu viel erwischt. An dieser Einsicht führte kein Weg vorbei. Der Russe hatte nicht übertrieben.

2

Igor Lönnrot stand eines Tages an der Rezeption. Draußen lag später Februarschnee, die Temperaturen waren so eisig, dass unser automatischer Türöffner seinen Dienst einstellte. Igor trug eine Pelzmütze, die ihm schief auf dem Kopf saß, und einen Fellmantel, den ich bei sibirischen Büffelhirten vermuten würde. Allerdings hatte er ihn trotz der Kälte offenstehen. Das bestickte Hemd darunter war weit ausgeschnitten, so dass seine haarige, magere Brust hervorlugte. Olga, die am Empfang Dienst machte, hielt ihn für betrunken, denn sein Blick wirkte unstet, die Augen glasig und die wenigen Barthaare standen borstig gesträubt ab. Daher holte sie mich aus dem Büro. Auf mich machte er jedoch den Eindruck eines Schamanen, den es aus irgendeiner polaren Tundra zu uns verschlagen hatte. Ich habe keine Angst vor martialischen Männern. Sie stellen ihre Geschichte aus und sind zumeist harmlos.

Igor musterte mich, und wenn ich das richtig deutete, was er mit seinen Pupillen anstellte, so war es ein Versuch, einen Feldstecher von ganz fern auf ganz nah einzustellen. Er befinde sich im anderen Zustand, sagte Igor, sei aber nun erschöpft und brauche ein Zimmer, um sich ausruhen und erholen zu können.

»Wie meinen Sie das: anderer Zustand?«, fragte ich.

Statt einer Antwort legte Igor die Hand ans Ohr und deutete mit dem Daumen nach oben.

»Der Staubsauger ist verstopft.«

Auf eine so unsinnige Antwort war ich nicht gefasst gewesen. Ich war ernsthaft entschlossen, ihn hinauszuwerfen. Noch einmal deutete er mit dem Daumen nach oben. Tatsächlich vernahm ich nun das entfernte Geräusch eines Staubsaugers. Schließlich erstarb es. Dann klingelte das Telefon. Hilde war am Apparat. Der Staubbeutel sei randvoll, sie habe keinen mehr zur Hand. Ob es unten im Magazin noch ein Paket gebe?

Igor lächelte und machte vor mir in Augenhöhe mit beiden Händen Dreh- und Schraubbewegungen, als gelte es in meinem Kopf einiges zu justieren. Ich entschied mich, ihm ein Zimmer zu überlassen. Aber auch das hatte er bereits gewusst, denn er machte eine Verbeugung und sagte:

»Ich bedanke mich auf das Allerherzlichste!«

Ein paar Stunden später rief er mich über das Haustelefon an und fragte, ob ich Zeit hätte, ihm Gesellschaft zu leisten. Er verspüre einen unbändigen Drang zu erzählen. Nachdem ich die ganze Zeit vorher dagesessen und Mutmaßungen angestellt hatte, was Igor wohl für ein Mensch sei, sagte ich sofort zu. In Kürze würde ohnehin Erwin, neben Olga mein zweiter fester Mitarbeiter, eintreffen, um die Nachtschicht zu übernehmen. Ich bereitete eine Kanne Tee und ein paar Sandwiches zu und ging zu ihm nach oben.

Das Zimmer war dunkel, nur durch die Vorhänge sickerte das Licht der Leuchtreklame. Igor saß auf seinem Fellmantel, den er auf dem Boden ausgebreitet hatte. Auf dem Tisch bemerkte ich einen bewegten Lichtpunkt, ein zumeist blau glimmendes Flämmchen am Docht einer kleinen Lampe. Es speiste sich aus aromatisiertem Öl, das einen buttrig-sauren Geruch mit einer deutlichen Note von nassem Ziegenfell im Raum verbreitete. Ich dachte sofort, ohne dass ich je damit in Berührung gekommen wäre, an Yak-Butter. Die fremde Atmosphäre verwandelte mein Zimmer Nummer acht in Igors Jurte, in der ich zu Gast war. Nichts schien mir natürlicher, als mich ebenfalls auf den Boden zu setzen. Igor quittierte es mit einem zustimmenden Lächeln. Er widmete sich interessiert den Sandwiches, hob dazu die obere Brotscheibe an, um den Belag zu inspizieren, und begann dann mit gutem Appetit zu essen. Ich goss Tee ein, wir tranken, und ich hatte den Eindruck, dass etwas Farbe in seine bleichen Wangen zurückkehrte.

Dann beging ich den Fehler, noch bevor er anheben konnte zu erzählen, unser Gespräch mit der Frage zu eröffnen, was ihn denn nach München geführt habe? Er schüttelte den Kopf.

»Das willst du nicht wissen.«

Er hatte recht, das wollte ich eigentlich nicht wissen. Später überreichte er mir, neben seinem eigentlichen Geschenk, von dem noch zu sprechen sein wird, ein Amulett aus Birkenrinde. In einem Anfall von gehässiger Besserwisserei, die sich gern als Wahrheitssuche tarnt, blätterte ich Tage danach die verflossenen Veranstaltungskalender und Anzeigen in Münchner Zeitungen durch und stieß auf einen Hinweis, dass im Olympia-Einkaufszentrum eine Schau mit sibirischem Kunsthandwerk stattgefunden hatte. Sofort legte ich das Blatt beiseite. In der Tat, das wollte niemand wissen. In vielen Situationen hat man die Wahl zwischen einer entzauberten Welt und einer voller Wunder. An diesem Abend entschied ich mich für letztere.

Auf Wegen, die ich in seiner sprunghaften Rede nicht mehr nachvollziehen konnte, versuchte er mir zu erklären, dass seine Familie ursprünglich aus Skandinavien kam und über Finnland nach Russland ausgewandert sei. In welchen ausgreifenden zeitlichen Dimensionen er dachte und erzählte, wurde mir erst klar, als er mich darauf hinwies, dass auch Odin seine Heimat verlassen habe und aus dem Türken- ins Nordland gezogen sei, um sich dort niederzulassen und seine Götterdynastie zu gründen. Ich verlor schon deswegen den Faden, weil ich mir solche Details einzuprägen versuchte. Erkan in seinem Handyladen gegenüber hatte sich sicher noch nie bewusst gemacht, dass der nordische Göttervater aus seinen Reihen stammte.

Den leitenden Gedanken von Igors Rede verstand ich erst, als er auf die Berserker zu sprechen kam, aber bis dahin war es noch eine weite Strecke. Er stellte die Behauptung auf, dass nichts so sehr die ruhmreichen Reihen der Ynglinger, der schwedisch-norwegischen Könige göttlichen Ursprungs, gelichtet habe wie ihre allabendlichen Saufgelage. Manchmal auch irregeleitete Leidenschaft. Sein Blick war wässrig. Ich hatte keine Lust, mich für seine unglücklichen Liebschaften haftbar machen zu lassen, und quittierte die Bemerkung nicht mit der erwarteten Zustimmung. Er verfiel daher ins Anekdotische und schilderte, wie König Fjölnir sturztrunken nachts habe aufstehen müssen, um sein Wasser abzuschlagen, und auf dem Rückweg taumelnd in ein riesiges Metfass gestürzt und elend ertrunken sei. König Sveigdir habe nach dem Gelage versucht, in sein Schlafgemach zu gelangen. Wahrscheinlich kriechend. Dabei sei er dem unter einem Stein sitzenden Zwerg begegnet, der ihn aufforderte, hereinzukommen, wenn er Odin begegnen wolle. Sveigdir sei der Einladung nachgekommen und war fortan für immer verschwunden. König Agni habe Skalf, die schöne Königstochter aus Finnland, geraubt. Nach der Hochzeitsfeier habe sie ihren berauschten Mann gebeten, ihr zuliebe das goldene Halsband anzulegen. Er habe gehorcht und sei danach in einen tiefen Schlaf gefallen. Vermutlich habe er gar nicht bemerkt, dass Skalf ihn an dem Halsband erhängte. Igor streckte seinen Zeigefinger nach oben, um das Exempel weiblicher Niedertracht mit einem Ausrufezeichen zu versehen. Ingjald, so fuhr er fort, habe sechs Gaukönige betrunken gemacht und sie umgebracht, indem er kurzerhand die ganze Festhalle habe abbrennen lassen.

Ich hob die Hände. Diesem Faktenreichtum konnte man sich nur ergeben. Rasch fügte er noch hinzu, dass auch Gudröd beim Trinken erstochen worden sei.

»Hast du schon einmal etwas von den Berserkern gehört, Urs?«

»Nein.«

»Dein Name klingt aber, als würdest du dazugehören?«

Ich überlegte. Meinen Vornamen hatte ich ihm nicht genannt. Aber er schien eben so manches Überraschende aus dem Ärmel schütteln zu können.

3

Als Land in Sicht kam, reichte Haki, der Seekönig, Ivar, einem hochgewachsenen Kämpen, den Lederbeutel. Der wusste, was zu tun war, und verteilte den Inhalt an eine ausgewählte Schar. Die Männer nahmen sich die getrockneten Pilzscheiben und kauten sie bedächtig. Danach legten Alrik, Eirik, Alf und Yngvi ihre Kleidung ab. Nur das Wolfsfell, das sie um den Hals geknüpft trugen, behielten sie an. Der kalte Nordwind hatte nicht aufgehört zu blasen. Sie zitterten und froren sichtlich. Ihre Zähne klapperten. Die ersten Bewegungen waren noch unbeholfen, sie wirkten steif. Dann begannen sie zu schreien, reckten die Fäuste zum Himmel und trommelten damit an ihre Brust. Dabei vollführten sie eine Art Tanz, stampften auf, dass die Bohlen des Schiffs knackten, gingen in die Hocke, sprangen hoch, traten und schlugen alle von sich weg, die sich noch in ihre Nähe wagten. Ihre Schreie wurden immer tierähnlicher, ein Grollen und Brüllen von tief unten herauf. Die Gesichter schwollen an, röteten sich. Die wutverzerrten Grimassen blieben ihnen schließlich wie eine Maske anhaften. Es war, als ob ein innerer Druck den Schädel aufsprengen wollte. Das Blut schoss nach oben und presste die Hirnmasse zusammen, bis sich Alfs Augen blutrot färbten. Eirik griff in das Kohlebecken, schaufelte glühende Asche heraus, rieb sich damit ein, führte schließlich etwas davon zum Mund und schluckte es hinunter. Rußverschmiert heulte er auf, Eirik war nun kein Mensch mehr, sondern ein Ungeheuer. Die anderen taten es ihm nach. Ihre Haare waren zerzaust, und bald auch ihre Münder schwarz von Ruß. Yngvi biss in seinen Schild, hielt ihn mit den Zähnen fest im Mund und schüttelte ihn hin und her, als könnte er ein Stück herausreißen, Alf zerkaute einen Lederriemen.

Am Ufer hatte sich ein Haufen Bewaffneter zusammengerottet, um die Eindringlinge ins Meer zurückzutreiben, noch bevor sie landen und der Stadt größeren Schaden zufügen konnten. Als die vier dies bemerkten, stürmten sie nach vorne an den Bug, brüllten zu ihren Feinden hin. Endlich hatte ihr Furor Richtung und Ziel. Alrik kletterte den Drachensteven hinauf und bot den Verteidigern seine nackte Brust dar. Die am Strand, wiewohl in Überzahl, wichen zurück. In Raserei verfallene Männer wie sie, Kampfbesessene, hatte man bis dahin noch nicht gesehen. Alrik, Eirik, Alf und Yngvi waren Berserker, die vier tapfersten und wildesten der Schar.

4

»Warum erzählst du mir das, Igor?«

Dieses ganze Heldending mit Wikingerromantik berührte mich nicht, Rüstung, Schwert und Hörnerhelm waren mir egal. Igor beugte sich vor. Sein Gesicht war dem meinen so nah, dass ich jede einzelne Runzel lesen konnte. Dann sprach er in einem Tonfall und einem gelehrten Duktus, die einer anderen Person anzugehören schienen.

»Die unbedingte Konsequenz dieser Männer. Um ihre Entschlossenheit, ihren Mut und Kampfeswillen zu steigern, schützen sich die Berserker nicht, sie rüsten sich nicht mit Ausstattung, sondern mit Entblößung. Sie steigern die Schutzlosigkeit, treten dem Feind nackt gegenüber und finden so zu Unverwundbarkeit, die nur von innen kommen kann. Sie gehen den Weg der Angst zu Ende und überschreiten die Grenze, jenseits derer das alles nicht mehr zählt.«

Ich war erstaunt, dass er ansatzlos Gedanken von solcher Tiefe formulieren konnte, und sinnierte seinen Worten hinterher, die tatsächlich so viel von meinen eigenen Erfahrungen auf den Punkt brachten, wie mir das noch nie zuvor gelungen war. Igors Blick war erwartungsvoll, fast lauernd auf mich gerichtet. Er registrierte, dass seine Bemerkung bei mir angekommen war, und ließ seinen Oberkörper wieder in die ursprüngliche Lage zurücksinken. Ich verstand aber immer noch nicht, was das mit ihm und seiner Geschichte zu tun hatte. Doch dann wurde ich hellhörig.

»Dazu ist es notwendig, dass man sich in den anderen Zustand bringt. Deshalb kauten die Männer getrockneten Fliegenpilz.«

Am liebsten hätte ich laut losgelacht. Auch Lachen kann Anteilnahme ausdrücken, aber Igor wäre wohl beleidigt gewesen.

»Und du hast …?«

Igor nickte.

»Es verändert einen Menschen grundlegend. Nichts ist mehr, wie es war. Fluch oder Segen …?«

Seine rechte Hand wippte unentschieden hin und her. Dann holte er aus einer Jutetasche, die dem Olympia-Einkaufszentrum entstammte, eine abgegriffene Flasche ohne Etikett. Sie war mit einer trüben bräunlichen Flüssigkeit gefüllt.

»Ich habe den Pilz zusammen mit ein paar anderen Zutaten in Wodka eingelegt.«

Er reichte mir die Flasche.

»Für dich. Ich schenke sie dir. Aber Vorsicht, nur so viel!«

Er deutete einen schmalen Fingerbreit an.

»Diese Essenz hat Kraft. Manche überwältigt sie für immer, dir könnte sie tiefe Einsichten schenken.« Er lächelte und fügte hinzu: »Wenn du tatsächlich Mut hast.«

Ich betrachtete die schäbige Flasche und mit einem Schlag kam mir alles zweifelhaft vor. Eigentlich sah mein Gegenüber nicht wie ein Russe, sondern wie ein Penner aus. Und überhaupt! Ein Russe namens Igor Lönnrot, den es aus Skandinavien nach Sibirien verschlagen hatte? Sicher war nur, dass ich mit einem Mann zusammensaß, bei dem gerade ein mächtiger Fliegenpilzrausch abklang. Aber wen interessierte die Wahrheit? Ich wollte sie gar nicht wissen. Zum zweiten Mal entschied ich mich für die Welt der Wunder.

»Ich müsste mich noch ein wenig ausruhen«, sagte Igor. »Ich hoffe, dass ich deine Gastfreundschaft damit nicht über Gebühr beanspruche?«

Dass Igor das Zimmer nicht bezahlen konnte, war mir

klar, aber auch ziemlich egal. Ich konnte mir das leisten, Besucher umsonst zu beherbergen.

»Keineswegs«, erwiderte ich. »Ich freue mich, dass du mein Gast bist.«

Er erhob sich, kreuzte die Arme vor der Brust und verbeugte sich. Zum Abschied überreichte er mir noch das Amulett aus Birkenrinde, dann ließ ich ihn alleine. Unten an der Rezeption gab ich Erwin den Hinweis, dass der Gast in Nummer acht unser Haus ohne Rechnung verlassen würde. Endlich legte ich mich ins Bett. Als ich am anderen Morgen wieder meinen Dienst antrat, war Igor verschwunden. Erwin sagte, auch er habe ihn nicht gehen sehen.

Auf ein Kreppband malte ich, so gut ich konnte, einen Totenkopf und beklebte die Flasche damit. Sicherheitshalber stellte ich sie zu den Putzmitteln. Dort stand sie wochenlang unangetastet, bis gestern Abend.

5

Ich saß in meiner Wohnung im Souterrain. Oben hatte Erwin den Dienst an der Rezeption übernommen. Draußen war ein lauer Abend, aber ich brachte es nicht über mich, spazieren zu gehen. Sogar gegen das Lesen hatte ich an diesem Abend einen unerklärlichen Widerwillen. Wahrscheinlich war es der familienseitig verbliebene Restprotestantismus in mir, der mich dazu brachte, Herd und Edelstahlflächen in der Hotelküche zu polieren. Als ich im Schrank mit den Putzmitteln nach einem weichen Lappen Ausschau hielt, sah ich die Wodkaflasche in der Ecke stehen. Eigentlich war sie genauso unscheinbar wie sonst, aber irgendein Funke sprang über und plötzlich wirkte sie auf mich, als sei sie von innen her erleuchtet und ihr Inhalt appetitlich bernsteinfarben. Trotzdem tat ich, als hätte ich nichts bemerkt, und wienerte weiter. Als ich die Flasche dann endlich hervorholte, wusste ich, dass die Entscheidung schon viel früher gefallen war. Ich hatte nur noch ein paar verschämte Ehrenrunden drehen wollen, um mir zu beweisen, dass ich auch anders gekonnt hätte.

Ich goss mir einen Fingerbreit ein. Der Extrakt roch faulig. Ich machte die Augen zu und kippte das Glas ab. Dann stellte ich die Flasche in den Schrank zurück und beschäftigte mich wieder mit den Edelstahlflächen, die ich mit großer Akribie zum Strahlen brachte. Da nichts weiter passierte, goss ich etwa die Hälfte der ersten Dosis nach und nahm mir danach den Herd vor. Das Putzen befriedigte mich so tief, dass ich gar nicht daran dachte, mich etwas anderem zuzuwenden. Natürlich fragte ich mich ständig, ob das nun der Rausch sei, aber für diesen Zustand fand ich meine Freude an der Hausarbeit zu gewöhnlich. Freilich gab es Signale seltsamer Art. Als ich mich mit dem Backrohr beschäftigte, kamen mir die verkohlten Essensreste und Krümel übergroß vor. Wenn ich etwas fixierte, wuchs es, als könnte ich meinem Blick jederzeit eine Lupe zuschalten. Auch Klänge bekamen eine andere Note. Das Ächzen und Mahlen des Kühlaggregats gewann an Persönlichkeit und Prägnanz. Ich hatte bei allem, was ich hörte, das Gefühl, mich im Zentrum der Geräuschquelle aufzuhalten. Und nichts war unwichtig. Meine Wahrnehmung stellte jedes Detail genauso groß vor mich hin wie platzgreifende Gegenstände.

Mit viel Liebe betrachtete ich den großen weißen Eisschrank, seinen Metallgriff und den geschwungenen Schriftzug, und es tat mir leid, dass ich versäumt hatte, ihm die nötige Aufmerksamkeit zukommen zu lassen. Wie ein alter Eisbär stand er in der Ecke, trotz seiner im Lauf der Jahre angegriffenen inneren Organe immer noch redlich bemüht, seinen Dienst zu tun. Gurgelnd bahnte sich die Kühlflüssigkeit den Weg durch die Windungen seines sklerotisch gewordenen Kühlkreislaufs.

Als ich später in meinem Zimmer im Sessel saß, stellte ich fest, dass die Gegenwart nun kein bruchloses Ineinanderfließen von einem Augenblick zum anderen mehr war, stattdessen wurde ich ruckartig Einheit um Einheit in der Zeit vorwärtsgestoßen. Die Abstände wurden zunehmend größer, schließlich wurde ich vorwärts und plötzlich auch rückwärts gerissen. Eben saß ich noch auf dem Schoß meiner Mutter, dann umwickelte man meine Hände mit Klebeband, verband mir die Augen und warf mich auf die Ladefläche eines Pick-up, ich blickte in die bernsteinfarbenen Pupillen des großen grauen Wolfhundes und hörte sein Jaulen, das er, irgendwo draußen hockend, in den nächtlichen Himmel schickte, danach lag ich mit Susi im Bett und fand mich schließlich in meinem Zimmer wieder. Dieses Durcheinander der Zeiten und Situationen folgte keiner fassbaren Linie, die Erinnerung, was genau mir widerfuhr, war bald danach ausgelöscht, alles, was ich noch festhalten konnte, fiel in dem Satz zusammen: Das also ist dein Leben!

Als ich aus diesem Wirbel für kurze Zeit auftauchte, meinte ich von oben, durch das Gitter über dem Fensterschacht, Licht in mein Zimmer sickern zu sehen. Vögel zwitscherten. König Dag, hatte Igor erzählt, sei so klug gewesen, dass er ihre Sprache verstand. Er habe einen Sperling ausgeschickt, der ihm Kunde aus einem anderen Land bringen sollte. Der aber sei von einem rohen Bauern durch einen Steinwurf getötet worden. Was, dachte ich, wenn auch zu mir ein Sperling geschickt worden wäre, der seine Botschaft nie überbringen konnte? Eine Botschaft, die mein ganzes Leben verändert hätte? *Dein Vater wird dich verraten und deine Mutter dich verlassen.* Und ist es nicht unser Schicksal, dass das, was eigentlich an uns kommen müsste, nie unser Ohr erreicht?

Diese Weisheiten waren schön und schmerzhaft zugleich, aber Kostbarkeiten, die sich kaum über den Moment hinaus aufbewahren ließen. Vielleicht waren es die anschauliche Vorstellung des Sperlings und mein Gefühl tiefer Verbundenheit mit ihm, die mich dazu veranlassten, mich nun auch selbst in luftige Höhen zu begeben. Was danach kam, ist vollständig gelöscht. Aber ich war offensichtlich auf das Dach geklettert. Wie das mit Olga und der Decke zugegangen war, wusste ich nicht mehr.

Inzwischen war es sechs Uhr geworden. Der Morgenverkehr hatte noch nicht eingesetzt und die Schillerstraße unter mir lag friedlich da. Wenn ich mich vornüberbeugte, stieg die Erinnerung an ein Bild in mir auf: Die Straße, die Fußgänger, die Autos wallten in vielfach gebrochenen Bildern wie Schaum zu mir hoch. Bevor sie mich erreichten, platzten sie. Ich mochte gar nicht daran denken, wie lange ich im Rausch nach unten gestarrt hatte und vor allem, welcher Gefahr ich mich ausgesetzt hatte.

6

Olga erwachte mit einem Schrei und fuhr hoch. Dann sah sie mich nur ein Stück weit entfernt stehen.

»Was ist passiert? Wie bist du hier heraufgekommen?« Erst mal wollte ich ihre Version abfragen, um meine Geschichte darauf abstellen zu können.

»Moment mal«, sagte sie. Olga war schlaftrunken und brauchte eine Weile, um sich zu sammeln. »Mitten in der Nacht schrecke ich auf. Oben auf dem Dach rumort etwas.« Olga lebte außerhalb von München und hatte im Obergeschoss ein kleines Zimmer, das sie jederzeit nutzen konnte, wenn es wegen eines Spätdienstes keine Zugverbindung mehr gab. »Auf dem Speicher steht die Luke offen. Und dann sehe ich dich da draußen herumturnen.«

»Herumturnen?«

»Du hockst vorne nahe der Dachrinne und schaust auf die Straße hinunter.«

»Du meine Güte! Das hätte mich Kopf und Kragen kosten können.«

»Allerdings. Ich habe fürchterliche Angst ausgestanden, konnte aber nichts tun. Schlafwandler darf man nicht wecken. Sie verlieren ihre instinktive Sicherheit und ein Unglück passiert. Ansprechbar warst du nicht, also habe ich abgewartet. Überraschenderweise hast du dich dann oben einfach hingelegt.«

»Dann war die Decke von dir! Aber wie kommt es, dass du auch oben liegst?«

Meine Frage brachte sie in Verlegenheit.

»Du warst sehr anschmiegsam und hast offenbar Gesellschaft gebraucht. Außerdem konnte ich dich doch in diesem Zustand nicht allein lassen. Womöglich wärst du ein weiteres Mal auf Exkursion gegangen.«

Ich umarmte sie. »Vielen Dank! Ohne dich hätte ich diese Nacht womöglich nicht lebend überstanden.«

»Was träumt man da eigentlich?«

»Ein wildes Durcheinander! Aber ich glaube, ich bin auf der Dachbrüstung eines Hochhauses balanciert.« Das war gelogen, aber ich wollte, dass sie sich als eine Heldin fühlte, die mich gerettet hatte. Hatte sie ja auch.

Ich half ihr auf, und wir stiegen ins Haus zurück. Olga hatte die Decke wie einen Umhang umgelegt. Vor ihrer Zimmertür blieb sie stehen, besann sich eine Weile, dann wandte sie sich zu mir um.

»Ich bin so froh, dass das diesmal gut gegangen ist.«

»Du hast alles richtig gemacht.«

Sie nickte. Ihre Augen wurden feucht. Rasch verschwand sie in ihrem Zimmer.

7

Olgas Hilfestellung war der Beginn einer Befreiung. Sie trat aus dem Schatten einer Pflegebefohlenen heraus. Meine Angestellte war sie auf Umwegen geworden, durch eine seltsame Verschlingung von Schicksal und Zufall, denn eigentlich hatte sie andere Pläne gehabt. Sie war auf dem Weg, ein Romanistikstudium abzuschließen und danach einige Jahre in Paris zu verbringen. Dann zerbrach ihr Leben an einer familiären Katastrophe.

Olga wuchs in Niederbayern bei ihren Eltern auf. Obwohl es der Vater gerne gesehen hätte, dass die Tochter seinen Hof samt landwirtschaftlichem Betrieb übernimmt, gab er ihrem Drängen nach, sie in München studieren zu lassen. Ihr rasches Fortkommen und die Sprachbegabung bestätigten die Richtigkeit dieser Entscheidung. In den Semesterferien besuchte sie ihre Eltern in Dalking, wo sie, wie üblich, im Hof mitarbeitete. An einem heißen Augustnachmittag bat sie der Vater, ihm bei der Reparatur eines Zauns behilflich zu sein. Sie luden die Zaunpfähle in den Hänger und fuhren mit dem Traktor zu der Weidefläche, die in hügeligem Gelände lag. Der Vater lenkte die Zugmaschine in das Gras, zog die Handbremse, beide sprangen aus dem Führerhaus, er packte den schweren Vorschlaghammer, und Olga holte einen Pfosten von der Ladefläche. Noch ehe sie auf die andere Seite zu ihrem Vater wechseln konnte, bemerkte sie, dass das Gefährt zu rollen begann.

»Handbremse!«, hörte sie ihn rufen.

Olga gelang es, das Führerhaus zu erklimmen, er hatte es nicht geschafft hochzuklettern.

»Zieh die ...!«

Alles Weitere ging in einem erstickten Schrei unter, gefolgt von Krachen und Knacken. Endlich brachte Olga den Traktor zum Halten.

»Alles in Ordnung?«

Von ihrem Vater war jedoch nichts mehr zu hören und zu sehen. Schließlich fand sie ihn im Gras liegend, einen entstellten, bereits leblosen Körper, ein rückwärtiges, menschliches Relief, als habe man versucht, ihn in die Erde zu stampfen. Er musste beim Versuch aufzusteigen gestolpert und unter die schweren Räder des Traktors und anschließend die des Hängers geraten sein.

Olga schrie, setzte einen Hilferuf über ihr Handy ab und verlor dann das Bewusstsein. Man fand sie in der Nähe ihres Vaters im Gras liegend.

Der Fall bedurfte keiner aufwendigen Klärung, alles lag klar zu Tage. Ein Unglück zudem, das der Führer des Traktors selbst verursacht hatte: Die Handbremse war nicht vollständig gezogen worden, dennoch hatte das Leben ihres Vaters in Olgas Hand gelegen. Hätte sie das Führerhaus nicht schneller besteigen, die Bremse nicht eher betätigen können? Eine Fülle von günstigen Wendungen tat sich auf, jede so schmerzhaft wie ein Stich ins Herz. Unmöglich, die Fassung wiederzugewinnen oder irgendwo Halt zu finden.

Dann traf sie das Urteil der Mutter: »Du hast dich halt ungeschickt angestellt!« Eine kurze, wegwerfende Bemerkung, natürlich aus ungezügeltem Schmerz gesprochen, dennoch eine Vernichtung.

Ihr Zusammenbruch folgte, die vermeintliche Schuld begrub Olgas Leben unter sich. Aus dem Krankenhaus zurückgekehrt, blieb sie nicht mehr lange in Dalking, die stummen Vorwürfe waren unerträglich. Ihr Weggang war ein Bruch mit der Mutter, aber keine Befreiung. Das Gefühl tiefer Schuld lastete auch in München unvermindert schwer auf ihr. Eine Verdunklung ihres Gemüts war die Folge. Die Glieder blieben schwer, sie konnte ihr Bett nicht mehr verlassen. Alltagsverrichtungen türmten sich zu unüberwindbaren Hindernissen auf. Sie dämmerte in ihrem Zimmer im Studentenwohnheim vor sich hin. Es gab nur zwei Möglichkeiten, diesen Zustand zu beenden: Sich selbst in die Psychiatrie einzuliefern oder dem Leben ein Ende zu setzen.

An einem verhangenen Spätoktobertag, an dem die dichte Wolkendecke jedoch immer wieder durch eine freundliche Sonne durchbrochen wurde, so als wolle sie ein Zeichen der Hoffnung nach unten senden, dass jedes graue Gespinst zerrissen werden könne, schleppte sich Olga in die Nußbaumstraße zur Psychiatrie. Sie fühlte sich außerstande, einfach hineinzugehen, und so setzte sie sich gegenüber auf das Mäuerchen, um sich zu sammeln und Kraft zu schöpfen. Jeder Entschluss, der nicht zur Tat kommt, verheddert sich immer mehr in einem Gestrüpp von Zweifeln, kein Gedanke gerät an ein gutes Ende, sondern bewegt sich in einem quälenden Kreis zum Ausgangspunkt zurück. Nach zwei Stunden wusste Olga, dass sie nicht in der Lage sein würde, das Gebäude gegenüber zu betreten.

So blieb nur der letzte Ausweg, sich aus dem Leben zu bringen. Einen genauen Plan hatte Olga nicht dafür, Vorkehrungen allerdings hatte sie schon getroffen und sich mit Schlafmitteln eingedeckt. Es widerstrebte ihr, sich in der früher als freundlich empfundenen Umgebung des Wohnheims umzubringen und ihre Bekannten in die Verzweiflungstat mit hineinzuziehen. Es sollte ein anonymer Ort sein.

Auf der Suche nach einem solchen wanderte sie die Schillerstraße hinunter und landete schließlich im *Swiss*. Ich saß an diesem Abend am Empfang und betrachtete mit Sorge diese aufgewühlte und gezeichnete junge Frau. Wer wie ich einen Tod durchlebt hat, besitzt einen Blick dafür, wenn einer Person das scheinbar Unausweichliche ins Gesicht geschrieben ist. Um meine Wahrnehmung wiederzugeben, kann ich nur die Ausdrucksformen eines Mysterienspiels benutzen: Mit dem Eintritt Olgas verdüsterte sich die Vorhalle des *Swiss*, hinter ihr sah ich die schwarze Gestalt des Todes stehen. Meine Anteilnahme war sofort geweckt. Ich wusste nicht, welche Umstände die junge Frau hierhergetrieben hatten, aber ich war sicher, dass es keine Drogen, keine Schulden, keine üblichen Abhängigkeiten und Verstrickungen waren. Nichts lädt uns mehr Schuld auf als familiäre Katastrophen. Geldverpflichtungen können beglichen, Abhängigkeiten geheilt und Liebesbeziehungen verarbeitet werden, das familiäre Drama jedoch bietet keinen Ausweg, weil die Akteure für immer Vater, Mutter, Kind, Schwester oder Bruder bleiben.

Und ich hatte recht. Olgas Geschichte war ein Gegenstück zu meiner: Ihr wurde eine Täterschaft aufgeladen, mich machte man zum Opfer. Ich gab ihr das gewünschte Zimmer, quartierte sie allerdings im Obergeschoss in dem Raum ein, den sie heute noch nutzt. Wir fuhren mit dem Lift nach oben, ich hatte ihr den Rucksack abgenommen. Durch den Stoff hindurch tastete ich die Medikamentenschachteln. Ich sperrte das Zimmer auf und gab ihr den Rucksack zurück. Sie zögerte einzutreten, das Leben hatte noch nicht alle Macht über sie verloren.

»Sehen Sie mich bitte an!«, sagte ich.

Bis dahin hatte sie jeden direkten Kontakt vermieden, verkrümmt stand sie da, nur der harten, abweisenden Haut der Dinge zugewandt. Sie hob den Kopf, ihr Blick war unstet wie der einer Person, die auf Flucht bedacht bleibt.

»Ich weiß, was Sie vorhaben. Kann ich Ihnen noch einen letzten Wunsch erfüllen?«

Beschönigungen haben keinen Sinn, sie schmerzen noch mehr als die Wahrheit, wenn jemand an den Rand seiner Existenz gedrängt ist.

Eine Weile lang spiegelte sich nur Entsetzen in ihrem Gesicht, dann brach Olga in Tränen aus. Ich führte sie ins Zimmer, setzte sie auf das Bett und nahm im Sessel Platz. Später bat ich Erwin, der sich mit mir die Arbeit im Hotel teilte, uns einen Tee zu bringen. Ich wartete ab, bis Olga zu erzählen begann. Das Gespräch mit ihr dauerte bis spät in die Nacht. Als sie sich erschöpft auf das Bett fallen ließ, erhob ich mich.

»Sie können das Zimmer bis auf Weiteres nutzen. Wir bringen Ihnen etwas zu essen, wenn Sie möchten. Denken Sie nach, Sie haben Zeit. Es gibt nur zwei Bedingungen …«

Sie sah mich an.

»Sie teilen mir Ihre Entscheidung mit. Und bis dahin geben Sie mir den Inhalt Ihres Rucksacks zur Verwahrung.«

Olga nickte und gab mir die Medikamentenpackungen.

Nach einer Woche rief sie mich an und fragte, ob sie sich im Hotel nützlich machen könnte, um ihre Schulden zu begleichen.

»Ich weiß nichts von Schulden. Dies ist mein Haus, und ich lade Personen nach Belieben ein.«

»Danke. Es würde mir helfen, ins Leben zurückzufinden. In ein anderes.«

Ich gab sie daher in die Obhut von Erwin, der sie umsichtig betreute und einwies. Auch ihm hatte das Leben einige Schrammen zugefügt, und so wussten wir, wie mit verletzten Seelen umzugehen war.

Später wurde Olga auf ihren Wunsch hin meine Angestellte.

8

Auf dem Weg vom Dachgeschoss nach unten prüfte ich mich noch einmal. Doch, ich war hellwach und spürte weder im Kopf noch in den Gliedern einen Kater! Um keinem Gast zu begegnen, nahm ich den Lift, ging in meine Wohnung und machte mich frisch.

In der Küche neben dem Frühstücksraum hatte Erwin mit den Vorbereitungen begonnen. Er ist ein mageres kleines Männchen. Schon ein wenig bucklig. Auch sonst wirkt er ausgezehrt, hohlwangig, dazu mit tiefliegenden Augen. Allerdings trägt er eine markante schwarze Brille mit wuchtigem Gestell. Man ist versucht, von Brille mit Gesicht zu sprechen, um die Verkehrung der Proportionen zu beschreiben.

»Guten Morgen, Chef. Da hat sich aber einer Mühe gegeben!«

Ich sah mich um. Er hatte recht. Alles blinkte und glänzte. In meinem Anfall gestern hatte ich unsere Küche zu einem fast unwirklichen Showroom aufpoliert.

»Mach Schluss für heute, Erwin. Wir schaffen das alleine. Zeit habe ich noch genug, und später kommt Olga dazu.«

Frühestens in einer Stunde erwarteten wir die ersten Frühstücksgäste. Erwin stand unschlüssig da. Ich sah ihm an, dass er noch etwas auf dem Herzen hatte.

»Was gibt's, Erwin?«

»Ich hätte da was für Sie, Chef.«

Ich nickte. »Schieß los.«

»Angeblich gibt es unendlich viele Zahlen?«

Mir waren seine Gesprächseröffnungen vertraut. So hatte ich ihn damals im Café Schiller kennengelernt. Er saß mit Bier und Bleistift vor einem Buch, das den albernen Titel *Neunundneunzig Kopfnüsse* trug. Darin war ein Sammelsurium von Denkaufgaben enthalten. Kreuzworträtsel, Sudoku und Ähnliches machen viele, aber für Erwin waren solche Fragen ein Anlass, den Dingen auf den Grund zu gehen. Wer es sich nicht leicht machte und beharrlich weiterfragte, konnte auch von einer *Kopfnuss* zum Urgrund des Seins vorstoßen. Die Erscheinungen sind miteinander verwoben, sie aufzufädeln, führt immer zum Wesentlichen.

Seine Ernsthaftigkeit imponierte mir, deshalb bot ich ihm die Arbeit bei mir an. Dabei ist Erwin ein Gestrandeter, wie so viele bei uns in der Schillerstraße. Ihr Vorteil ist, dass sie sich in fast jedem Job zurechtfinden. Erwin hatte als Sanitäter, Croupier, Saunameister, Kellner und Buchhalter gearbeitet, bevor man ihn auf die Straße gekickt hatte. In der Schwanthalerstraße lebte er in einer Dachkammer. Ich kannte die Adresse, weil sie in seinen Arbeitspapieren stand. Besucht hatte ihn dort noch niemand, wie ich hörte. Vermutlich war es ihm unangenehm. Erwins Passion waren die Abenteuer des Geistes, er dachte ständig nach. Vielleicht ist das der falsche Ausdruck, er tändelte nicht, spielte nicht: Erwin brütete über gewissen Problemen. Er wendete sie hin und her, untersuchte sie, und wenn er keine oder eine besonders originelle Lösung fand, legte er sie mir vor.

»Unendlich, weil man zu jeder Zahl immer wieder eins dazuzählen kann.«

Ich nickte.

»Angenommen, ich fange zu zählen an. Bis an mein Lebensende. Egal wie weit ich komme, ausgezählt ist da nie etwas.«

Ich nickte ein drittes Mal.

»Wenn die Zahlen für mich nicht unendlich sind, dann sind sie es auch für sonst niemanden. Warum denken sich Mathematiker so etwas aus? Was niemand vollenden kann, gibt es nicht. Oder es ist sinnlos.«

Herausfordernd blickte er mich an.

»Ich frage mich«, umsichtig justierte er seine Brille auf der Nase nach, »ob die Mathematik noch eine Wissenschaft für den Menschen ist. Wenn sie Metaphysik sein will, soll sie es sagen.«

Das war stark, darüber musste ich erst mal nachdenken. Ich füllte den Behälter der Kaffeemaschine mit frischem Wasser auf. Konzentriert spürte ich seiner Frage nach, mein Kopf war vollkommen klar. Allerdings arbeitete mein Denken plastischer als sonst. In mir stieg ein Bild des Zahlenstrahls als einer schmalen, geradlinigen Leuchtspur auf, die aus dem

Grenzenlosen kam und sich nach vorne wieder in ihm verlor. Zu sagen, dass sich die Unendlichkeit vor oder hinter mir auftat, verbot sich. Sie war ein endloses Fortschreiten und offenbarte sich nicht, jedenfalls keinem Einzelnen. Sie gehörte allen, denn der Pfad war von Menschen bevölkert, die sich aus irgendeinem Anlass mit Zahlen befassten.

Ich sah jetzt die Argumentation vor mir.

»Warst du schon mal in Peking?«

»Nein.«

»Du würdest aber nie behaupten, dass die Stadt nur für die existiert, die sie gesehen haben?«

Er pfiff durch die Zähne, absteigend, von der Quinte auf den Grundton, zuckte die Achseln und fing an, Besteck aus der Schublade zu holen und es feinsäuberlich auf der Arbeitsfläche zu arrangieren.

»Und das Denken wird doch erst so richtig interessant, wenn wir uns mit etwas beschäftigen, das den Menschen übersteigt. Oder?«

Er hielt ein Messer hoch ans Licht, als wollte er dessen Schärfe prüfen.

»Okay.«

Er legte es zu den anderen zurück und schaute mich traurig an. Ein Gedankengebäude war zusammengebrochen. Dann wandte er sich ab, schlurfte davon und hob an der Tür zum Abschied die Hand.

9

Der Vormittag verlief ruhig. Außergewöhnlich war nur das ständige In-mich-Hineinhorchen, die Selbstbeobachtung, was der Rausch mit mir angestellt hatte und ob er noch einmal zurückkommen würde. Mittags traf ich Rüdiger vom Kleff, Sozius der Kanzlei Knörnschild, zum Essen im Königshof. Er kümmert sich um meine finanziellen Belange. Rüdiger hat flachsblondes, schon etwas schütteres Haar, das sich am Hinterkopf zu störrischen Büscheln aufstellt. Natürlich ging es um mich und meine materiellen Verhältnisse, eigentlich aber um Rüdiger und den Versuch, ihm klarzumachen, dass ich kein Interesse an einer intensiveren Bewirtschaftung meines Hauses hatte. Er fand, man könne aus der netten Pension ein schickes Hotel machen. Er hatte immer ein Ohr an der Finanz- und Immobilienszene und erklärte mir, dass in unserem Viertel kein Stein mehr auf dem anderen bleiben würde: Der Bahnhof werde vollständig umgebaut, zum Stachus hin entstehe ein Bürokomplex mit unterirdischer Einkaufsmeile und in der Schillerstraße hätten bereits internationale Investoren begonnen, Häuser aufzukaufen. Ich könne da mitmischen. Seine Pläne hatten Hand und Fuß, seine Sorge um mich war echt, aber sein Verständnis für meine Haltung, dass Vermögenswerte niemanden zwingen, sie zu vermehren, gleich null. Mir ging es gut. Mein Geld war sicher angelegt, und das Hotel warf so viel ab, dass ich ohne Einschränkungen über die Runden kam. Ich mochte die Arbeit, wie sonst hätte ich den Tag zubringen sollen? Zudem hatte ich in Olga und Erwin zwei Angestellte, derentwegen mein Betrieb unbedingt aufrechtzuerhalten war.

Das *Swiss* war ein kleines Haus, von außen gesehen schmal wie ein Handtuch; es verfügte über zwölf Zimmer, die sich auf vier Stockwerke verteilten. Um einen Beherbergungsbetrieb aufnehmen zu können, hatten meine Vorgänger das ursprünglich doppelt so breite Haus geteilt. Die Hälfte nebenan, in deren Untergeschoss sich das *Cabaret Rouge* befand, war mir zusammen mit dem Hotel von meinem Vater vermacht worden. Vor kurzem hatte ich den Nachbartrakt verkauft. Ich war es leid, mich um Lüftungs- und Heizungsanlagen, Außenanstrich und marode Fenster zu kümmern. Auch sonst hatte man keine ruhigen Zeiten, ständig gab es behördliche Reklamationen zu Hygiene, Öffnungszeiten und verbotener Prostitution. Wenigstens einmal im Jahr fand eine Razzia statt, stets wurden Drogen oder Diebesgut gefunden sowie polizeilich gesuchte Personen aufgegriffen. Irgendwie stand ich ständig mit am Pranger.

Deshalb hing mir das Bemühen um diese Immobilie zum Hals heraus, zwölf Zimmer waren für meine Ansprüche das rechte Maß, überschaubar und mit meinen Möglichkeiten gut in Schuss zu halten. Finanziell hatte ich, oder besser gesagt: hatte Rüdiger für mich mit dem Verkauf alles richtig gemacht, aber seither entwickelte er für die Anlage des erlösten Geldes ständig neue Ideen. Familiengeschichtlich betrachtet war das lukrative Geschäft eine fast ironische Wendung, auf die ich nie spekuliert hatte, denn zu Zeiten meines Vaters fand sich noch nicht einmal ein Makler, der das Objekt hätte anbieten wollen. Schlaue Zeitgenossen, so hieß es damals, lebten zur Miete, Dummköpfe versenkten ihr Geld im Beton. Die beiden Häuser waren der schäbige Rest eines ehedem großen Immobilienvermögens. Meinem Vater war kein Vorwurf zu machen, er hatte es nicht verprasst oder verspielt, es war ihm geraubt worden. Aber das ist eine andere Geschichte.

Wir aßen gut und führten anstrengende Gespräche, denn es wäre einfacher gewesen, ihm die Hand zu tätscheln und zu sagen, er möge es gut sein lassen. Ich mochte und brauchte Rüdiger, denn er kümmerte sich um meine Angelegenheiten und gab mir das beruhigende Gefühl, dass ich von dem, was er repräsentierte, nichts verstehen musste und daher bei ihm gut aufgehoben war. Seine Sorge um mich tat mir wohl, aber die aufgezeigten Finanz-Opportunitäten interessierten mich nicht. Normalerweise hörte ich mir seine Ideen eine Weile lang an und wechselte dann das Thema, an diesem Tag empfand ich vor allem Bedauern, aus Rüdigers Zugewandtheit und seinem guten Kern nicht mehr machen zu können. Diese Empfindsamkeit mochte noch von der Droge herrühren, der Alltag und seine Routinen bildeten nur eine dünne Schicht, unter der die tieferen Wahrheiten verborgen lagen. Zum Abschied drückte er mir sein Exposé in die Hand, ich versprach, es zu lesen, wusste aber jetzt schon, dass ich es in dieselbe Ablage stecken würde, wo die anderen Papiere verwahrt waren.

Am Nachmittag stellte sich eine Weile lang das ruckartige Zeitempfinden wieder ein, und ich hörte ein tiefes Brummen, als sei eine dicke Hummel in meinem Kopf eingesperrt. Ich ging hinüber in die Küche, weil ich mir einen Espresso bereiten wollte. Um mich wieder auf Touren zu bringen, machte ich mir gleich einen doppelten. Während der Kaffee schaumig in das Tässchen tropfte, wischte ich die Edelstahlplatte sauber. Diese beiläufig ausgeführte Verrichtung, eine angedeutete Wiederholung meiner gestrigen Putzorgie, kickte mich unversehens in den abendlichen Rauschzustand zurück. Die Umgebung verwandelte sich in eine unwirkliche Kulisse, als sei sie nichts weiter als meine Gedankenprojektion. Das Pumpgeräusch der Espressomaschine schwoll zum Bullern eines starken Motors an, dessen Drehzahl urplötzlich hochgetrieben wurde. Oben an meinem Schädel bildete sich ein schmerzender Strang, als erlitte ich einen jähen Migräneanfall.

Der Flashback bemächtigte sich meiner mit Gewalt.

Mein erster Impuls war, mich in mein Zimmer zu flüchten. Aber auch in diesem Zustand blieb ich vor allem Pflichtmensch und brachte es nicht über mich, meine Arbeit zu verlassen. Also zwang ich mich zu Normalität, nahm die Tasse und setzte mich wieder an die Rezeption. In diesem Moment brach ein Tumult aus, der sich, wie ich zunächst glauben wollte, nur in meinem Kopf ereignete. Es begann mit Autolärm weit über dem normalen Pegel. Dazu Geschrei, ein wirres Gemisch aus Schrecken, Schmerz und Wut. Danach erst wurde das Geschehen bildhaft. Durch ein Panoramafenster blickt man vom Empfangstresen des Hotels hinaus auf die Straße. Seine Breite kann man sich als die Länge des Filmstreifens vorstellen, der vor mir ablief. Die Geräusche und Bilder waren von traumhafter Schärfe und Intensität. Zwei Szenen schoben sich übereinander und wuchsen zu einer zusammen: Im Hintergrund entrollte sich ein Unfall, möglicherweise auch Mordversuch, in dieses Geschehen war eine verschwundene Person eingewoben, die für das schmerzvollste Kapitel meiner Vergangenheit steht. Wie gestern Abend erlebte ich eine Montage von Zeitebenen.

Ich fühlte mich dabei hellwach, als hätte man mich unter Strom gesetzt, und verfolgte die Ereignisse angespannt. Eindrücke drangen in einer solchen Geschwindigkeit und Stärke auf mich ein, dass ich innerlich zu glühen begann. Wie in Zeitlupe traten dabei Details hervor, die ich mir einzuprägen versuchte. Danach kühlte sich meine überhitzte Wahrnehmung wieder ab, was blieb, waren Getöse, das hochtourige Jaulen eines Motors, Gebrüll und Hilferufe.

Ich erwachte. Am Boden meiner Espressotasse war ein brauner Ring, ohne Schwierigkeiten las und verstand ich die Namen der Gäste im offenen Belegbuch. Wenn ich mich am Ohrläppchen fasste, spürte ich die Berührung. Ebenso plötzlich, wie er mich heimgesucht hatte, war der Rausch wieder verschwunden.

Draußen hob hektisches Treiben an, und das Geheul von Martinshörnern brach wie eine Flut über das Viertel herein. Die Straße war in Blaulicht getaucht, Sanitäter liefen hin und her und Funkmeldungen wurden durchgegeben. Endlich verstand ich, dass sich ein Unglück ereignet hatte.

10

Was ist eigentlich passiert?

So seltsam es klingen mag, aber eine schlüssige Antwort

ließe sich nur dann geben, wenn wir sicher zu sagen wüssten, was Wirklichkeit ist. »Das, was der Fall ist, Chef!«, würde Erwin sagen, dem ich vorsichtshalber diese Frage gar nicht erst vorlegte. Freilich, aber damit kommt man auch nur ein Stück weit. Was nehmen wir wahr und wie verarbeiten wir es? Wenn Panik ausbricht, vermischt sich unsere Innensicht untrennbar mit den Ereignissen. Wir verlieren das Unterscheidungsvermögen zwischen den Ängsten, die in uns aufwallen, und den Umständen, mit denen wir konfrontiert sind. Dabei sind unsere Befürchtungen nicht von vornherein wahr, sie werden es erst durch Selbstbewahrheitung. In unserem Kopf. Wir haben fünf Sinne, und alles, was wir durch sie wahrnehmen, rückt in den Rang des Faktischen. Sie arbeiten jedoch nicht wie Aufzeichnungsgeräte. Wir modellieren das Geschehen, weil wir es von Anfang an zu deuten versuchen. Dazu kommt, dass heute keiner mehr nur auf seine Sinne angewiesen ist. Wir verfügen über Technologien und Geräte, die das, was der Fall ist, medial vermitteln. Die digitale Welt schafft zusätzliche Wirklichkeiten, was möglich ist, ereignet sich, wenn wir es für wahr nehmen. Wirklichkeit franst aus, sie verschwindet in einem Möglichkeitsraum und ist nur ein Fall von zahlreichen anderen.

Vorsicht, sagte ich mir. Meine Wirklichkeit besaß drei Etagen: Etwas war passiert. Eine Etage darüber brauten sich in den sozialen Medien Deutungen zusammen, die dem Geschehen Richtung und Gestalt gaben. In der dritten Etage hockte ich mit meinem drogenvernebelten Hirn und blickte hinunter auf etwas, von dem ich nicht wusste, ob es tatsächlich oder nur eingebildet war.

Von meinem versehrten Oberstübchen aus hatte ich einen Blick auf das Geschehen, das ich im Nachhinein auf meinem Notizblock, der zu Dienstzeiten vor mir lag, so zusammengetragen hatte: Ich hatte mir in der Küche einen doppelten Espresso bereitet. Mit dem Tässchen in der Hand nahm ich wieder am Empfangstresen Platz. In diesem Moment ging es draußen los. Reifen quietschten, unerträglich lang und laut. Ein bis zum Anschlag hochgetriebener Motor heulte. Auch Tage später konnte man den auf den Straßenbelag radierten schwarzen Abrieb noch ausmachen. Offenkundig kam der Wagen mit großer Geschwindigkeit aus der Bayerstraße und bog in die Schillerstraße ein. Dann kurz aufeinander folgende dumpfe Schläge, als würden Sandsäcke von oben auf eine Ladefläche geworfen. Dazu Schmerzensschreie, Gebrüll und Hilferufe. Vier Passanten wurden von der Frontschürze des SUV erfasst und in die Luft geschleudert. Zwei von ihnen starben, weitere zwei überlebten schwerverletzt.

Schließlich preschte der Wagen in mein Blickfeld. Ein sandfarbener Porsche Cayenne. Es hatte ihn aus der Kurve getragen, daher war er mit zwei Rädern auf den Bürgersteig gegenüber aufgefahren. Im Wagen erkannte ich zwei Männer, ein jüngerer saß am Steuer und ein älterer neben ihm. Der Fahrer kurbelte am Lenkrad wie einer, der jede Kontrolle über sein Fahrzeug verloren hat. Seine Augen waren schreckgeweitet. Der Beifahrer stützte sich mit ausgestreckten Armen am Armaturenbrett ab, als könnte er so den drohenden Aufprall abmildern. Jetzt hob er den Kopf und wandte sich dem Fahrer zu. Ungehalten, die unbeholfenen Manövrierversuche missbilligend.

Das Bild fror ein, sein Blick galt jetzt nur noch mir. Die Erinnerung traf mich wie ein Hieb. Die Gesichter, die Schmerzen und auch sonst alle Umstände von damals sind in mein Gedächtnis eingebrannt. Nichts davon habe ich vergessen. Er war einer der Peiniger, die mich wochenlang gefangen gehalten hatten. Oder ein Gespenst.

Warum hast du ihn nicht oben auf dem Berg erschossen, als er hilflos vor dir am Boden lag? Das frage ich mich heute noch.

Der Fahrer trug eine nach hinten gedrehte Basecap und

einen rosafarbenen Hoodie, ich schätzte ihn auf knapp über zwanzig. Sein schwarzes Haar wellte sich lockig den Nacken hinunter, die Haut war dunkel. Ohne zu zögern hielt ich ihn für einen Araber. Sein Nebenmann mochte um die sechzig Jahre alt sein. Weißes Hemd, darüber einen Blazer. Sein Gesicht wirkte verlebt, gerötet und faltig, aber von innen her aufgepolstert wie von einem, der zu viele Zigaretten geraucht, zu viel Cognac getrunken und zu viele Frauen im Bett gehabt hatte, aber eben guten Stoff und verwöhnte Frauen, was man sich nur mit reichlich Geld leisten konnte.

So habe ich das Unglücksfahrzeug und seine Insassen gesehen.

11

Gegen 21 Uhr war die Panik abgeebbt, die Polizei hatte die Lage wieder im Griff. Die Täter waren flüchtig, ansonsten galt es, die Personalien von Augenzeugen festzustellen und ihre Aussagen aufzunehmen. Ein Polizeibus diente als mobiles Büro. Ich war einer von denen, die etwas gehört und beobachtet hatten, und wartete in einer Gruppe auf der Straße, bis wir in den Bus gebeten wurden. Die Untersuchung leitete Kommissar Mangold. Ich beobachtete ihn, wie er den Tatort sondierte. Auch Nora, die Pächterin des *Cabaret Rouge* nebenan, stand unter den Wartenden. Sie zupfte Mangold am Ärmel, die beiden unterhielten sich und schienen einander bereits zu kennen. Auch Polizisten kann es nicht verwehrt werden, Rotlichtbars zu besuchen. Schließlich trat er auf mich zu, um kurz zu prüfen, ob ich ein Schlüsselzeuge oder eher eine Randfigur war.

»Wissen Sie schon etwas?«, fragte ich.

»Wie denn? Wir sichern den Tatort und vernehmen Zeugen. Was haben Sie denn gesehen?«

Ich erzählte eine unverfängliche Version meiner Eindrücke, sparte aber meine persönliche Geschichte aus. Vielleicht hatte ich mir diese Wendung nur eingebildet. Außerdem war es sinnlos, weil die Ermittlungen schon damals zu keinem greifbaren Ergebnis geführt hatten und längst eingestellt worden waren. Mangold erachtete meine Angaben als wenig bedeutsam und reichte mich zur Aufzeichnung meiner Aussage rasch an eine Polizistin weiter, die im Bus saß. Sie nahm meine Personalien auf und notierte sich meinen Bericht. Im Gegensatz zu ihrem Vorgesetzten interessierte sie sich für die Beurteilung dessen, was ich ihr diktiert hatte.

»Was meinen Sie: War das ein Attentat?«

Eigentlich war ich nicht dieser Ansicht, aber nur deshalb, weil ich einen sardischen Banditen auf dem Beifahrersitz erkannt zu haben meinte. Das aber versuchte ich gar nicht glaubhaft zu machen und verwickelte mich stattdessen in die Beschreibung von Details. Der Fahrer habe eher erschrocken ausgesehen, als sei da etwas aus dem Ruder gelaufen.

»Kein Attentäter ist so kaltblütig, dass er nicht auch beim Tod eines Menschen erschrecken könnte«, erwiderte sie.

Ich zuckte die Achseln. Die Beamtin spürte, dass ich mit etwas hinter dem Berg hielt, und fasste nach.

Ob man trotz des am Fenster angebrachten Schriftzugs *Hotel Swiss* überhaupt habe sehen können, was da draußen vor sich ging? Ob mein Espressokonsum darauf hindeute, dass ich wegen meines Nachtdienstes übermüdet war?

Ich schüttelte den Kopf. Nun fixierte sie mich.

»Trinken Sie?«

»Ich trinke keinen Alkohol. Weder im Dienst noch außerhalb.«

»Wie kommt's?«

»Einfach so. Nicht aus religiösen Gründen, falls Sie das meinen.«

Die Polizistin warf mir einen vielsagenden Blick zu und machte eine Notiz. Sich von etwas abgrenzen zu wollen, war ungeschickt. *Legt Wert darauf, nicht für einen Muslim gehalten zu werden.* Sicher stand nun etwas dieser Art in meinem Befragungsbogen. Ich wurde gebeten, mich gegebenenfalls für weitere Auskünfte bereitzuhalten, und war nun für den Moment entlassen.

Andere taten sich da leichter. Sie sprachen aus, was alle dachten. Aus den Unterhaltungen meiner Nachbarn wusste ich ja bereits, wie die Lesart des Geschehens war.

»Hast du denn nicht mitbekommen, was in den sozialen Netzwerken abgeht?«, sagte Nora, die wie ich ihre Aussage zu Protokoll gegeben hatte.

Nora trug ihre Abendgarderobe, ein enganliegendes Kleid in rotem Lamé. In Stöckelschuhen war sie einen halben Kopf größer als ich. Ich bemühte mich, nicht auf ihren Busen zu starren.

»Ich bin da nicht unterwegs, das weißt du doch!«

Nora wiegte ihr Haupt. Der Blick, den sie mir zuwarf, galt einem notorischen Trotzkopf.

»Ach, Urs!«

Sie tätschelte meinen Unterarm.

»Das waren Islamisten. Einige Zeugen haben gepostet, sie hätten *Allahu akbar* gerufen. Der Beifahrer soll eine Pistole gehabt haben.«

Ich hatte mich zwar nicht in den sozialen Netzwerken kundig gemacht, aber Radio gehört. Früher jedenfalls galt der dringende Ratschlag, in Katastrophenfällen das Radio einzuschalten. Ich mache das bei schwerwiegenden Ereignissen gleich welcher Art heute noch so, zumal mir die Berichterstattung der öffentlich-rechtlichen Sender zuverlässiger scheint. Interessant an den Darstellungen war, dass die Kontrolle der Polizei vor dem Südflügel des Hauptbahnhofs nur einen allgemeinen Hintergrund hatte. Es ging um die Überprüfung der Verkehrssicherheit und nicht um die Verfolgung konkreter Delikte oder Personen. Allerdings signalisierte die Polizei durch ihre regelmäßige Präsenz, Drogengeschäfte und das Posen mit getunten Fahrzeugen im Auge behalten zu wollen. Am Südflügel jedenfalls nahm die Amokfahrt ihren Ausgang, der Porsche scherte plötzlich aus der Schlange wartender Fahrzeuge aus und beschleunigte nach rechts in die Schillerstraße hinein, denn die Bayerstraße ist im weiteren Fortgang nur noch in Gegenrichtung befahrbar. Ob die Täter eine vorzeitige Entdeckung verhindern wollten oder die Kontrolle sogar den Anlass für diese Aktion bildete, ließ sich nicht mehr entscheiden. Freilich zitierte man die Polizei, die jede sichere Spur dementierte, aber das Kerngeschehen wurde nicht weiter herausgearbeitet, belegt und analysiert. Man verwendete vorsichtshalber den Konjunktiv, wies aber gleich darauf hin, dass der Fahrer Araber gewesen sei, und gab so den Deutungen die beabsichtigte Richtung.

Die Angst ergreift uns mehr als der Zweifel. Ich war jedoch nicht in der Position, darüber zu richten, wer welcher Verblendung anheimgefallen war. Wenn allerdings alle anderen auf der Gegenspur fahren, ist man automatisch ein Geisterfahrer.

12

Die Schillerstraße war abgeriegelt, weder Passanten noch Durchgangsverkehr waren zugelassen. Wer wie ich dorthin gehörte, durfte bleiben, alle anderen wurden abgewiesen, Katastrophenpublikum war unerwünscht. Das Unglück und die darauffolgende Panik hatten meinen Erregungspegel hochgetrieben, nun, da alles vorbei war, erschlaffte ich. Ich hockte auf den Stufen des *Swiss* und starrte vor mich hin. Gedanken flogen mir nicht mehr zu, sie entrollten sich schwerfällig in meinem Kopf. Offenbar erging es den anderen nicht besser: Erkan stand gegen die Scheibe seines Handyladens gelehnt und wischte mit dem Daumen auf dem Display seines Smartphones, Kamil saß vor seinem leeren Lokal und trank einen Kaffee, Irmi und Suzan rauchten schweigend vor der *Oriental Bar.*

Ein paar Schritte von mir entfernt hatte Nora auf dem Barhocker Platz genommen, von dem aus ihr Türsteher zu Stoßzeiten den Einlass kontrollierte. Keiner wollte sich zurückziehen, keiner wollte allein bleiben, aber niemand wusste in diesem erschöpften Zustand etwas mit dem anderen anzufangen. Nora rauchte unausgesetzt. Immer wenn ich kurz zu ihr hinübersah, hielt sie wieder eine Zigarette zwischen den Fingern, die sie nie beiläufig, sondern immer mit schwungvoller Geste zum Mund führte. Dabei begegneten sich unsere Blicke und hakten sich fest. Ich traf Nora gern, wir besuchten einander des Öfteren, redeten, tranken etwas, aber nun war die Frage, ob wir in diesem aufgeriebenen Zustand etwas füreinander tun konnten. Nora hob ihre Schultern an und breitete ratlos ihre Arme aus. Ich winkte sie zu mir.

»Wie wäre es mit einer heißen Suppe?«, fragte ich.

»Meinst du?«

»Versuchen wir's!«

Wir gingen zusammen ins Hotel. Ich führte sie in die Küche, wo wir einen Essplatz für zwei Personen haben.

»Willst du wirklich noch kochen?«

Ich schüttelte den Kopf.

»Nur aufwärmen.«

Nora machte Anstalten, sich noch eine Zigarette anzuzünden. Dann besann sie sich und steckte die Packung zurück in ihre Tasche.

»Die Suppe lindert alle Beschwerden. Ihre Wirkung ist seit meiner Kindheit erprobt.«

Ich ging in den Vorratsraum, holte zwei Dosen vom Regal und hielt sie Nora hin.

»Bihun-Suppe? Nie gehört.«

»Ist eine Hühnersuppe mit Glasnudeln nach indonesischem Rezept. Diese hier, das ›Original‹, wie du auf dem Etikett siehst, kommt aus Niedersachsen. Schon das macht sie zum Kuriosum.«

Ich bin eigentlich kein Freund von Dosennahrung, aber fast alle, mit denen ich mich darüber ausgetauscht habe, hängen an mindestens einem speziellen Dosengericht. Ob Ravioli, Saftwürstchen oder andere kulinarische Verirrungen wie gewürfelte Früchte oder Frühstücksfleisch – in der Kindheit sind wir zumeist mit einer Konserve vertraut geworden, die uns fortan begleitet, sofern sie nicht vollständig aus den Verkaufsregalen verschwunden ist. Die Liebe zur Dosen-Bihun wurde mir von meiner Mutter eingepflanzt. Wenn ich auch sonst wenig zu ihren Gunsten anführen kann, das »Original aus Niedersachsen« esse ich heute noch so gerne wie damals. Meine Mutter ist vor gut zehn Jahren gestorben, von meiner Treue zu dieser Spezialität wusste sie nichts. Sie konnte nicht kochen, hatte aber aufgeschnappt, dass Hühnerbrühe ein Allheilmittel gegen Unpässlichkeiten verschiedenster Art sei. So kam die Bihun-Suppe in unseren Haushalt, weil sie der Kraft asiatischer Zubereitungen mehr Vertrauen schenkte als heimischer. Erst später, als sich die Suppe bei uns etabliert hatte, entdeckten wir, dass Originale nicht unbedingt aus Indonesien eingeführt werden mussten. Erkältungen, fieberhafte Infekte, Grippe – wenn ich auch sonst wenig Fürsorge erfuhr, sie machte mir immerhin eine solche Suppe warm. Dieses Gericht kann auch nicht durch irgendwelche kulinarischen Geistesblitze verfeinert werden, man isst es, wie es aus der Dose kommt, oder lässt es. Die einzige Eingriffsmöglichkeit ist der Grad an Schärfe, den man sich zumutet. Dazu gab es Chilipaste, die ich auch immer noch vorrätig habe. Das kleine Porzellangefäß in Form einer roten Paprika ist allerdings verloren gegangen.

Ich stellte die Suppe, das Glas mit der Paste und ein wenig Weißbrot auf den Tisch, und wir begannen zu essen. Schon als mir der Geruch in die Nase stieg, wusste ich, dass die Suppe Leib und Seele wieder zusammenfügen würde. Ich beobachtete Nora. Die ersten Löffel waren von Skepsis begleitet, dann würzte sie energisch nach und aß, hin und wieder der Schärfe wegen keuchend, das ganze Schälchen auf. Ihr Gesicht bekam Farbe, und wir teilten uns noch den Rest.

»Danke«, sagte Nora und umarmte mich. »Genau richtig in unserem desolaten Zustand.«

13

Am nächsten Tag studierte ich ausführlich die Zeitungsberichte über den Unglücksfall. Ich fing an, die Artikel auszuschneiden, zu sortieren und in einer Mappe zu sammeln. Wenn man sich in den Labyrinthen des eigenen Verstandes verirrt hat, ist es hilfreich, sich an eine Außenperspektive anzulehnen. Wir gewinnen sie erst in zeitlicher Distanz. Die Eule der Minerva setzt in der Dämmerung zu ihrem Flug an. Im Vergangenen entdecken wir die ihm innewohnende Ordnung.

Der 29. Mai 2017, schrieben die Zeitungen, entwickelte sich zum bislang heißesten Tag des Jahres, die Temperatur stieg auf bis zu 30 Grad. Nach einer eher kühlen ersten Monatshälfte genoss man in München den frühen Sommer. Ab 18 Uhr ebbte der Berufsverkehr in der Innenstadt langsam ab. Die Cafés und Biergärten waren gut besucht, vor allem die Plätze im Freien sehr begehrt, wer konnte, nahm sein Feierabendgetränk draußen.

Diesem Vorspann würde niemand widersprechen. Offenbar gab es doch noch Wirklichkeitserfahrungen, die wir mit anderen fraglos teilen. Leider sind es solche, die uns weitgehend unberührt lassen. Nur ein Tatbestand, der nicht durch unterschiedliche Wertungen zerpflückt wird, wird zum unstreitigen Faktum.

Dann teilte sich die Wirklichkeit. Wer das Geschehen mitverfolgte, erlebte eine ganz eigene Geschichte. Gegen 19 Uhr entzog sich ein sandfarbener Porsche Cayenne einer Verkehrskontrolle in der Bayerstraße beim Südflügel des Hauptbahnhofs. Er beschleunigte mit großer Geschwindigkeit in die Schillerstraße hinein, fuhr dort auf den Gehsteig auf und erfasste zahlreiche Passanten. Der Wagen verschwand Richtung Süden.

Kurz danach ging ein erster Notruf bei der Polizei ein. Es folgten zweimal so viele Anrufe pro Stunde wie an einem normalen Tag. Gleichzeitig wurde in Tausenden von Kurznachrichten bei Twitter und anderen sozialen Medien gemutmaßt, es handle sich um einen Terroranschlag. Die Nutzer steuerten Beobachtungen bei, spekulierten über Hintergründe und warnten vor weiteren Attacken. Diese Annahme bestätigend, wurde ein weiterer Vorfall am Sendlinger-Tor-Platz gemeldet. Ein SUV, der aus der Lindwurmstraße in die Blumenstraße fuhr, erfasste zwei Radfahrer. Der Fahrer flüchtete. Wenige Minuten später ging die Nachricht über Twitter, dass nun auch am Sendlinger Tor Amokopfer zu verzeichnen seien. Ein Journalist verbreitete, die Täter seien Richtung Viktualienmarkt geflohen.

Die Polizei postete zunächst Beruhigendes und Mäßigendes, dann aber eskalierte sie selbst mit der Warnung, man solle öffentliche Plätze meiden. In der Innenstadt versuchten sich Menschen in Kaufhäusern, Lokalen und Innenhöfen in Sicherheit zu bringen. Die Physiognomie der Täter und mögliche weitere Gefahren machten die Runde und schürten Ängste. Genaues wusste immer noch niemand, aber die sozialen Netzwerke gaben bereits Antworten: Amokfahrt und Terroranschlag.

In der Rettungsleitstelle rechnete man daraufhin mit bis

zu zwanzig Schwerverletzten. Die Kliniken waren alarmiert, und medizinisches Personal wurde zusammengezogen, um den Andrang von Verletzten bewältigen zu können.

Passiert war nicht mehr, als dass ein außer Kontrolle geratener SUV durch die Schillerstraße gefegt war. Eine kurze Episode von wenigen Minuten. Alles andere besorgten die sozialen Medien, die einen Resonanzraum bildeten, in dem die Angst auf die übersprang, die miteinander verbunden waren. Deshalb hockten viele über die Stadt verstreut in Innenhöfen und Einkaufspassagen, um sich vor den Attentätern in Sicherheit zu bringen. Für sie ging ein Sturm des Terrors über die Stadt hinweg.

Die Zeitungsberichte hatten etwas von einem Palaver an sich, bei dem alle akuten Ängste aufgerufen und anschließend beschwichtigt wurden. Mögliche Erklärungen wurden durchgespielt. Wenn es aber keine gäbe? Die Vorstellung einer Gewalttat ohne Motiv ist uns unerträglich. Wir brauchen ein solches, um das Verbrechen in Personen, in ihrem Denken und Fühlen verankern zu können. Nicht jeder würde so handeln, sondern nur dieser eine. Damit zäunt man das Furchtbare ein, man nimmt es in Quarantäne und schafft damit Erleichterung. Die wichtigste Botschaft: Mordlust entsteht aus einem kranken, dennoch komplizierten, daher immer individuellen Gefüge. Sie hat einen Namen. Spielt man mit solchen Überlegungen, spürt man, wie sehr sie die archaischen Ränder unserer Zivilisation berühren. Jeder Ausbruch von Gewalt muss gedeutet werden, sonst bliebe uns nur die Angst vor ihr.

Die Miliz des Islamischen Staats, las ich, habe die Tat für sich reklamiert. Man habe Vergeltung üben wollen. Das aber besagte nicht viel, weil die Organisation alle Vorfälle, bei denen es mehr als einen Toten gab, für sich in Anspruch nahm. Falschmeldungen und scheinbare Allgegenwart waren Teil ihrer Strategie.

Was die eigentlichen Fakten anging, die mich interessierten, so gab es bislang keine Spur, der Verbleib des Fahrzeugs war ungewiss. Man müsse von einer geplanten Aktion ausgehen, hieß es. Dafür spreche auch das Verschwinden des Fahrzeugs. In einer Schemazeichnung wurde der Fluchtweg skizziert. Der Fahrer sei in die Schwanthalerstraße eingebogen und habe anschließend die Landsbergerstraße als Ausfallstraße stadtauswärts genutzt. Nur so hätten die Insassen eine Chance gehabt, dem sich von außen zuziehenden Kontrollnetz zu entkommen.

Außerdem untersuchte die Polizei eine Verbindung zu einer islamistischen Zelle in Vechta, aus der sich mindestens zwei vom IS hatten anwerben lassen. Ein von der Gruppe erstelltes Video deutete darauf hin, dass Anschläge in Deutschland geplant waren. Zudem werde geprüft, ob der Bekennerbrief diesem Umfeld entstamme.

Wirklich Erhellendes ließ sich den Berichten nicht entnehmen. Aber vielleicht wollte die Polizei ihre Karten noch nicht offenlegen.

14

Die bohrenden Zweifel an der Zuverlässigkeit meiner Wahrnehmung plagten mich, dazu fügte mir die auflebende Erinnerung alle ausgestandenen Qualen ein weiteres Mal zu. Zeit sie auszukosten hatte ich genug. Ein Gutteil meiner Gäste war Laufkundschaft. Sie kamen mit dem Zug nach München und suchten das nächstgelegene Hotel. Das *Swiss* lag am Anfang der Schillerstraße, man überquerte dazu den Bahnhofsplatz und stand nach fünfzig Metern vor dem Eingang. An diesem Tag galt jedoch die gesamte Straße als Tatort, der Zugang war immer noch gesperrt. Somit blieben die Gäste aus.

Eine tagsüber leere Straße, auch das hatte ich bislang

noch nicht erlebt. Unser Quartier wurde in jeder Statistik als divers geführt, aber auch als Brennpunkt für Suff, Drogen und Kleinkriminalität. Wen es nach München hineinschwemmte und wer nicht Fuß fassen konnte, landete bei uns. Auf dem Gehsteig war ständig Hochbetrieb. Reisende hasteten Richtung Bahnhof, Bettler und Obdachlose hockten auf dem Pflaster, Gruppen unterschiedlicher Nationalitäten, wie Türken, Kroaten, Afghanen, Pakistaner oder Marokkaner, standen zusammen, um zu rauchen, zu trinken oder sich auszutauschen. In dem Durcheinander von Stilen und Moden würde auch Aladdin mit seiner Wunderlampe nicht auffallen. Neben Hängehosen, signalfarbenen Caps, rosa Sneakers und weit ausgeschnittenen Spitzenbodys fanden sich streng gekleidete Männer im weißen Kaftan und schwarz verschleierte Frauen in langen dunklen Kleidern, aber auch solche mit bunten Kopftüchern und auffällig gemusterten Umhängen. Dieses grelle Soziotop sollte nun, so Rüdigers Insiderwissen, ausgetrocknet werden und einer Flaniermeile weichen.

Mehr als sonst konnte man sich diesen Eingriff vorstellen, denn die Straße war menschenleer, alle waren verschwunden, bis auf einen Schwarzen mit Kapuze, der an der Hauswand gegenüber lehnte. Die Augen hielt er geschlossen, des Öfteren gaben seine Beine nach, und er sackte ein wenig nach unten. Noch rechtzeitig fasste er sich, fuhr hoch und richtete sich wieder auf. Betrunken oder sonst wie zugedröhnt – der südliche Bahnhof bot Alkohol und Drogen jeder Art. Die meisten kauften und setzten sich dann im nahen Nußbaumpark auf eine Bank oder legten sich ins Gras. Der hatte es offenbar nicht mehr dorthin geschafft. Normalerweise hielt ich mich von solchen Leuten fern, aber eigenes Erleben schafft Verständnis. Allerdings würde ich nie zu Drogen greifen, die einen wahlweise stumpf oder fit machten. Halluzinogene führten hingegen in das Abenteuer der eigenen Innenwelt, man machte neue Erfahrungen in solchen Selbstbegegnungen. Ich ging hinüber und verfrachtete den Mann kurzerhand in unseren Hinterhof. Ich setzte ihn auf einen Stuhl und gab ihm eine Flasche Wasser.

Fast alles wurde in der Schillerstraße gehandelt und war billig zu haben. Drinnen in den Läden wie draußen auf dem Trottoir. Döner, Pizza, Falafel oder Reisgerichte, protzig messinggoldene Armbanduhren oder Ketten wie Hundehalsbänder, Obst, Gemüse, Fisch, Haarschnitte, Handys, Telefonkarten und frisches Fladenbrot. Auch die Hotels gehörten nicht der Extraklasse an. Keiner blieb länger als ein paar Nächte. Tagelöhner, meist Bulgaren und Rumänen, sammelten sich am Arbeitsstrich, in der Hoffnung, von irgendeinem Anschaffer mit Lieferwagen aufgegabelt zu werden. Prostitution war im Quartier illegal, aber gerade deshalb ließen sich Frauen für kleine Scheine aufgabeln, egal wie heruntergekommen die Freier waren und was sie verlangten.

Warum bildete sich ein solches Milieu stets in Bahnhofsnähe? Er war nicht so abgelegen wie ein Flughafen, sondern mitten in der Stadt und daher ein gut erreichbarer Sehnsuchtsort, weniger für Reisende, die in die Ferne wollten, als für Gestrandete, die gerne wieder zu Hause wären. Hier waren sie ihrer Heimat am nächsten. Was sie, die nur flanierten, herumstanden oder -hockten, mit denen verband, die zum Bahnsteig hasteten oder ankamen, war das Gefühl, unterwegs zu sein, noch nicht da, wo man eigentlich hingehörte. Alles war vorläufig. Der Bahnhof war kein Ort, an dem man sich niederließ, sondern eine Station, von der aus es weiterging. Der einfahrende Zug brachte etwas von draußen mit, den abfahrenden begleitete die Vorstellung, den Wunschort doch noch erreichen zu können.

Tagsüber war die Schillerstraße eine schmutzige, enge Straße mit vielen Fußgängern und viel Verkehr, abends, wenn die Beleuchtung der Lokale und Tabledance-Bars eingeschaltet wurde, rote und weiße Lichterketten abwechselnd blinkten und Lampenreihen zu Laufpfeilen erstrahlten, kam ein wenig Flair auf. Drinnen allerdings ging es bescheidener zu, gerade recht für Touristen, die einfach nicht wahrhaben wollten, dass es in München keine Reeperbahn gab.

Flauten wie an diesem Tag beunruhigten mich nicht sonderlich. Sie schufen einen Ausgleich zu hektischen Zeiten und brachten auch Annehmlichkeiten mit sich. Die Zimmer waren nicht wieder zu putzen und herzurichten, und ich hatte Zeit zu lesen. Es war zudem sinnlos, sich gegen etwas aufzulehnen, das man nicht beeinflussen konnte. Am Tag nach diesem Unglück hätte ich allerdings gerne mehr Ablenkung durch Arbeit gehabt.

Ich schaute auf den Kalender, Hilde musste noch verständigt werden. Ich würde ihre Hilfe heute nicht benötigen. Das war so in Ordnung, sie arbeitete je nachdem, wie viel bei mir anfiel. Auch nebenan in der Bar putzte sie. Nora und ich achteten aber darauf, dass sie ausreichend ausgelastet und gut bezahlt war. Seitdem Nora die Chefin des Ladens war, lief dort alles in geregelten Bahnen. Die resolute Fränkin war durchsetzungsfähig und hatte ihr Lokal im Griff.

»Guten Abend, Chef.«

Gegen einundzwanzig Uhr kam Erwin, diesmal um mich abzulösen. Wie gewohnt ging er nach hinten in die Portiersloge, hängte den beigegrauen Trenchcoat, der wahrscheinlich früher einmal eine andere Farbe gehabt hatte, in seinen Spind und schlüpfte in den marineblauen Blazer mit grünem *Hotel-Swiss*-Schriftzug. Die Montur verlieh ihm Würde, man spürte, dass er stolz darauf war und sie gerne trug.

Ich ging hinunter ins Souterrain. Dort gab es ursprünglich noch ein dreizehntes Zimmer. Seitdem ich das Nachbarhaus verkauft hatte, wohnte ich dort. Bett, Dusche, Bücher – für meine Bedürfnisse war das ausreichend, zumal ich mich ohnehin vorwiegend oben im Hotel aufhielt.

15

Ich las in meinen Aufzeichnungen. Tagebuch konnte man sie nicht nennen. Ich notierte nur unregelmäßig, was mir bedeutsam schien. *Sentenza lüftete seine Haube,* stand dort. Sentenza war der Mann, dem ich im Todesfahrzeug wiederbegegnet war. Natürlich hieß er nicht so, aber ich gab ihm diesen Namen nach der Figur in einem Buch, das ich gelesen hatte. Sentenza und sein Komplize hatten nicht mit mir geredet, sie schwiegen beharrlich. Allenfalls deuteten sie oder stießen Laute aus, mit denen sie ihren Befehlen Nachdruck verliehen.

Auch mit nur angehefteten Namen zeichnete man Erlebnisse müheloser auf als mit einer umständlichen Umschreibung der Person. Sie kamen meist zu zweit in die Hütte, in der ich festgehalten wurde. Beide trugen Hauben, um ihre Gesichter zu verbergen. Schon beim Betreten roch ich Sentenza. Es war, als habe er sich einen Sack mit Zwiebeln und Knoblauch über den Kopf gestülpt. Für mich, der ich vorwiegend von Tomaten und trockenem Brot leben musste, kam das einem Schlag in die Magengrube gleich. Auch ihm fiel es offenbar schwer, dieses heftig gewürzte Gericht, oder was immer es gewesen sein mochte, zu verdauen. Von Zeit zu Zeit stieß er auf. So ging unter seiner Haube eine Art Selbstvergiftung vor sich. Zudem war es draußen brüllend heiß und der Weg hierher beschwerlich, man erkannte das an den durchgeschwitzten Hemden. Sein Kopf simmerte unter der Haube in einer Art Zwiebel-Knoblauch-Sud vor sich hin. Kein Wunder, dass er in einem Moment, in dem er sich unbeobachtet glaubte, die Maske lüftete, um Luft zu schnappen. Seither wusste ich, wie Sentenza aussah.

Bevor ich das Buch zuklappte, blätterte ich zu Susi hin. Susi ist halbnackt, ihr Foto ist zerknittert und verblichen. Das Bild ist ein Andenken an meine Gefährtin in schlimmen Stunden. Dahinter habe ich ein verblasstes Blatt eingeklebt, einen Notizzettel, den ich Sentenza abnehmen konnte. Auf ihm steht in krakeliger Schrift eine Nummer, deren Bedeutung nie gelüftet werden konnte. Dazu zwei Buchstaben, die man gutwillig als FN oder AN entziffern könnte.

Es klopfte an der Tür, und Olga streckte den Kopf ins Zimmer. »Wollte mich nur verabschieden. Alles in Ordnung bei dir?«

»Danke, ja!«

Mein Blick auf sie hatte sich gewandelt. Auch ihrer. Verschämtheit lag darin, weil wir uns nun so ganz anders gegenüberstanden, und Begehren, das mir bisher nicht bewusst gewesen war. Wieder fragte ich mich, wie intim wir in jener Nacht gewesen waren. Wir hatten uns in den Armen gehalten, so viel war sicher. Auch ihr Geruch war mir noch gegenwärtig, zimtartig mit einer Süße vermischt, die ich nicht deuten konnte, ein wenig wie gebrannte Mandeln. Sie war ganz in Schwarz gekleidet, trug Schnürstiefel, deren gelbe Bänder sie oben um den Schuhschaft gewickelt hatte, dunkle Strümpfe, einen kurzen Rock und einen Pulli, der bis fast auf den Saum herunterreichte. Ich mochte ihren Stil, der für mich existenzialistisch anmutete. Auch Gäste sprachen sie immer wieder auf Französisch an. Sie pflegte diese Aura.

»Sicher?«

Ich nickte. Eigentlich hätte ich sie gerne noch zu mir hereingebeten, aber ich vertraute doch mehr auf das Gefühl von Reserviertheit in mir, das mich hieß, Distanz zu halten. Sie winkte mir zu und verschwand.

Oberflächlich betrachtet habe ich noch nie Probleme im Umgang mit Frauen gehabt. Allerdings verbleiben meine Beziehungen zumeist auf freundschaftlicher Ebene. Auch Nora von nebenan war so ein Fall. Wir lernten uns kennen, als ich das *Cabaret Rouge* zur Pacht anbot. Von denen, die sich bewarben, hielt ich einige von vornherein für windige Figuren, andere protzten selbstgewiss mit Geld und Erfahrungen. Nora war anders. Sie hatte einen Plan, wies die nötigen Bankkredite vor und blieb in ihrem Auftreten klar und überzeugend. Sie versprach nichts, was sie nicht halten konnte, sie imponierte mir, und ich vertraute ihr auf Anhieb. Zu Recht, wie sich im Lauf der Jahre erwies. Nora leitete ihren Laden mit Umsicht und war in der Zeit, in der ich noch das Nebenhaus besessen hatte, eine faire Geschäftspartnerin. Bevor ich verkaufte, sicherte ich sie mit einem langfristigen Vertrag ab. Ich hatte einen Blick für ihre Qualitäten, während andere, wie sie erzählte, sie als *aufgetakelte Nutte* abgebügelt hätten.

Bald nach Igors Besuch hatte ich mir die *Heimskringla*, Snorris Königsbuch, besorgt, in denen sich viele von den Geschichten befanden, die er mir erzählt hatte. Der Text mutete durch seine Schlichtheit statuarisch an. Man schritt die Galerie der norwegischen Königsgeschlechter ab. Der Göttermythos zu Anfang kam auf ebenso leisen Sohlen wie die Sagas, denn die Helden waren Menschen, die von Neid, Eifersucht und Niedertracht beherrscht wurden. Nichts davon wurde verurteilt, die bloße Beschreibung fügte sie zu Figuren einer Ahnentafel zusammen, in der manche ansehnlich und andere hässlich waren.

Erzählt wird dort auch die Geschichte von Yrsa. König Adils unternahm einen Raubzug in das Land der Sachsen. Unter den Leibeigenen befand sich Yrsa. Sie war klug, wusste sich auszudrücken und war schön. So kam es, dass Adils sie heiratete und zur Königin von Schweden machte. Dann aber fiel der Dänenkönig Helgi mit einem großen Heer in das Land ein. Er nahm Yrsa gefangen und vermählte sich mit ihr. Sie gebar einen Sohn, der Hrolf Krake genannt wurde und eine ganz besondere Heldengeschichte erleben sollte. Da trat Alof, die verstoßene Frau von Helgi, auf und eröffnete Yrsa, dass König Helgi ihr Vater und sie ihre Mutter sei. Da ging Yrsa wieder zu Adils nach Schweden zurück und blieb Königin, solange sie lebte.

Was diese Personen bewegt haben mag, erfahren wir nicht. Natürlich war Yrsa ein Opfer der kriegerischen Umstände geworden, aber sie wählte doch frei, bei wem sie bleiben wollte, und der, für den sie sich entschieden hatte, wies sie nicht zurück. Sie beherrschte die Männer und deshalb heißt es von ihr, sie habe als *rechtes Kernweib* gegolten. Auch wenn uns diese Bezeichnung anders im Ohr klingen mag, drückte Snorri Sturluson damit seine Wertschätzung aus, Yrsa war handlungsfähig, tatkräftig und klug. Bei den Männern der Königsbücher war es nicht schwer zu erahnen, woraus sie ihre Durchsetzungsfähigkeit bezogen, aus ihrer Kraft, ihren Mitstreitern und den Geldmitteln. In Yrsa jedoch ruhte eine geheimnisvolle Reserve, die nichts damit zu tun hatte. Wahrscheinlich ist es das, wovor ich mich immer schon geängstigt habe.

Auch als *good guy* könne man sich andere vom Hals halten, meinte Nora. Sie hat recht. Ich möchte, dass meine Welt geordnet bleibt, Leidenschaft und Gefühlschaos weiche ich aus. Ihre Wirkung habe ich kennengelernt. Sie ist vernichtend.

16

Später in der Nacht, als sich Erwin nach Erledigung seiner heute spärlichen Aufgaben auf dem Klappbett in der Portiersloge schlafen gelegt hatte, stieg ich wieder auf das Dach. Ein frischer Wind strich über die Häuser. Vor allem hier oben roch man, dass inzwischen der frühsommerlichen Temperaturen wegen nicht mehr geheizt wurde. Die luftige Aussicht ließ einen vieles nicht unbedingt klarer, aber eben doch anders sehen. Sie half einem, Gedanken und Sorgen neu zu ordnen. Man war schlagartig einsam, weil man in dieser Höhenschicht jeder normalen Gesellschaft entzogen war. Kein Gegenüber im Fenster auf der anderen Straßenseite, kein Winken von Balkon zu Balkon, zudem eine Sphäre, in der einen niemand vermutete. Wie ein Matrose hockte ich oben im Ausguck. Ein guter Ort, um zu verstehen, wohin die Fahrt geht und was sich am Horizont abzeichnet.

Anfänglich habe ich mich für mein wunderliches Gebaren geschämt. Aber wer dieses Alleinsein so genießen kann wie ich, den stärkt und beglückt es. Ich sprach daher mit niemandem darüber, weniger aus der Hemmung heraus, eine Merkwürdigkeit offenzulegen, sondern weil ich diese Erfahrung mit niemandem teilen wollte. Ich war sicher, dass der Vorstoß nach oben auch für andere eine Verführung werden könnte, wenn man sie auf die Idee brächte.

Heute hatte der Blick eine lindernde Wirkung. Ich atmete freier, mir wurde wohler. Auch die Aufregungen der letzten Tage heilten, über alles legte sich ein großer Friede. Die Schillerstraße zeigte sich in der Anmutung eines nächtlichen Friedhofs. Im Lauf des Abends waren viele Leute gekommen, um Blumen, Kerzen, Schilder und Stofftiere auf dem Trottoir niederzulegen. Die Lichter inmitten der Blumenhaufen flackerten, und der sich im Wind wiegende Kerzenschein ließ die Blüten in ihren unterschiedlichen Farben aufleuchten.

Mit dieser Form der Beileidsbekundungen war ich allerdings gar nicht einverstanden. Was sollten uns die Schweinchen, Häschen und anderen knuddeligen Plüschfiguren sagen? Dass sich reine Liebe, pietätvoll vorgetragen, nur infantil geben durfte? Unschuldig im Gegensatz zu den grausamen Menschen, die Blut vergossen? *Ich kraulte gerade den Rückenpelz meines Bärchens, als mir der Mörder den Hals aufschlitzte.* So wurde die Fallhöhe markiert. Neben Fotos der beiden ums Leben Gekommenen tauchten immer wieder Schilder auf, auf denen *Warum?* geschrieben stand.

Es gab darauf keine Antwort, denn der Tod dieser Menschen hatte keinen Sinn, selbst dann nicht, wenn die Täter einen weltanschaulich motivierten Anschlag begangen hätten. Die zwei beabsichtigten nie, für das christliche Abendland zu sterben, der Tod widerfuhr ihnen, so wie er uns allen einmal widerfährt, irgendwo, irgendwie und stets zur Unzeit, es sei denn, wir würden Hand an uns legen. Diese Frage will nicht beantwortet werden, sie dient nur dazu, die Überlebenden näher zusammenrücken zu lassen. Man sieht sich an, schüttelt den Kopf, schluchzt auf und sinkt einander in die Arme.

Wenn man so beharrlich grübelte wie Erwin, würde man der Sache noch mehr Schärfe geben und hinzufügen: Warum mussten die beiden sterben und nicht ich? Wer davongekommen war, verbreitete die Zuversicht, von einer höheren Macht behütet worden zu sein. Sonst hätte das Unglück logischerweise auch die eigene Person getroffen. Nora zum Beispiel. Sie hatte eigentlich vorgehabt, ihr Smartphone zu Erkan hinüber in die Reparatur zu bringen, erzählte sie. Aber irgendein Wink, eine verordnete Hemmung von oben ließ sie zögern. Sonst hätte sie genau zur fraglichen Zeit draußen auf der Straße gestanden und wäre womöglich unter die Räder gekommen.

Wenn die Überlebenden unter einem besonderen Schutz standen, warum nicht die Toten? Warum waren sie aufgegeben worden? Hatte denn der Weltenlenker keine weiteren Pläne mehr mit diesen Menschen?

Das Sterben mit Sinn auszustatten, ist gefährlich. Man gerät zwangsläufig in die Situation, nicht nur über die eigene Existenz, sondern auch die der anderen zu richten.

Ich war mit meinen Gedanken auf ziemlich steinige

Pfade geraten, hielt inne und fragte mich, ob das nicht zu unbarmherzig gedacht war? Schon, denn der Tod blieb eben in fragwürdige Konventionen eingekleidet, denen man folgte, weil man die Gemeinsamkeit mit anderen nicht aufkündigen wollte. In jungen Jahren konnte ich mir nie vorstellen, einmal »Herzliches Beileid!« zu sagen. Das Formelhafte und Unehrliche peinigte mich damals. Als es dann aber so weit war, mein Mitfühlen ausdrücken zu müssen, benutzte ich diese Wendung wie selbstverständlich. Weil ich nichts Besseres wusste und es mir zuwider war, in dieser Situation originell sein zu wollen. Angemessener war es, eine graue Maus unter den anderen Trauergästen zu bleiben.

Abstand halten musste man zu Storys, die um den Tod herum gestrickt wurden, wie die vom Familienvater, der seiner Tochter nur rasch einen neuen Handy-Akku besorgen wollte und dann zum Opfer wurde. Dieses dick Aufgetragene, diese vielfach gehebelten Gefühle waren unerträglich. Hier hielt ich es mit Erwin. Die Notwendigkeit, Problemen auf den Grund zu gehen, liegt im Denken selbst. Es macht vor nichts Halt. Wer sich eine Frage vorlegt, darf erst zufrieden sein, wenn die Antwort stimmig ist. Wer die Flinte zu früh ins Korn wirft und mutlos wird, hat versagt. Vor sich selbst. Dieser Makel bleibt, auch das Echo und die Zustimmung der anderen lassen ihn nicht verschwinden.

»Und? Macht das einen besseren Menschen aus dir?«

Igor! Sein russisch gefärbtes Bullern hallte in mir wider, eine Intonation, die auf und ab hüpfte, hin und her gedehnt wurde und erst nach einer Weile die Geschmeidigkeit eines Geschichtenmotors entwickelte.

Aber wo war er?

Er saß in meinem Kopf, ich musste gar nicht erst die Augen öffnen. Aber Vorsicht war geboten. Wenn ich ins Grübeln oder in Träumereien verfiel, tauchte ich Schicht um Schicht in eine Sphäre ein, in der sich Innen- und Außenwelt vermischten.

»Die eigentliche Schlacht ist noch nicht geschlagen.«

Langsam richtete ich mich auf und versuchte, meinen Wirklichkeitssinn zu beleben. Ich hockte immer noch auf dem First. Die Nacht war lau, der Sommer frisch. Endlich stand ich auf und begann balancierend, manchmal auch springend oder mich aufschwingend, von Dach zu Dach zu steigen und so Richtung Schwanthalerstraße zu spazieren. Nur an einer Stelle musste ich ein Seil benutzen, das ich dort bereitgelegt hatte, um mich auf das niedriger gebaute Nebenhaus herunterzulassen. Ich hatte gelernt, mich dort oben sicher und ruhig vorwärtszubewegen. Als passionierter Bergsteiger bin ich gut trainiert, habe keine körperlichen Handicaps, und man muss dazu kein Akrobat sein, der einen Drahtseilakt vollbringt. Es genügt, wenn man seine Angst unter Kontrolle bekommt. Dabei gehöre ich nicht zu einem besonders mutigen oder gar tollkühnen Menschenschlag. Im Gegenteil, ich war schon immer ein eher furchtsamer Mensch. Allerdings trägt wohl jeder nur ein begrenztes Quantum Angst in sich. Ist es aufgezehrt, hat man eine Grenze überschritten, jenseits derer der Schrecken seine Kraft verloren hat. Den Weg der Angst zu Ende zu gehen – Igor hatte mit seiner Charakterisierung der Berserker eine treffende Geschichte dafür gefunden.

Natürlich konnte ich durch einen Fehltritt jederzeit abstürzen. Aber ich blicke dieser Möglichkeit mit großer Gelassenheit ins Auge. Die übererregten, peinigenden Angstattacken, denen man mich damals während meiner Gefangenschaft aussetzte, waren zuerst wie pures Gift, das mir aufgenötigt wurde. Am Ende jedoch erwies es sich als Medizin. Nicht Verzweiflung wartete auf mich, sondern ein befreiender Blick auf mein Leben. Jedes Gelingen, selbst das kleine im Alltag, ist ständig vom Scheitern bedroht. An mir ist es, diese Zwiespältigkeit anzunehmen. Damit eröffnet sich eine ganz persönliche Freiheit. Ich bin für mich ganz allein verantwortlich. Natürlich habe ich in meiner damaligen Not wie jeder andere auch um Zuwendung von oben gebettelt, mir Hilfe von einem Schicksal oder sonst einer höheren Fügung erhofft. Aber niemand antwortete mir. Ich war verzweifelt, bis mir der letzte Stoß verpasst wurde, um darüber hinauszustolpern. In meiner Lage zu verzagen, war der Weg der Angst, den Freiraum zu gestalten, war der Wille zum Gelingen. Wer so an den Rand getrieben war wie ich, muss kein scharfsinniger Denker sein, um das zu verstehen. Ich hatte nur diese letzte Chance, zu überleben, und ich habe mir diese Einstellung bis heute bewahrt.

Das da unten war meine Stadt, in gewisser Weise mein Reich. Diese Haltung stellte sich schon durch das Herunterschauen ein. Zwischen den Häuserschluchten blieb man eine Ameise, der Blick von oben war herrschaftlich. Von hier sah man, wie sich die Stadt ausbreitete, sie zeigte sich in ihrer Ausdehnung. Dom, Rathaus und St. Peter ragten mit ihren Türmen heraus. Dahinter verlor sich die Aussicht in einem Häusermeer, das am Horizont von den Hochhäusern im Norden begrenzt wurde. Mir war, als könnte ich die Flügel ausbreiten, mich aufschwingen und sanft in der Luft gleitend mein Quartier erkunden. Die Schillerstraße lag unter mir in ungewohnter Ruhe da, in der Schwanthalerstraße brauste das Leben. Passanten, Lichter und die sehnsüchtige Unruhe der Nacht.

17

Am nächsten Tag fanden auch wieder Gäste in das *Swiss*. Ein paar Stellen waren draußen noch mit Signalbändern abgeriegelt, auch die Blumen- und Stofftierhaufen blieben unangetastet. Am späten Vormittag kam ein junger Mann mit seinem Trolley über die Eingangsschwelle des Hotels gepoltert. Trotz der milden Temperaturen trug er einen breiten Schal umgebunden. Von weitem sah es so aus, als leide er unter einem Schiefhals. Als er näher kam, sah ich, dass er sein Smartphone zwischen Ohr und Schulter eingeklemmt hielt, um mit seinem Koffer manövrieren und zugleich telefonieren zu können.

»Du machst dir keine Vorstellung, was hier noch los ist«, sagte er.

Mir war klar, dass das nicht an mich gerichtet war, obwohl er nun dicht vor mir auf der anderen Seite des Tresens stand. Er setzte den Koffer ab und nahm das Telefon in die Hand.

»Moment mal. Muss kurz einchecken.«

Mit den Fingern deckte er das Mikrofon ab.

»Einzelzimmer. Eine Nacht. Reserviert auf den Namen Brockmöller.«

Er klemmte das Smartphone wieder ein und begann in seinen Taschen herumzuwühlen.

»Okay, bin wieder da. Hast du mir die Präsentation rübergeschickt?«

Ich war verblüfft und nahm das Ganze als ein Schauspiel, das vor meinen Augen vollführt wurde. Seine Reservierung hatte ich vorliegen, aber ich fühlte mich nicht aufgerufen, die verunglückte Kontaktaufnahme dieses sozialgestörten Menschen durch meine Hilfestellung auszugleichen.

»Okay.«

Er sagte das mehrfach. Es war dieses auf der zweiten Silbe langgezogene, therapeutisch betonte Okay, das dem anderen signalisierte, dass man sich den ganzen Sermon erst mal verhalten geduldig anhörte, obwohl man jetzt schon Zweifel an der Glaubwürdigkeit der Botschaft oder Zurechnungsfähigkeit des Sprechers anzumelden hätte.

Mir war klar, dass Herr Brockmöller von mir Aktion einforderte, aber ich war einfach nicht willens, jeglichen

Anspruch auf Aufmerksamkeit und Höflichkeit bei der Begegnung zweier Fremder aufzugeben. Endlich hatte er seinen Personalausweis aus der Tasche genestelt und schob ihn zu mir hinüber. Mit dem Finger deutete er auf mein Belegungsbuch. Dann wandte er sich zur Seite, um mich während seines Telefonats nicht dauernd ansehen zu müssen, stützte sich mit dem Ellenbogen auf dem Tresen ab und schaute durch das große Fenster hinaus auf die Straße. Sein ganzes Gebaren wurde mir zu bunt. Ich pflückte ihm das Handy von der Schulter, beendete das Gespräch und steckte das Gerät in seine Brusttasche.

»Guten Tag, der Herr. Was kann ich für Sie tun?«

Ungläubig starrte er mich an.

»Nicht mehr ganz dicht, was?«

»Wenn Sie mit mir reden wollen, tun Sie es. Aber bitte keinen Lückentext. Wenn nicht, lassen Sie es.«

Noch immer starrte er mich an. Ein Abgrund tat sich auf, der nicht überbrückbar war. Wortlos drehte er sich um und verließ das Hotel. Ich radierte seinen Namen im Belegungsbuch sorgfältig aus, um meinen Gefühlen in kulturell verträglicher Form freien Lauf lassen zu können.

Hin und wieder gönne ich mir eine solche Auflehnung gegen den Zwang unseres Gewerbes, servil sein zu müssen. Für einen Hotelier genügt es leider nicht, die Gäste zu ertragen, er muss sie sogar verstehen, um ihre Wünsche aufnehmen zu können. Dabei gewinnt man Einsichten, die man sich nach Dienstschluss am besten von der Schulter bürstet. Geschäftsleute wären tüchtiger, wenn sie dem Alltäglichen, dem Nebensächlichen, dem, was sie ständig begleitet, mehr Aufmerksamkeit schenken würden. Es würde sie empfänglicher für Zwischentöne, für Ungesagtes und Atmosphärisches machen. Die Idee, die sie von ihrem Auftrag haben, den sie zumeist für eine Mission halten, ist: Immer geradeaus! Alles, was sie nicht auf direktem Weg ihrem Ziel näherbringt, ist ein Hindernis. Statt zu genießen, stopfen sie Eier, Speck und Brötchen in sich hinein. Die Blumen auf dem Tisch bemerken sie nicht. Servietten zerren sie aus dem bereitgestellten Spender, als seien sie bockige Wesen, die sich gegen ihre Benutzung sträuben. Nach Beendigung des Frühstücks stoßen sie den Stuhl beim Aufstehen mit den Beinen nach hinten und werfen alles, was sie nicht mehr benötigen, von oben auf den Teller. Niemand muss sich meinen Aufmerksamkeiten mit Andacht widmen. Aber solche Gäste sind sichtlich nicht bei sich, weil sie anderen fortwährend zu zeigen versuchen, wie sehr sie Alltagsverrichtungen als mindere Tätigkeiten empfinden. Wärmekannen, Servietten, Taschentücher, Verschlüsse und Türen sollen ihnen gefälligst zu Willen sein und keinen Ärger machen. Ihr Zug zum Höheren äußert sich in der Verachtung all der kleinen hilfreichen Dinge. Für mich sind das Leute, die ihren Kopf in den Wolken tragen. Sie wissen nicht, wo sie stehen. Allerdings erlischt mit ihrer vermeintlichen Mission zumeist jede Orientierung, wenn sie fallen, stürzen sie ins Bodenlose.

18

Es blieb ruhig im *Swiss*. Ich hatte ein paar Reparaturen auf dem Plan, eine defekte Steckdose, einen tropfenden Wasserhahn und einen Flachbildschirm, der wohl seinen Geist aufgegeben hatte. Draußen in der Küche putzte Olga die Geräte. Später kam Erwin dazu. Er wirkte beschwingt, ich sah es schon an der Art, wie er das Hotel betrat. Er steuerte den Tresen an und beugte sich zu mir herüber.

»Ich habe es jetzt!«

Dabei tippte er sich an die Stirn.

»Wie das Endliche und das Unendliche zusammenfinden. Ich meine: Wissenschaft und Metaphysik. Sie verstehen?«

Ich war auf seine Erklärung gespannt.

»Möchten Sie einen Blick in die Unendlichkeit werfen, Chef?«

Seine Frage überraschte mich. Ich nickte. Auch Olga war herbeigekommen. Sie hatte Erwins Ankündigung aufgeschnappt.

Er löste den Verschluss seiner abgewetzten Arzttasche, zog den Metallbügel auseinander und hielt sie uns hin. Wie ein Maul stand sie offen, und ich blickte in ihren ledernen Schlund. Drinnen war seine Thermosflasche mit Tee, die mit bunten, japanisch anmutenden Blumenmotiven bemalt war, daneben lag seine metallene Brotzeitbüchse, in der sich meistens zwei mit Salami belegte Scheiben Brot befanden, an den Rand geschoben waren ein zerfleddertes Buch und ein Notizblock. Unten am Boden erkannte ich Krümel, Papierfetzchen, Steinchen, Sedimente eines jahrzehntelangen Gebrauchs. Olga zuckte die Achseln.

»Was willst du uns zeigen?«

»Das!«

Ich musterte ihn. Für einen schlechten Scherz wirkte er weder betrunken noch übergeschnappt genug, zudem zeigte er ein selbstgewisses Lächeln.

»Dann erkläre es uns.«

Er maß mit beiden Händen die Breite seiner Tasche.

»Wie viel mag das sein?«

»Vierzig Zentimeter?«, schätzte Olga.

»Okay, sagen wir vierzig Zentimeter. Diese Strecke kann ich teilen, durch zwei, durch drei, durch vier ... Das Resultat ist eine Bruchzahl, die sich wiederum teilen lässt – immer weiter.«

Ich nickte.

»Zwischen zwei beliebigen Zahlen befinden sich unendlich viele weitere.«

Ich verstand nun, was er mir sagen wollte. Er trug in seiner braunen Ledertasche ein Universum von Punkten, ein jeder war eine nur flüchtige Station auf dem Weg in die Unendlichkeit. Ich sah ein Flirren und das kurze Aufleuchten einzelner, daneben das eines weiteren und immer, im wahrsten Sinne des Wortes, also endlos und unaufhörlich, gab es noch einen zwischen ihnen. Dieser Raum würde nie vollständig verschwinden. Diese Vorstellung ergriff mich. Je tiefer, je mikroskopischer man in diesen Raum schaute, desto mehr offenbarte sich seine Grenzenlosigkeit. Das Unendliche stülpte sich aus der Tasche heraus wie eine Kapuze über mich.

»Wenn ich zitieren darf …« Erwin wies auf das Buch in seiner Tasche. »Der Rest aus diesen Teilungsvorgängen verschwindet erst, wenn er unendlich klein geworden ist: gleich Null.«

»Faszinierend, Erwin!«

Er klappte den Bügel zusammen und nickte. Olga deutete Händeklatschen an. In seinem Gesicht war großer Stolz zu lesen.

Als ich mir draußen in der Küche einen Kaffee bereitete, war ich immer noch in die von Erwin angestoßenen Grübeleien vertieft, die nun wunderliche Blüten zu treiben begannen. Was für den Raum galt, galt doch in gleicher Weise für die Zeit. Die Zeit fließt! Wenn wir ihrer gewahr werden, hat sie uns bereits ein gutes Stück nach vorne getragen. Wir blicken zurück und stellen fest, dass wir älter geworden sind. Der gleichförmige Strom, als den wir sie denken, ist eine Illusion, denn zwischen zwei Schlägen gleich welchen Takts hat sich ebenfalls Unendlichkeit eingenistet. In ihren Zeitpartikeln haust nicht nur Erlebtes, sondern auch alles, was wir nicht gesehen, gehört und gesagt haben. Was war und was hätte sein können zieht an uns vorüber, es sei denn, die Wahrnehmungsfähigkeit würde so heftig erschüttert wie bei mir. Dann falten sich einige von ihnen auf und mischen Geschehenes und Ungeschehenes verwirrend neu zusammen.

19

Als Erwin den Portiersdienst übernommen hatte, ging ich hinüber ins Büro und vollzog auf der Karte von München, die dort an der Wand hing, den in der Zeitung beschriebenen Fluchtweg der Attentäter nach. Ihr Verschwinden war so zügig vonstatten gegangen, dass weder die Abriegelung der Ausfallstraßen noch die in der Luft befindlichen Hubschrauber das Fahrzeug stoppen konnten. Das mutete seltsam an. Und wenn sie nun diesen Sperrgürtel gar nicht durchbrochen und einen anderen Weg genommen hätten?

Ich blickte auf. Olga stand in der Tür. Heute trug sie ein Jackett von der Länge eines Gehrocks. Ein Riemen ihres Rucksacks baumelte herab. So wartete sie auf eine Reaktion von mir. Ich blieb ihr gegenüber gehemmt. Ständig versuchte ich, die Zeichen zu deuten, obwohl doch nichts unzuverlässiger ist als die Botschaften zwischen Mann und Frau.

»Hast du es eilig?«

Sie schaute auf die Uhr. »Der nächste Zug geht in einer guten halben Stunde. Starnberger Bahnhof.«

»Ich bringe dich noch hinüber. Wollte ohnehin einen Spaziergang machen.« Ich schlüpfte in meine Jacke.

»Die Amokfahrt lässt dich wohl nicht los?«

Olga musterte mich von der Seite.

»Weil alle anscheinend etwas anderes gesehen haben als ich. Und beim Nachdenken stoße ich dauernd auf Ungereimtheiten.«

»Was ist das da?«

Olga zeigte auf die Karte mit den Pins.

»Der Fluchtweg der Täter, wie ihn die Zeitungen beschreiben. Sie unterstellen ein planvolles Handeln, ein

Attentat eben. Ich habe aber einen Menschen in Panik am Steuer gesehen, verstehst du?«

»Und jetzt fragst du dich, wie ein Mensch in Angst reagiert?«

Ich nickte. »Genau.«

Wir überquerten den Bahnhofsplatz.

»Kann ich dir sagen: Geradlinig von der Bedrohung weg in die entgegengesetzte Richtung, bis sich ein Unterschlupf findet.«

»Aha.«

»Die Verhaltensforscher bei uns draußen beschäftigen sich mit so etwas.«

»In Seewiesen?«

»Ja. Mit einem habe ich mich mal länger über ein Erlebnis unterhalten, das ich hatte.«

»Erzähl!«

»Vor ein paar Jahren war ich mit Freunden wandern. In der Nähe von Grindelwald übrigens. Wir hatten uns dort in einem Bauernhof eingemietet. Nachts, wenn das Licht gelöscht war, begann es in meinem Zimmer zu rascheln und zu rumoren. Ich habe mir nichts daraus gemacht, was ein alter Holzbau an Lauten von sich gibt, zumal sie ohnehin allesamt natürlichen Ursprungs sind.«

Wir betraten die Bahnhofshalle. »Kann ich dich noch auf ein Getränk einladen?«

»Aber nur etwas Kleines.«

Wir steuerten einen der Stehtische an, und ich bestellte zwei Sanbitter.

»In der dritten Nacht bin ich den Geräuschen nachgegangen. Durch das Fenster kam Mondlicht herein, und nachdem ich mich an das Halbdunkel gewöhnt hatte, bemerkte ich neben der Kommode zwischen Bohlen und Wand ein Loch, aus dem nacheinander Mäuse hervorkrochen.«

Verwundert sah ich ihr ins Gesicht, sie schüttelte den

Kopf. »Ich habe keine Angst vor Mäusen. Draußen auf dem Land gibt es immer welche.«

Wir stießen an.

»Ich legte mich also auf den Boden und beobachtete sie. Sie strecken die Schnauze aus dem Loch, ruckartig bewegen sie ihren Kopf hin und her und ihre Schnurrhaare scheinen dabei zu beben. Dann laufen sie los. Das Erstaunliche ist, welche Geschwindigkeit diese kleinen Tiere entwickeln können. Ich habe versucht, sie mit den Händen von hinten zu packen. Keine Chance! Sie sind flink, und sie zu schnappen ist aussichtslos. Nach einer Weile habe ich verstanden, dass die Mäuse, die das Loch verlassen hatten, um ihr Leben liefen. Dabei nahmen alle denselben Weg. Geradeaus an der Wand entlang, bis sie kurz vor meinem Bett in einem weiteren Loch verschwanden. Eine Maus schlägt keinen Haken wie ein Hase, nimmt keine Abkürzung, auch keinen Umweg, sondern hält sich strikt auf ihrer Linie. Wenn man das kapiert hat, wird es einfach: Ich nehme den umgedrehten Nachttopf in die Hand, warte, bis die Maus losläuft und stülpe ihn auf ihrer vorgezeichneten Bahn über sie. Schon ist sie gefangen!«

»Und in dieser Hinsicht ist der Mensch wie eine Maus?«

»Schon. Der Fluchtreflex ist ja instinktgesteuert.« Sie nahm einen letzten Schluck. »Wie bei mir: auf kürzestem Weg dort hinüber. Ich muss jetzt …«

Sie machte ein paar Schritte, dann drehte sie sich noch einmal um. »Allerdings hat der Mensch auch seinen Kopf. Damit kann er ganz unerwartete Dinge tun. Das darfst du nie vergessen.«

Galt das mir? Ich blickte ihr nach, wie sie im Flügelbahnhof verschwand.

Ihre Mausgeschichte gab mir zu denken. Ein in Panik Fliehender hielte sich danach reflexhaft auf gerader Linie, er würde den direkten Weg hinaus wählen und nicht ohne Not in eine Seitenstraße abbiegen. Er würde das Ungewisse meiden und das Naheliegende suchen. Dieser Version gemäß wäre er der Schillerstraße bis zum Ende gefolgt. Von dort aus bliebe ihm nur noch der Weg zur Theresienwiese, denn durch das dort beginnende Klinikviertel sind alle anderen Richtungen durch Schranken abgesperrt.

Ich machte mich auf und ging den vermuteten Fluchtweg ab. So erreichte ich die Theresienwiese. Sie war außerhalb der Veranstaltungen und Feste ein ödes, von Teerstraßen durchzogenes Oval. Etwas fehlte. Sie sah in diesen Zeiten immer aus, als seien die Buden abgebaut oder noch nicht aufgebaut. Immerhin war das Gelände von Bäumen umsäumt, in deren Schutz es sich angenehm umrunden ließ.

Ab hier gab es zwar noch zwei Möglichkeiten, nach links, um sich dann über die Autobahn Richtung Süden abzusetzen, oder nach rechts, um sich über die große Ausfallstraße westlich zu halten, beide jedoch mit Umwegen verbunden. An der Theresienwiese angekommen, hätten sich die Fliehenden bereits verfranzt, oder sie hatten von vornherein eine passendere Route gewählt. Im Prinzip war hier Endstation.

Wenn Olgas Annahmen plausibel waren, hatten sie das nutzlos gewordene Fahrzeug abgestellt und waren zu Fuß weiter geflohen. Dann befand sich der Wagen vielleicht noch in unmittelbarer Nähe.

Ich lief den Ring entlang und fasste die geparkten Fahrzeuge ins Auge. Mit jedem, das ich fixierte, wurde meine Erinnerung undeutlicher. War der Porsche tatsächlich sandfarben? Konnte es nicht auch ein anderes Modell gewesen sein? Auch das Gesamtbild wurde verschwommen. Je mehr wir darum bemüht sind, desto widerstrebender gebärden sich die Details. Sie werden glitschig, und plötzlich tauchen Überlagerungen auf, die sich anheften.

Auf einer der Bänke saß ein Trompeter. Ich kannte ihn von früheren Spaziergängen. Er benutzte das leere Areal als

Übungsraum. Ein Jazzmusiker, der sich für seine Soli wappnete. Er improvisierte und variierte dazu Muster, wenig illuminiert allerdings. Er blies Sequenzen wie aus einem Baukasten, dessen Klötzchen man immer wieder ein wenig anders auftürmen konnte. Vielleicht musste noch das Feuer des Auftritts dazukommen, um seinen Melodiebögen das Unerwartete und Besondere zu geben.

Schließlich setzte ich mich auf eine Bank und sah zur Bavaria oben auf der Schwanthalerhöhe hinüber, die schattenhaft hoch das Feld überragte. Hinter mir war es heller geworden. Ich drehte mich um. Die Straßenlaternen brannten. Seltsamerweise bekam man nie den Moment mit, in dem sie eingeschaltet wurden. Die Gebäude- und Straßenbeleuchtung ringsum tauchte alles in ein diesiges Licht. Dazu strich ein grauer durchscheinender Nebel über das Gelände, in dessen Formen und Schattierungen sich Figuren und Szenen herauszuschälen begannen. Wenn man das Spiel dieser flüchtigen Gestaltungen nicht weiterverfolgte und nur mehr das Ganze auf sich wirken ließ, verwandelte sich das sachte Gewoge in eine Wasserfläche, mit etwas Großzügigkeit sogar in ein Meer, an dessen Gestade ich saß und auf das ich hinausblickte. Als hätte ich nur darauf gewartet, überließ ich mich diesem Gespinst. Und tatsächlich kräuselten sich nun die Wellen, schwappten heran und brachen sich plätschernd vor meiner Promenade. Von ganz hinten näherte sich, zunächst klein wie ein Schwanenhals, dann größer werdend, ein gezacktes Haupt, das sich über die Oberfläche emporreckte. Schließlich erkannte ich in ihm den Drachensteven. Das flache Boot glitt heran, angetrieben von Ruderern, die es lautlos und geschickt vorwärtsbewegten. Der undeutliche Schemen zog an mir vorbei und verschwand am anderen Ende, wo er sich in der Helligkeit der Stadt verflüchtigte.

Jemand lachte, eigentlich war es eher ein Kichern. Ich wusste schon, von wem es stammte: Igor saß neben mir und freute sich über meine Visionen. Obwohl es so warm war, trug er wieder Pelzmütze und Fellmantel, letzteren diesmal sogar hochgeschlossen. Hirngespinsten sind die Temperaturen vollkommen gleichgültig, sie scheren sich nicht um Konventionen. Und ich wusste ja, dass er und alles andere nur Trugbilder waren, die mir meine durch den Rausch angefachte Phantasie vorgaukelte, aber ich genoss sie. Denn die Welt, in der ich lebte, war nicht schön.

20

Für diese Flashbacks, die mir jetzt einige Male widerfahren waren, gab es sicher einen medizinischen Namen. Allerdings ängstigten sie mich nicht besonders, man konnte sich in ihnen einrichten, und sie bescherten mir dann sanfte Absencen vom Alltag. Ich musste nur aufpassen, dass sich das eine nicht mit dem anderen vermischte. Als ich schließlich durch die leeren Straßen nach Hause trottete, kam mir der bekannte psychiatrische Fall des Gerichtspräsidenten Daniel Paul Schreber in den Sinn. Die gleichnamigen Kleingärten waren nicht ihm, sondern seinem Vater gewidmet. Der allerdings war zu Zeiten dieser ehrenden Namensgebung bereits tot. Daniel Paul Schreber hatte sich mit Wahnvorstellungen auseinanderzusetzen, war jedoch als Jurist geschult genug, sie aufzuzeichnen und als Buch zu veröffentlichen. Deshalb weiß man, dass ihn von Zeit zu Zeit das Bedürfnis überkam, sich halbentblößt vor einen Spiegel zu stellen und sich mit Bändern und Ketten zu schmücken. Schreber wusste, dass er damit Anstoß erregen würde, und posierte ganz allein in seinem Zimmer. Diese Vorsicht wollte ich mir zu eigen machen, solange ich für Realität und Vision noch das richtige Etikett hatte, würde ich nicht auffällig werden.

In der Schillerstraße herrschte Hochbetrieb. Sie glitzerte,

blinkte und strahlte, jetzt war sie ganz bei sich. Nepp, billige Weiber, schmierige Männer, Gauner, Junkies und Heimatlose, natürlich konnte man das Treiben so abtun. Trotzdem hauste hier die Sehnsucht, der Wunsch, in der bezahlten Stunde, bei einem Schuss oder im Suff alles Niederdrückende vergessen zu können und etwas zu erleben, was man noch nie zuvor erfahren hatte. Nirgendwo sind das Höchste und das Niedrigste so nah beisammen wie bei uns.

Man kannte sich in unserer Straße, Suzan, Irmi und Maja grüßten, Hamit, Kazim und Timur winkten von ihrer Theke her. Otto, der mit Glatzkopf, Knebelbart und goldenen Ohrringen aussah wie ein bulliger, muskelbepackter Tatar, lehnte an einem abgestellten Wagen und salutierte, indem er mit zwei Fingern an eine imaginäre Hutkrempe tippte. In solchen Gesten verschwanden für einen Moment das Aufgesetzte und Theatralische, das man für das Geschäft brauchte, und wir signalisierten uns, dass wir uns als zusammengehörig empfanden.

Vor dem Coffeeshop hatte sich eine Gruppe älterer Herren versammelt, gut gekleidet, in straff gebügelten Hemden, hellen Hosen, auffälligen Gürtelschnallen und vor allem guten Schuhen, Patriarchen, die etwas miteinander abzumachen hatten. Ein Geschäft, eine Hochzeit, eine Schlichtung. Meistens wurden sie von einem jungen Chauffeur in einem großen Wagen hergebracht. Später, wenn alles besprochen war, würde man sie wieder abholen. Stammesfürst zu sein, war eine der Möglichkeiten, sich hier zu behaupten.

Ich überquerte die Schwanthalerstraße und blieb stehen, weil Kamil draußen abkassierte und mir zuwinkte.

»Hast du schon gehört? Das *Royal Ballhouse* ist wieder zu haben. Wie wär's?«

Kamil grinste, mir versetzte dieser Hinweis einen Stich. Das *Royal Ballhouse* war die Perle in unserem Familienvermögen gewesen. Natürlich blieb das *Swiss* unser Stammhaus, aber das Hotel in der Senefelderstraße war ein elegantes Haus mit ganz eigenem Charme. Die 100-Betten-Unterkunft verfügte über eine großzügige Lobby, die im plüschigen Stil eines Wiener Kaffeehauses gehalten war. Sonntags hatte dort ein gut besuchter Tanztee stattgefunden, zu dem eine kleine Kapelle aufspielte. Manchmal durfte ich meinen Vater dorthin begleiten. Dem Anlass entsprechend zog ich zumeist meine kurze Samthose an, dazu ein weißes Hemd und Jackett. Zum Abschluss steckte mir Vater noch eine schwarze oder dunkelrote Fliege an den Kragen, die mit einem Clip befestigt wurde. Er setzte mich auf einen der hohen Barhocker an der Theke, ich bekam eine Limonade und ein Stück Kuchen und durfte dem Treiben zusehen. Die Frauen trugen elegante Kleider, bei den Herren waren Anzug und Krawatte obligatorisch. Alle Tische verfügten über ein Telefon. Dem damaligen Comment zufolge riefen die Herren Damen an, die ohne Begleitung gekommen waren, um sie zu sich an den Tisch zu bitten.

»Danke für den Hinweis, aber mit dieser Geschichte bin ich durch. Weiß man schon, an wen das Haus geht?«

Kamil kreuzte beide Zeigefinger zu einem X. »Ist noch nicht entschieden. Aber offenbar gibt es Zoff.«

»Zwischen den beiden Platzhirschen?«

»Fritzi wollte das *Ballhouse* ja schon deinem Vater abluchsen …«

»Hat er aber nicht gekriegt. Die Bank hatte wegen unserer Schulden verbriefte Rechte.«

»Und deshalb glaubt er, dass er nun am Zug ist.«

»Und Siggi?«

»Hat jetzt so einen jungen Schnösel an der Hand, der ihm dort den Geschäftsführer machen soll. Es soll ein Treffen der beiden Parteien stattgefunden haben, das allerdings im Streit geendet hat.«

»Sagt wer?«

Kamil zuckte die Achseln. »Wer wohl! Buschfunk halt.«

»Siggis Mann – kennt man den hier bei uns?«

»Klar. Spitzname: Dodo. So ein Schwengel von der Art, wie Siggi sie gerne hat. Lockiges Haar, nach hinten gestrichen, Basecap, rosa Hoodie ...«

Zufall oder nicht, die Beschreibung traf mich wie ein Blitz.

»Ist was?«, fragte Kamil.

»Könnte sein, dass ich mit dem noch eine Rechnung offen habe. Wo finde ich ihn?«

Niemand in der Schillerstraße möchte womöglich schwelende Konflikte schüren. Man hält sich raus. Auch Kamil wurde nun vorsichtig. Seine Augen verengten sich zu Schlitzen, und er glich einem Reptil.

»Komm schon, Kamil!«

»Arbeitet im Kino an der Bar.«

Der *Stardome* war ein Sexkino mit Tabledance, Bar und Spielzimmern. Er legte Wert darauf, kein Swingerclub zu sein, was so viel hieß, dass immer wieder versucht wurde, ihn dazu zu machen.

»Ist er freundlich?«

»Nein, ist ein arrogantes Arschloch. Glaubt, er sei was Besonderes.«

»Wieso?«

»Weil er die VIP-Kunden-Betreuung machen darf.«

21

Am nächsten Tag ging ich vormittags in den *Stardome* hinüber. Am Einlass stand Lester, rund wie eine Kanonenkugel, die Haare feucht hinter die Ohren gestrichen, wo sie sich im Nacken ringelten, mit tiefen Säuferfurchen im Gesicht, unrasierbar, daher graustoppelig.

»Was verschafft uns die Ehre?«, fragte er. »Druck im Beutel?«

»Wollte mich nur mal ein bisschen umsehen.«

»Viel Spaß.«

Er schob mich, ohne Eintritt zu verlangen, am Kassenhäuschen vorbei. Drinnen begegnete einem viel Rot: die mit Kunstleder bezogenen Sitze und Bänke, die geschwungene Plastikblende des Tresens, die Deckenstrahler. Läden wie der *Stardome* waren in ihrer Kundenansprache so unmissverständlich wie eine Metzgerei, die Wammerl, Haxen und Speckseiten in ihre Auslage hängte. Das Publikum war so billig wie das Eintrittsgeld, schon für siebzehn Euro wurde man eingelassen, Frauen selbstverständlich umsonst, denn an ihnen mangelte es immer. So hockten füllige Kerle an der Bar, versprühten einen bestenfalls onkelhaften Charme und warteten darauf, dass endlich ein Pärchen kam, das sie mitmachen ließ. Ansonsten blieben nur noch die Kinoräume mit abwischbaren Sitzflächen und Papiertaschentuch-Spender, die selbst im Dunkeln nicht über die Anmutung von Verrichtungsboxen hinauskamen.

»Hallo, ich heiße Evelyn«, sagte die Bardame. »Was kriegst du denn?«

»Ich gehöre dazu. Komme vom Hotel gegenüber. Wollte nur mit eurem jungen Barmann sprechen? Spitzname Dodo.«

»Ist nicht da.«

»Und wo finde ich ihn?«

»Keine Ahnung.«

»Könnte ich deinen Chef mal fragen?«

Sie beugte sich vor und flüsterte fast.

»Tu es lieber nicht. Er kocht. Dodo sollte schon seit Stunden hier sein.«

»Danke. Dann komme ich später wieder.«

Ich legte einen kleinen Schein auf die Theke.

»Ist Dodo eher klein, schlank, mit rosa Hoodie und Basecap?«

»Kommt hin. An deiner Stelle würde ich es morgen

noch mal versuchen. Normalerweise beginnt er um siebzehn Uhr.«

Vorne am Ausgang traf ich Lester wieder.

»Dodo«, fragte ich, »was ist denn das für einer?«

Lester nestelte an den Knöpfen seines Hemds und versuchte dann mit mäßigem Erfolg, es glatt zu ziehen, um den klaffenden Spalt, der seinen haarigen Bauch freilegte, verschwinden zu lassen.

»Ach, deswegen bist du da?«

Er atmete tief ein, was seinen Bauch ein Stück weit verschwinden und ihn gravitätisch aussehen ließ, weil sich seine Schultern hoben. Passend dazu runzelte er die Stirn. Männer, die aus den Fugen geraten waren, verstanden nur selten, dass dies auch das Tragen ihrer Lieblingsklamotten beeinträchtigte. Lesters Hemd gehörte in diese Kategorie, er hatte es oft und gern an, ich kannte ihn gar nicht anders. Es war in einem auf edel gemachten Cowboystil geschnitten, das Unterteil schwarz, das Schulterteil, das an Brust und Rücken zackenförmig zulief, war weinrot.

»Wollte ohnehin Pause machen. Wenn du mich einlädst, plaudern wir ein bisschen.«

Lester tat mir den Gefallen und zog ein Jackett über. Ich war nun schon auf seine Hemdknöpfe fixiert, wollte aber gar nicht wissen, wie sie die anstehende Belastungsprobe überstehen würden. Wir gingen hinüber in eines der Hotels, die auch Restaurantbetrieb hatten. Lester entschied sich für Rehragout mit Spätzle.

»Okay, schieß los!«

»Dodo …«

»Hat der auch einen richtigen Namen?«

»Malek Ben Musa. So nennt ihn aber niemand. Arbeitet bei uns an der Bar. Schwule stehen auf ihn. Die mögen so einen kleinen, quirligen Typen mit frecher Schnauze. Bei den Frauen löst er einen Bemutterungsreflex aus …«

»Bei älteren?«

Lester grinste.

»Seit wann sind bei uns junge? Und bei unserem Publikum hat Dodo schon einen besonderen Status. Wenn er mal nicht da ist, heißt es sofort: Wo steckt denn Dodo heute?«

»Und was hat das mit VIP-Betreuungen auf sich?«

»Ach, das weißt du auch schon!«

Lester löste ein Knochenstück aus dem Fleisch. Er machte das sehr geschickt. Mir fiel ein, dass er mir früher einmal erzählt hatte, dass er auch schon im Schlachthof gearbeitet habe. Mit der Messerspitze hob er es an den Rand.

»Zum *Stardome* gehören ja auch noch andere Lokale …«

»Welche denn?«

Lester hob die Hände.

»Das *KitKat* und das *Horny*.«

»Immer noch die Läden von Siggi, oder?«

»Freilich. Gehört alles der *Badenkolb Joy Division*.«

Dann lehnte er sich etwas zur Seite, um meinem Ohr für eine vertrauliche Botschaft näher rücken zu können. Dabei setzte er eine Miene auf, die mich an einen hart gewordenen Burschen erinnern sollte, der Pferde kotzen gesehen hat.

»Aber seitdem sie ihm den Namen Sissy verpasst haben, lässt er sich nicht mehr blicken.«

»Verstehe ich nicht! Seine Clubs laufen doch wie geschmiert.«

»Mann, ums Geschäft geht es dabei nicht, sondern seinen Ruf! Du kennst doch die Geschichte.«

Ich zuckte die Achseln. Ich wusste, was Lester meinte, hatte diese Gerüchte aber immer für bösartig gehalten. Er spießte ein Stück Fleisch auf, hielt aber inne, bevor er es sich in den Mund schob, und wurde deutlich.

»Ich bitte dich! Ein schwuler Hahn, der seine Hennen nicht mehr bespringen kann, hat doch bei uns nichts mehr zu suchen.«

Dann schnappte Lester zu und kaute mit inniger Brutalität.

»Und jetzt ist er mit Fritzi wegen dem *Royal Ballhouse* über Kreuz?«

Lester nickte.

Hannes Nowak, von allen nur Fritzi genannt, war ein schmales Buchhalterbürschlein. Unscheinbar, aber hundsgemein. Seine Art, mit Menschen zu reden, war, sie zu beleidigen. Es gab eine Zeit, als mein Vater noch lebte, in der er ständig zu uns ins Hotel kam. Fritzi war nicht nur scharf auf das *Royal Ballhouse,* sondern auch auf unsere beiden Immobilien in der Goethestraße. Er wusste, dass mein Vater finanziell in der Klemme steckte. Unerwartet und ungebeten tauchte er auf, um ihm den Besitz abzuzwingen. Irgendwann war es dann auch so weit. Mein Vater stand vor der Insolvenz, und Fritzi kaufte die Anwesen in der Goethestraße.

»Schon mal was von einem Italiener gehört, der für Fritzi arbeitet?«

»Da gibt es einige. Fritzi hat ein Faible für die. Aber wer da was für ihn macht – keine Ahnung!«

Offensichtlich wollte er mich kurzhalten.

»Aber wenn Siggi sich durchsetzt, soll Dodo das Haus übernehmen?«

»Blöde Idee, finde ich. Statt einen erfahrenen Mann auf den Posten zu setzen.«

Lester war nicht wirklich gesprächig, ich musste ihm selbst kleine Informationen aus der Nase ziehen.

»Und was läuft da mit den VIPs?«

»Dodo macht mit denen eine Rundtour. Er holt sie ab, fährt sie herum, so ein bisschen Barhopping, je nachdem, was der Kunde sich so vorstellt. Mit Sonderbehandlung.«

»Männer, Frauen, Alkohol, Drogen?«

»Drogen sind für mich ein Fremdwort. Habe ich noch nie was von gehört.«

Lester grinste und wurde dann noch wortkarger. Er hatte das Ragout aufgegessen und das Besteck auf den Teller zurückgelegt. Mit einem Nachtisch hätte ich seine Geschichten vielleicht wieder in Gang gebracht, aber ich hatte das Gefühl, dass ich von ihm nichts Wesentliches erfahren würde.

»Wie wäre es, wenn du ihn selber mal fragst?«, sagte Lester.

Genau das hatte ich vor. Ich hob die Hand und zückte den Geldbeutel.

»Wenn du mir sagst, wie ich an ihn rankomme. Offenbar ist er zurzeit nicht auffindbar. Hast du eine Handynummer von ihm?«

Lester antwortete nicht. Dass er in der Klemme steckte, sah man. Trotzig stülpte er die Unterlippe nach vorne.

Der Kellner legte die Rechnung auf den Tisch und ich bezahlte. Dann schob ich einen weiteren Schein über den Tisch. Lester holte tief Luft, fischte sein Handy aus der Brusttasche und notierte schließlich eine Nummer auf dem Bierdeckel. Endlich steckte er den Schein ein und erhob sich.

22

Dodo anzurufen schien mir ungeschickt. Also schickte ich ihm eine SMS, in der ich mich kurz vorstellte und ihm sagte, dass auch ich einen Fahrer benötigte. Er möge sich melden. Wenn er der Mann war, den ich am Steuer gesehen hatte, verstand er die Botschaft.

Der Nachtdienst, den ich zu absolvieren hatte, war diesmal besonders langweilig. Ich blätterte in Zeitungen und Magazinen, ein Buch zu lesen, hatte ich keine Lust. Abends hat die Schillerstraße etwas von einem Jahrmarkt: Touristen flanieren, angetrunkene Männergruppen ziehen auf der Suche nach der besten Bar umher, auf dem Gehsteig bilden sich, nach Herkunft unterschieden, Grüppchen, die sich mit einem Glas Tee, einer Flasche Bier oder einer Büchse Cola in der Hand lautstark unterhalten. Wenn die Gäste kommen, sind die Händler verschwunden. Geschäften geht kaum noch einer nach, es sei denn, sie hätten mit Essen, Trinken oder Sex zu tun.

Irgendwann begann ich die Küche aufzuräumen. Putzen und nachdenken vertragen sich gut. Man sortiert, ordnet und hofft, der Kopf würde von der Hand lernen, wie die Dinge instandgesetzt und arrangiert werden können.

Normalerweise kümmerte ich mich nicht darum, wem welche Bars oder Lokale gehörten, ständig wechselten die Betreiber, die Ansprüche änderten sich laufend und keiner hatte es dauerhaft raus, seinen Laden an der Spitze zu halten. Allerdings markierte der Rückzug von Siggi einen Einschnitt. Die Zeit eigenwilliger, durchsetzungsstarker Einzelkämpfer war offenbar vorbei. Fritzi Nowak war ein Verwalter, der Finanziers im Hintergrund hatte. Er fühlte sich im Büro zu Hause. Listen zu führen und zu rechnen lag ihm.

Außerdem hatten sich die Regeln des Spiels grundlegend verändert. Der Einsatz war höher geworden. Damals konnte man noch mit ein paar Mark in der Hosentasche und einem Trupp Frauen reüssieren. Inzwischen wurde selbst die schrägste Butze als Betongold gehandelt. Vor knapp dreißig Jahren galten die Häuser in der Schillerstraße als Schrottimmobilien. Und die Geschäfte, die man hier machen konnte, liefen schlecht. Bis eines Tages Siggi in der Stadt auftauchte, angeblich kam er aus Köln, und eine Menge aufkaufte. Damals für billiges Geld. Viele waren froh, ihre maroden Häuser versilbern zu können.

Zu dieser Zeit wurde Siegfried Badenkolb noch ausschließlich Siggi genannt und war unangefochten die Nummer eins. Er war immer schon Zuhälter, und fragte man, wie er an das viele Geld gekommen sei, so hieß es, dass er viele Frauen laufen habe. Überall, wo es etwas auszutragen oder zu feiern gab, war Siggi persönlich zugegen. Er soff und prügelte und wusste, dass das Wichtigste in seiner Branche der einschlägige Ruf war. Siggi und seine Gehilfen befeuerten das Gerücht, dass er untenherum wie ein Hengst ausgestattet sei und über einen Prügel verfüge, der jede Frau schwach werden lasse. Er könne daher gar nicht so viele in seinen Stall holen, wie für ihn arbeiten wollten.

»Glotz nicht so blöd, sonst gibt's eins zwischen die Hörner«, so lautete Siggis Standardbegrüßung.

Aber nichts ist so fragil wie der Mythos, den eine Person um sich herum aufbaut. Und so war es auch bei Siggi, das stärkste wurde zum schwächsten Glied. Eines Tages tauchte eine rumänische Prostituierte in unserer Gegend auf, die sich Ozana nannte. Sie tanzte und bediente in der Piano-Bar. Sie setzte die Geschichte in die Welt, dass sie noch nie eine solche Enttäuschung mit einem Mann erlebt habe wie mit Siggi. Er habe sie zu sich gebeten, sie hätten ein Glas getrunken und seien dann nach nebenan in seine Privaträume gegangen. Richtig sei, dass Siggi von der Natur eine außerordentliche Ausstattung mitbekommen habe, die aber sei zu nichts nutze, wenn sie nicht im richtigen Moment ihrer Bestimmung gerecht werde. Als es dann endlich so weit war und das Ding stand, sei er mir nichts, dir nichts ohnmächtig geworden.

Nun saßen selbsternannte Experten am Biertisch zusammen und mutmaßten, was hinter diesem Desaster stecken könnte. Die einen glaubten, dass Siegfried Badenkolb schon mit einem anatomischen Defekt zur Welt gekommen sei. Bei sexueller Erregung und der darauffolgenden Erektion würde eine große Menge an Blut benötigt und logischerweise aus anderen Körperregionen abgezogen. Damit fehle das zur Versorgung des Gehirns notwendige Quantum, weswegen er das Bewusstsein verliere. Als junger Mann könne man an, bisweilen sogar über seine Grenzen gehen, als älterer Herr kippe man einfach aus den Latschen.

Andere wiederum fanden das zu weit hergeholt, schließlich habe es ja früher offenbar problemlos geklappt, und warfen den Verdacht in die Runde, dass er zum anderen Ufer gewechselt sei. Er sei tatsächlich nicht mehr der Jüngste und könne durch seinen Willen nicht mehr korrigieren, wozu ihn seine Natur nötige. Deshalb versage er inzwischen beim Versuch, es einer Frau zu besorgen.

Eine Parole war so haltlos wie die andere, aber die zweite machte das Rennen und Siggi wurde fortan Sissy genannt. Zunächst einmal änderte sich gar nichts, Geschäft war Geschäft und Besitz blieb Besitz. Aber dann war vermehrt von Frauen zu hören, die ihm den Dienst aufkündigten, weil sie nichts mit einem schwulen Luden zu tun haben wollten. Und schließlich tauchte ein Erdinger Bauer im *Horny* auf, der sich nicht von Siggi zurechtweisen lassen wollte und ihn übel vermöbelte.

Damit war Siggis Ruf in der Szene endgültig ruiniert.

23

Jemand pfiff hinter mir, und ich schreckte aus meinen Gedanken auf.

»Hast du einen Kaffee für mich?«

Nora stand in der Tür.

»Espresso?«

Wir gingen in die Küche hinüber, und sie setzte sich an den kleinen Esstisch, an dem wir schon neulich gesessen hatten. Dort schlug sie ein Bein über das andere, so dass ich auf ihre silbrig schimmernden Strümpfe und den kurzen schwarzen Rock aufmerksam wurde. Ich reichte ihr das Kaffeetässchen. Auf den Unterteller hatte ich einen

Cantuccino gelegt. Nora stupste den Keks mit der Fingerspitze an.

»Ich bin immer wieder verblüfft, wie aufmerksam du bist.«

Ich zuckte die Achseln.

»Natürlich gibt es auch andere, die sich ähnlich verhalten, aber die meisten tun es, weil sie etwas dafür wollen.«

»Du sprichst von Männern, oder?«

»Klar. Ehe du dich versiehst, hast du ihre Hand im Ausschnitt.«

Das Thema war mir unangenehm. Ich fühlte mich in eine Ecke gedrängt, aus der ich nur mit einem Geständnis, egal welcher Art, herauskommen würde. Ich hatte mich der Kaffeemaschine zugewandt und klopfte den Satz aus der Coppa.

»Urs! Könntest du vielleicht einmal für eine Weile mir gegenüber Platz nehmen und mich ansehen, statt deine Küche zu polieren?«

Ihre Ansage traf mich wie ein Pfeil im Rücken, aber ich gehorchte.

»Was ist denn plötzlich los mit dir?«, fragte ich.

»Ich mag dich, das weißt du?«

Sie würde sich nicht mit ein paar netten Worten zufriedengeben. Genau das hatte ich befürchtet. Ich atmete tief ein. Mir stand mein Vater vor Augen. Auch wenn er mir gegenüber vollständig versagt hatte, war er doch immer ein anständiger Mensch gewesen, der stets seinen Stil höflicher Korrektheit gepflegt hatte. Nur einmal war ihm die Fassung verloren gegangen, als er meinte, aus seiner Haut schlüpfen zu können. Dies war der Fehler seines Lebens gewesen.

»Hast du eigentlich je eine Beziehung zu einer Frau gehabt?«

»Schon.«

»Ich meine eine richtige, eine mit tiefen Gefühlen?«

Ich dachte an Susi und schämte mich. Susi war keine Beziehung, sondern ein Bild, oder mehr noch: eine Einbildung. Ich bin kein Gefühlstrampel, an dem alles abprallen würde, aber gerade zartfühlende Menschen sind oft von einem Drang bewegt, der nie zum Ziel führen kann. Im Zweifelsfall ist die Sehnsucht wichtiger als die Erfüllung.

»Nimm's mir nicht übel, Urs, aber ich fürchte, du hast da ein Problem.«

»Ich verstehe nicht, warum du so in mich dringst.«

»Es beschäftigt mich. Glaubst du, ich spüre nicht, wie du mich ansiehst ...?«

Sie fasste ihre Brüste unter und strich über ihre schimmernden Strümpfe.

»Aber es kommt da nichts von dir, keine Regung. Du bist liebenswert, dabei aber stocksteif.« Sie lächelte. »Ich glaube, ich bin nicht die Einzige, die dich erlösen möchte. Junggeselle, Mitte vierzig, groß, schlank, dazu solvent ...«

Nora hob ihr Tässchen.

»Bitte noch einen! Auch wenn du jetzt deine Hochglanzküche wieder schmutzig machen musst.«

Ich bereitete ihr einen weiteren Espresso und hielt die Büchse mit den Cantuccini hoch.

»Mit oder ohne?«

Sie lachte laut auf.

»Mit!« Nach einer Weile fuhr sie fort. »Du bist eine verschlossene Schatulle, und ich würde gerne wissen, was drin ist.«

Keine Liebe ist ohne Schmerzen. Die wollte ich immer vermeiden. Nora winkte ab, als habe sie meine Gedanken erraten.

»Wer den Untiefen gegenüber unempfindlich bleibt, wird nie Glück erleben. Glaub mir!«

Ich stand immer noch vor ihr. Sie erhob sich, zog meinen Kopf zu sich heran und strich mir durch das Haar. Ihr

Dekolleté roch herb nach Cognac und Rauch. Ich küsste sie auf die Brust. In meinem Nacken kribbelte es, als perlten Kohlensäurebläschen von dort nach oben in einen Hohlraum meines Schädels. Ich empfand das nicht als Wohlgefühl, sondern als Gewahrwerden eines Zustands, den ich mir zu verbieten versuchte: Ich war bedürftig nach Zuwendung.

»Seit diesem Unglück habe ich das Gefühl, du trägst da etwas mit dir herum. Als würdest du mit etwas hadern.«

»Stimmt.«

»Willst du mir nicht erzählen, was dich bewegt?«

Jetzt stand ich an der Kippe. Der Heroismus meiner einsamen Grübeleien ging in die Knie. Ich wollte mich Nora anvertrauen.

Sie hatte längst verstanden.

»Komm!«

Sie fasste meine Hand und zog mich hinter sich her auf mein Zimmer. Ich hatte allen Widerstand aufgegeben. Wir legten uns auf mein Bett, schauten durch das Fenster und den Gitterrost darüber in das spärliche Licht der Hofbeleuchtung. So begann ich zu erzählen. Ich verschwieg Nora nicht einmal meinen Pilzrausch. Und dass ich in dem Insassen des Fahrzeugs dem Gespenst meiner Vergangenheit begegnet war. Ich aber niemandem etwas beweisen konnte und nicht einmal mehr mir selbst traute.

Fast unmerklich kehrte meine Rede dorthin zurück, wo sie hergekommen war, zum Wunsch nach Zuwendung, und bei den letzten Sätzen lag ich bereits in ihren Armen.

Später hockte Nora auf dem Fensterbrett und blies den Rauch ihrer Zigarette nach draußen.

»Hattest du schon mal mit Dodo zu tun?«, fragte ich.

»Ich weiß nur so viel von ihm, wie von jedem anderen auch, der hier arbeitet. Er ist nicht besonders sympathisch, das steht fest. Er hält sich für unwiderstehlich und glaubt, er könne jede Frau mit seinem Schmäh rumkriegen, uns ebenso wie seine Kundinnen jenseits der Theke. Bei seinem Publikum mag er beliebt sein, bei uns kommt das nicht gut an.«

Nora drückte ihre Zigarette aus und begann sich anzuziehen.

»Ich habe noch eine Bitte, Nora: Fritzi hat in Trudering im Gewerbegebiet einen größeren Laden …«

»Das *Candlelight*?«

»Genau. Ich möchte wissen, ob da ein Italiener beschäftigt ist. So fünfzig bis sechzig Jahre alt. Vielleicht ist er einschlägig bekannt.«

»Einschlägig? Meinst du damit, ob er Umgang mit Frauen wie mir hat?«

»Genau.«

Sie seufzte. Dann richtete sie sich auf.

»Was soll's! Natürlich hätte alles anders laufen können. Wenn ich ein paar Jahre jünger wäre und mich für einen anderen Beruf entschieden hätte, würdest du mich vielleicht heiraten? Trotzdem habe ich mich durchgekämpft und bin niemandem etwas schuldig. Auch das zählt!«

Ich war innerlich noch aufgewühlt, weich, weil ich mich dazu hatte verführen lassen, das Gehäuse zu verlassen, in dem ich ein einzelgängerisches Dasein führte. Frauen wie Nora waren immer schon in meiner Umgebung gewesen. Von klein auf verstand ich, dass sie lädiert waren, was jedoch keine gehindert hatte, freundlich und fürsorglich zu mir zu sein. Der Weg, den sie genommen hatten, überdeckte ihre Qualitäten nicht. Ihre Zugewandtheit mochte in eine Ecke ihres Wesens getrieben worden sein, aber keine Geschichte macht einen Menschen so vollständig aus, dass die guten Seiten in ihm ausgelöscht wären.

»Unbedingt! Außerdem habe ich kein Problem mit Frauen, die eine Vergangenheit haben.«

»Tatsächlich? Fass mich hier an!«

Sie streckte mir ihre Brüste entgegen. Vorsichtig betastete ich sie.

»Anfassen!«, mahnte sie.

Ich packte zu. Nach einer Weile löste sie sich von mir. Sie sah mir in die Augen und stupste mich mit der Fingerspitze an der Nase.

»Ich kann dir auch so sagen, was du wissen willst: Er heißt Bruno und leitet das *Candlelight.*«

»Und mit Nachnamen?«

»Hm. Mosca, glaube ich, bin aber nicht ganz sicher.«

Vielleicht war Mosca der, hinter dem ich her war?

»Und Mosca arbeitet für Fritzi.«

»Ja. Aber lass lieber die Finger von ihm. Der Kerl ist gefährlich.«

Jäh verließ mich die gelöste Stimmung.

»Woher weißt du das?«

»Musste mal ein *Lovemobil* mieten. Das lief über ihn.« Nora ließ mich nicht aus den Augen und fügte an: »Für eine Kollegin.«

Sie küsste mich noch einmal und verschwand dann. Nora verwischte gerne die Spuren ihrer Rede. Bald danach schlief ich ein, erleichtert von dem Ballast, den ich mir von der Seele geredet hatte.

Als ich am anderen Morgen mein Smartphone einschaltete, poppte eine Nachricht auf: Dodo schrieb, ich könne ihn morgen Abend um 22 Uhr im Nußbaumpark gegenüber der Medizinischen Klinik treffen. *Alleine, sonst bin ich sofort weg!*

24

Ich schleppte mich durch den Tag. Die Zeit wollte nicht vergehen. Das bevorstehende Treffen mit Dodo vereinnahmte mich vollständig. Endlich kam Erwin zur Spätschicht hereingetappt.

»Guten Abend, Chef.«

Ich konnte mich nicht erinnern, dass Erwin in den mehr als fünfzehn Jahren seiner Angestelltentätigkeit bei mir je einmal gefehlt hätte. Krumm und hager wie er war, sah er weder besonders gesund noch sportlich aus, aber er besaß diesen inneren, zähen Lebenskern, der Leuten eigen ist, die sich am rechten Platz fühlen. Dabei war ich derjenige, der dankbar sein musste, denn einen wie ihn fand man nicht, der Zufall oder das Schicksal, die ihn mir zugespielt hatten, waren hier am Werk gewesen.

»Es gäbe noch einiges vom Buffet, Brot, Käse, Wurst – möchtest du etwas?«

Erwin machte eine leichte Verbeugung.

»Danke, Chef, aber ich bin gut versorgt.«

Er klappte das Maul seiner Ledertasche auf und wies mir seine Vorräte, die er wie üblich in seiner japanischen Teekanne und der Brotbüchse mitgebracht hatte. Daneben lag ein Taschenbuch, das mein Interesse weckte: *Das Universum in der Westentasche*. Ich streckte die Hand aus.

»Darf ich?«

Erwin schüttelte den Kopf.

»Worüber sollten wir dann reden, Chef?«

Auch das mochte ich an ihm, er setzte klare Prinzipien, wie wir miteinander umzugehen hatten. Und dazu gehörte die Distanz, die er wahrte, indem er mich siezte, von niemandem besucht werden wollte und mir seine Bücher nicht in die Hand gab.

»Ich bin gespannt.«

Er machte Anstalten, in die Portiersloge zu gehen.

»Eines noch …«

Er wandte sich um.

»Erinnerst du dich noch an Remmel?«

»Den Geschäftsführer vom *Royal Ballhouse*, oder?«

»Genau. Wird ja jetzt verkauft ...«

»Habe ich auch gehört.«

»Frag ihn doch, ob ich mir das Hotel noch mal ansehen darf.«

»Wollen Sie etwa mitbieten?«

»Auf keinen Fall. Zum Abschied. Und um meinen Kindertagen nachzuhängen. Ich befürchte, dass dort bald nichts mehr an die alten Zeiten erinnert.«

Er nickte. »Mach ich.«

»Okay, danke, Erwin!«

Statt zu gehen, trat er ganz nahe an mich heran.

»Ist Ihnen klar, Chef, dass wir dieses Gespräch nach Ablauf einer sehr, sehr langen Zeit genau so noch einmal führen werden?«

Damit hatte er mich wirklich auf dem falschen Fuß erwischt.

»Welchen Grund könnte es dafür geben? Ich wüsste keinen. Und die Wiederkehr des Gleichen ist doch ein alter Hut, oder?«

»Philosophisch vielleicht, aber physikalisch nein. Nach dem, was wir wissen, ist das Universum begrenzt.«

»Richtig.«

»Und demnach auch die Anzahl der Teilchen, die sich in ihm befinden.«

Ich überlegte.

»Hm. Wohl schon.«

»Damit ist auch die Anzahl der Kombinationen unter diesen Teilchen begrenzt.«

»Auch das.«

»Dann wird es irgendwann einmal keine neue Kombination mehr geben können, sondern frühere müssen sich wiederholen. Sie, ich und dieses Gespräch zum Beispiel.«

Am liebsten hätte ich ihm seine Tasche entrissen und das Buch herausgenommen, um das alles selbst nachlesen zu können. So aber musste ich mich erst mal geschlagen geben.

»Treffer! Das ist ein Fund, über den es sich lohnt nachzudenken.«

Erwin schlurfte davon. Erkenntnisse mussten mitgeteilt werden. In der Auseinandersetzung mit anderen erfuhr man, ob die eigenen Argumente standhielten. Gewiss hatte ihn unser Gespräch, für eine Weile zumindest, zufrieden gemacht.

Ich brachte meine Arbeit in der Küche zu Ende und gab dann Bescheid, ich würde mich in mein Zimmer zurückziehen. Erwin wusste, dass ich nicht gestört werden wollte. Ich ging hinunter ins Souterrain, nahm dort den Lift und fuhr ganz nach oben. Über die Luke stieg ich in die Nacht hinaus.

Was Erwin vorgebracht hatte, war zweifellos bedenkenswert. Jedenfalls konnte ich keinen Fehler darin finden. Und vielleicht hatten mein Gespräch mit Erwin und mein Verweilen auf dem Dach schon einmal stattgefunden? Wenn die Wiederholung identisch war und demnach keine Abweichung zuließ, dann gehörte es zu ihr, dass ich nie wissen würde, ob sich das Geschehen bereits einmal ereignet hatte. Dieser Zirkel war unauflösbar. Vor einiger Zeit war mir ein Bericht über eine Theorie untergekommen, nach der unser Universum zwar seinem zwangsläufigen Kollaps entgegenstrebt, jedoch in einer ebenso zwangsläufigen Wiederholung des Urknalls danach wieder neu ersteht. Somit würde in alle Ewigkeit immer wieder dasselbe passieren. Mit dem Urknall sind die Karten gleich gemischt, und alles, das Große wie das Kleine, beginnt stets von vorne.

Solche Vorstellungen haben etwas Beängstigendes, weil sie das Modell eines ausweglosen Kerkers beschreiben. Nie werden wir die alte vorgezeichnete Bahn verlassen. Dabei ist uns die Wiederholung nicht fremd, im Gegenteil, sie ist ein wichtiger Teil unseres Lebens. Woran man sich gewöhnen kann, das gewinnt man lieb. Und wer etwas Schönes erlebt hat, trachtet danach, ihm wieder zu begegnen. Wem etwas Schlimmes widerfahren ist, das ihn aus der Bahn geworfen hat, unterzieht sich dem Übel so lange, bis es als Teil der eigenen Person unschädlich gemacht worden ist oder, besser noch: bis in der Wiederholung die rettende Tür gefunden wird, durch die man das Ganze hinter sich lassen kann. Wem dies nicht gelingt, der zerbricht daran. Die Wiederholung befördert ein Gelingen, und wir denken sie daher nicht kreis- sondern spiralförmig, sie schraubt sich nach oben einer steten Verbesserung entgegen.

Ich schreckte in meinem Sinnieren auf und begab mich rasch nach unten. Im Nußbaumpark wartete Dodo auf mich. Zu Erwin sagte ich, ich wolle einen Spaziergang machen.

»Jetzt noch?«

Erwin blickte zur Uhr und ich mit ihm. Es war halb zehn. Später sollte mir das zur Rettung gereichen.

25

Zum Nußbaumpark waren es nicht mehr als zehn Minuten. Ich hatte keine Vorstellung, wie das nun in der Dunkelheit weitergehen sollte. Er würde auf mich aufmerksam werden und mich ansprechen. Also ging ich den Weg gegenüber der Medizinischen Klinik auf und ab, blieb stehen und knipste das Feuerzeug an, das ich eingesteckt hatte, als würde ich mir eine Zigarette anzünden. Mein Gesicht wäre dann, so dachte ich, besser zu erkennen.

Plötzlich ertönten mehrere Polizeisirenen. Sie kamen über die Lindwurmstraße, schätzte ich. Eine ungute Vorahnung packte mich. Tatsächlich steuerten die Fahrzeuge den Nußbaumpark an. Die Martinshörner schwiegen nun, aber das rotierende Blaulicht illuminierte den westlichen Teil des Parks und tanzte flackernd auf der Vorderfront des Klinikgebäudes. Ich überlegte nicht lange und rannte aus dem Park Richtung Nußbaumstraße. Da mir niemand gefolgt war und ich auch sonst nichts Verdächtiges wahrnahm, ging ich um den Häuserblock und näherte mich auf der anderen Seite wieder an.

Das äußere Ende des Parks war inzwischen durch ein Signalband abgesperrt. Obwohl es bereits spät war, hatten sich einige Neugierige eingefunden.

»Was ist da los?«, fragte ich den Nächstbesten, einen Pfleger, der wohl aus der gegenüberliegenden Klinik gekommen war.

»Ein Toter liegt da drin.«

Ein Mann im grauen Kittel stand von Polizisten umringt. Er gestikulierte, zeigte abwechselnd auf den Eingang der Klinik und das dichte Buschwerk des Parks.

»Unser Pförtner hat ihn gefunden.«

Er neigte seinen Kopf an mein Ohr.

»Wahrscheinlich erschossen.«

Drinnen im Park wurden Scheinwerfer aufgestellt, die einen Teil des Buschwerks bis zum Zaun ausleuchteten. Fotos wurden geschossen. Ich bildete mir ein, eine bäuchlings am Boden liegende Gestalt ausmachen zu können.

»Weiß man, wer?«

»Keine Ahnung.«

Von hinten näherte sich ein hochgewachsener Polizist.

»Weitergehen, Herrschaften! Polizeiarbeit. Zuschauer brauchen wir hier nicht.«

Etwas widerstrebend löste sich das Grüppchen auf.

»Was ist? Drücke ich mich nicht deutlich genug aus?«

Nun zerstreuten sich die Passanten rasch. Auch ich machte mich auf den Rückweg, wandte mich noch einige Male um. Aber mehr, als ich gehört hatte, würde ich heute Nacht nicht erfahren.

Angeschlagen trottete ich nach Hause. Mein Treffen mit Dodo war nicht zustande gekommen, und wenn ich die Umstände richtig deutete, hatte man sogar versucht, mir eine Falle zu stellen. Dass der Tote an der zwischen uns verabredeten Stelle lag, konnte kein Zufall sein. Dann hätte auch schon die SMS mit unserer Verabredung den Zweck gehabt, mich in einen Hinterhalt zu locken. Was aber sollte ich mit meinen Einsichten anfangen? Ich stand damit allein auf weiter Flur.

Am nächsten Morgen stieß ich beim Durchblättern der Zeitungen auf einen Hinweis. In den Lokalnachrichten war eine Meldung eingerückt: Im Nußbaumpark sei ein Toter gefunden worden. Erschossen. Der junge Mann müsse vermutlich dem Drogenmilieu zugerechnet werden, hieß es. Auseinandersetzungen habe es dort schon mehrfach gegeben, Streit unter Abhängigen oder auch Revierkämpfe unter Dealern. In diesem Fall wusste niemand zu sagen, was vorgefallen sein könnte. Der Pförtner der Medizinischen Klinik gab an, es sei die ganze Nacht ruhig gewesen. Misstrauisch geworden sei er durch eine Gestalt, die eine Art Sack in die Büsche geworfen habe. Daraufhin sei er in den Park hinübergegangen, um nach dem Rechten zu sehen. Der Tote lag bäuchlings in den Büschen. Dass man ihn erst umgebracht und später dort abgeladen hatte, war daher nicht auszuschließen. Forensischen Untersuchungen zufolge könne ein Todeszeitpunkt zwischen 20 und 21 Uhr angenommen werden. Die Polizei bat um Mithilfe. Malek M. sei in einer Innenstadtbar als Kellner beschäftigt gewesen, nach seinem Dienstschluss vor zwei Tagen verliere sich seine Spur. Das Foto zeigte einen lächelnden jungen Mann mit einem Tablett in der Hand. Ich sah mir das Bild aus verschiedenen Perspektiven an, aus der Entfernung, ganz nah, schließlich mit Lupe. Aber die Erinnerung wurde wieder bockig. Junge Männer wie er haben wenig Persönliches, sie verkörpern einen Typ. Allerdings muss ich zugeben, dass mir dergleichen auch anderweitig unterläuft. Ich kann keinen Chinesen von einem Japaner oder einem Koreaner unterscheiden. Aber dem ersten Eindruck nach glaubte ich, ihn wiedererkennen zu können.

26

»Chef!«

Erwin wedelte mit einem Briefumschlag.

»Was ist das?«

»Gruß von Remmel. Wenn Sie noch mal reinwollen, müssen Sie sich sputen. Ende der Woche beginnen die Umbauarbeiten.«

Im Umschlag befand sich ein Schlüssel.

»Der Haupteingang muss geschlossen bleiben. Aber es gibt den Zugang über die Tiefgarage. Das ist der Schlüssel dazu.«

»Danke, Erwin! Wie lange bleibst du?«

»Gehen Sie ruhig, ich brauche noch eine Zeitlang. Muss unsere Buchungen und den Thekenverkauf abrechnen.«

Ich schaute auf die Uhr.

»Okay, bin in einer Stunde wieder da!«

»Schon recht.«

»Urs! Allez, vite!« Vaters Stimme schallte durch die Wohnung. Er betrachtete sich im Spiegel an der Garderobe und zog seinen Smoking zurecht, eine dunkelrote Samtjacke mit schwarzem Revers. Trippelnd vor Ungeduld stand ich in Unterhosen vor meinem Kleiderschrank, wo sich Mutter wieder einmal vergeblich bemühte, meine schwarze Samthose ausfindig zu machen. Endlich zog sie das gesuchte Stück aus einem entfernten Winkel hervor. Rasch schlüpfte ich hinein, stopfte das Hemd unter den Bund und rannte mit der Jacke unter dem Arm zur Tür, wo Vater wartete. »Pour l'amour de Dieu, à quoi ressemblezvous!« Wenn es förmlich wurde oder bei Fragen der Etikette sprach Vater immer Französisch. Er öffnete meine Hose und zog das Hemd glatt. Dann half er mir in das Jackett, als sei ich ein Erwachsener. Als Nächstes gingen wir ins Badezimmer, wo er mir mit dem nassen Kamm einen akkuraten Scheitel zog. Schließlich holte er die rote Fliege aus seiner Tasche, die er an meinem Kragen befestigte. Er betrachtete mich noch einmal kritisch und quittierte seine Bemühungen, indem er mir auf die Schulter klopfte. Zum Abschluss stellte er mich auf den Badewannenrand, damit ich mich im Toilettenspiegel sehen konnte. »Eh bien, un petit monsieur!« Er rief meiner Mutter noch einen Gruß zu, nahm mich an der Hand und ging mit mir hinüber ins *Royal Ballhouse.*

Die Tiefgarage war offen und nach Einstellung des Hotelbetriebs weitgehend leer. Nur ein paar Geschäftsleute aus umliegenden Büros nutzten ihre dauerhaft gemieteten Plätze. Im rückwärtigen Teil roch es faulig, und die verbliebenen Leuchtstoffröhren flackerten. In der Nähe des Hoteleingangs stand ein größeres Fahrzeug, das mit einer grauen Plane abgedeckt war, offenbar ein SUV.

Ein Verdacht schoss in mir hoch, und ich wollte mir Gewissheit verschaffen. Als ich die Plane beiseitezog, kam eine sandfarbene Lackierung zum Vorschein, und wenig später hatte ich einen Porsche Cayenne vor mir.

Den gesuchten Porsche Cayenne!

Wenn ich Olgas Darstellung von Fluchtreflexen zum Maßstab nahm, ließ sich ermessen, mit welcher Kaltblütigkeit die Insassen vorgegangen waren. Statt zu fliehen, fuhren sie um den Block in die Tiefgarage. Der in Panik geratene Dodo konnte nicht dafür verantwortlich gewesen sein, diese Ausstattung hatte nur Sentenza. Dessen war ich sicher.

27

Ich überlegte nicht lange und rief im nächstgelegenen Polizeirevier an. Ich müsse schon selbst vorbeikommen und meine Geschichte erzählen. Alles Weitere werde geprüft. Als ich dort eintraf, blieb der Beamte hinter seinem Schreibtisch sitzen, notierte nichts, schlug nichts nach und machte auch sonst keine Anstalten, meine Angaben weiter zu verfolgen. Dann zettelte er ein albernes Geplänkel an. Ob ich denn wüsste, wie viele Porsche Cayenne in München unterwegs seien? Wie ich denn zu der Annahme käme, dass dies das Tatfahrzeug sei? Flankierend erfuhr ich, dass praktisch das ganze Revier zu einem Notfalleinsatz ausgerückt und die Situation in etwa einer Stunde, nach Schichtwechsel, deutlich entspannter sei.

Die Polizei ist eine schwergängige Behörde, die dem Anliegen des Bürgers zunächst einmal Widerstand entgegenbringt. Nimmt man ihn ernst, bringt man einen Verwaltungsvorgang ins Rollen, der recherchiert, dokumentiert, zu Ende gebracht und archiviert werden muss. Selbst wenn sich der Start einer Dienstsache später als überflüssig und fehlerhaft erweist, ist dieser Ablauf zwingend und nicht wieder rückgängig zu machen. Der Verwaltungsprozess ist ebenso immun gegen Sinn und Unsinn wie gegen Erfolg oder Misserfolg einer Angelegenheit.

Als ich entnervt vorschlug, ich könne auch selbst Kommissar Mangold oder den nachträglich eingeschalteten Verfassungsschutz informieren, machte der Beamte ein schmales Mündchen, erhob sich schließlich, knöpfte sich die Jacke zu, hängte sich eine Tasche um und fuhr mit mir hinüber zur Senefelderstraße. Wir sprachen kein Wort, er bestrafte mich mit Schweigen. Mit gehässiger Akribie überprüfte er das Fahrzeug, hielt mir vor, dass keinerlei Spuren eines Personenunfalls feststellbar seien, räumte dann aber ein, dass der Porsche frisch gereinigt worden sei und der Kotflügel und die Motorhaube Dellen aufwiesen. So blieb ihm nichts weiter übrig, als das Präsidium zu informieren und die Spurensicherung auf den Weg zu bringen.

Die wachsende Wahrscheinlichkeit, das Tatfahrzeug gefunden zu haben, besserte seine Laune keinen Deut. Normalerweise würde er nun nach einem anstrengenden Dienst Feierabend machen, stattdessen stand er mit mir in einer muffigen Tiefgarage, um auf die Kollegen zu warten. Ich hatte Druck auf ihn ausgeübt, und er fing an, seine Abneigung gegen mich in die Ermittlungen einzuarbeiten. Damit begann die nächste Phase unserer unerfreulichen Beziehung: Wie käme ich denn darauf, in dieser Tiefgarage nach dem Tatfahrzeug zu suchen? Seltsam! Es könne sich auch um ein Vertuschungsmanöver handeln. Bröckchenweise reichte er mir seine Einfälle dazu herüber. Ich sah ihn erstaunt an.

Diese gehässigen Mutmaßungen musste ich mir gefallen lassen, bis endlich mit den anrückenden Kollegen der Schichtwechsel vollzogen wurde. Der neue Mann sah die Aufzeichnungen seines Vorgängers durch, erfasste die Lage sofort und erwies sich nicht nur als korrekt, sondern auch als einfühlsam. Er bedankte sich für meine Aufmerksamkeit und Mühe, meinte, für weitere Fragen könne man ja wieder auf mich zukommen, und schickte mich nach Hause.

Die Spannbreite war beträchtlich: In ein und derselben Geschichte war ich zunächst ein lästiger Bittsteller, dann ein Komplize und schließlich ein kleiner Held.

Wenig später gab dieser Fund dem Fall eine Wendung. Wie immer las ich den Bericht dazu in der Zeitung: Siggis Firma, die *Badenkolb Joy Division*, habe den Porsche als gestohlen gemeldet. Malek B. habe den Wagen von Hans T., einem weiteren Angestellten der BJD, für dienstliche Zwecke übernommen. Im Innenraum hätten sich vor allem

Spuren von Ben Musa ausfindig machen lassen, der mit an Sicherheit grenzender Wahrscheinlichkeit den Cayenne gelenkt und die Unfälle verursacht haben müsse. Sein Tod, eine Art Hinrichtung durch Kopfschuss, sei noch nicht aufgeklärt. Das Motiv der Tat liege nach Durchsuchung von Malek B.s Wohnung und seiner elektronischen Geräte klar zu Tage: Man habe umfangreiches propagandistisches Material des IS ermitteln können.

Ich staunte, mit welchem Geschick Sentenza seine Spuren verwischt hatte und die Deutung als Attentat inszenierte.

Spätabends schaute ich noch bei Nora im *Cabaret Rouge* vorbei. Vorsichtig schob ich den Vorhang am Eingang zur Seite. Es war wohl einer der Abende, die schon zu Ende waren, bevor sie überhaupt begonnen hatten. Nora saß hinter der Theke, neben ihr stand ein Cognacschwenker. Dann machte ich in den Spiegeln einen Gast aus, der sich im Separee niedergelassen hatte. Es war Kommissar Mangold. Rasch zog ich mich zurück.

28

Ich hatte wie gewohnt meinen Platz hinter dem Tresen inne, als ein Mann das Hotel betrat, der etwas von einem Bären an sich hatte. Zwar war das borstige, dunkle Haar auf dem Kopf schon etwas licht, dafür wucherte es umso stärker den Hals hinunter und verteilte sich über seine Schultern hinweg Richtung Brust und Rücken. Mit Sicherheit hatte er sich morgens rasiert, aber man sah das Haar an seinen bläulich-dunklen Wangen förmlich wachsen und bereits am frühen Abend würde er Stoppeln tragen, die andere als Dreitagebart kultivieren mussten. Die oberen zwei Knöpfe seines weißen Hemds standen offen, so dass ich mir eine lebhafte Vorstellung davon machen konnte, wie dieses Fell weitere Teile seines Körpers bedeckte.

Ich hoffte, dass Ankömmlinge nicht merkten, welch genauer Musterung ich sie unterzog, aber Männer waren normalerweise unempfindlich gegen solche Blickvisitationen. Frauen gegenüber durfte ich mich nicht so verhalten, sie hätten sofort wieder kehrtgemacht. Sie haben sogar ein Sensorium dafür, wenn sie jemand anstarrt, dem sie den Rücken zuwenden.

Der Bär machte einen durchaus freundlichen Eindruck, wozu auch sein breiter Mund beitrug, der weit in Bereiche hineinreichte, wo unsereiner nur Wangen hat. Nachdem meine erste Neugierde befriedigt war, stellte ich allerdings fest, dass mich etwas an seinem ganzen Erscheinungsbild störte. Es war warm, er schwitzte, hatte daher sein Hemd weit offen, trug aber eine Bomberjacke aus Nylon mit vielen Taschen. Warum, fragte ich mich sofort. Die linke Seite war ausgebeult, und sofort schoss es mir durch den Kopf, dass er die Jacke trug, weil er etwas verstecken wollte.

»Ist Herr Zobel zu sprechen?«, fragte er.

Er hatte den erwartet heruntergedimmten Bass. Woher kannte er meinen Namen, warum erkundigte er sich nicht nach einem Zimmer? Ich war misstrauisch.

»Worum geht es?«

Er schnaufte.

»Ein Klient schickt mich, Genaueres kann ich ihm nur persönlich erzählen.«

»Herr Zobel ist im Haus unterwegs.«

»Kein Problem, geben Sie ihm Bescheid, ich werde warten.«

Er wies auf die Sitzgruppe im Foyer, ein Sofa und ein Sessel, die den Besucher daran erinnerten, dass die Schweizer Nationalfarben rotweiß waren. Ich stellte das Schild auf, dass der Empfang kurzzeitig nicht besetzt sei, und zog mich nach hinten in die Portiersloge zurück, um zu überlegen, wie ich nun weiter vorgehen sollte. Dabei behielt ich ihn im Blick. Gelangweilt nahm er die ausliegenden Zeitschriften zur Hand und begann schließlich in dem Faltblatt zu lesen, das ich für unsere Gäste zur Begrüßung ausgelegt hatte. Er studierte es aufmerksam und dann glitt sein Blick zwischen der Loge und seiner Lektüre hin und her. Ich verstand sofort: Meinem Text war ein Foto beigefügt, ein seine Gäste anlächelnder Urs Zobel. Er wusste nun, dass ich mich verleugnet hatte. Gleich danach bemerkte ich, wie er an die linke Brusttasche seiner Jacke fasste. Dieser vorsichtige, sich seiner Ausstattung vergewissernde Kontrollgriff ließ mich sofort vermuten, dass er dort eine Waffe trug.

Jetzt wurde es kritisch, ich saß in meinem eigenen Haus in der Falle. Unschlüssig hockte ich in seinem Blickfeld, außerstande, mich aus dieser bedrohlichen Lage herauszuwinden. Aber wie denn auch? Um Hilfe rufen? Das Telefon war nutzlos, er hörte mit. Plötzlich ertönte von draußen ein langanhaltendes Hupen. Danach Geschrei. Die übliche Verkehrsblockade, wie wir sie in der Schillerstraße ständig erleben: Ein Lieferwagen blieb in zweiter Reihe warnblinkend stehen, und der Fahrer dahinter bekam einen dicken Hals. Einen Moment lang ließ sich der Bär ablenken, er wandte den Kopf zur Seite, bis er die Situation erfasst hatte.

Ich nutzte die Gelegenheit, um hinter den Spinden abzutauchen. Geschützt durch die halbhohen Schränke kroch ich auf allen Vieren aus der Portiersloge. Von dort kam ich in den Gang. Ich hörte seine Schritte auf den Fliesen des Vorraums und flüchtete in das Magazin, das ich mit meinem Generalschlüssel von innen zusperren kann. Offenbar suchte er mich zunächst am Empfang und in der Loge, dann hörte ich, wie er mit vorsichtigen, fast geräuschlosen Schritten das Parterre absuchte. Sacht drückte er die Klinken, auch die zum Magazin, um festzustellen, dass die Türen verschlossen waren. Ich hörte ihn draußen schnaufen, rasselnd, einmal begleitet von einem ungehaltenen Brummen. An die Tür geschmiegt, spürte ich fast körperlich, wie er seine Gedanken verfertigte. Er wie auch ich überlegten, was nun weiter zu tun sei. Offenbar hatte er festgestellt, dass es keinen weiteren Ausgang gab, und er entschied sich für die einfache Lösung, draußen den einzigen Fluchtweg besetzt zu halten.

Wenn ich, strikt logisch gedacht, unten nicht mehr hinauskam, konnte ich nur nach oben entweichen. Außerdem erleichterte es mich, wenn ich mich, wie die Mäuse in Olgas Schilderung, möglichst weit von der Gefahr entfernen konnte. Ich nahm die Treppe in den ersten Stock, die vom Foyer aus nicht einsehbar ist, und fuhr dann mit dem Lift ganz nach oben. Dort ging ich in ein unbesetztes Zimmer und rief vom Haustelefon aus Erwin an. Lange tutete es, bis er endlich abnahm.

»Gott sei Dank, ich habe schon befürchtet, du seist nicht da.«

»Brauchen Sie Hilfe, soll ich rüberkommen?«

Auch das war bei einer treuen Seele wie Erwin selbstverständlich, dass er sich zu außerhalb seiner Dienstzeit liegenden Erledigungen bereitfand. Ich wusste das und machte nur in äußersten Notfällen davon Gebrauch.

»Bist du die nächste Viertelstunde noch zu Hause?«

»Natürlich. Ich lese.«

»Ich bin, kurz gesagt, in Nöten, Erwin. Im Foyer hockt ein unangenehmer Kerl, der mir ans Leder will, ohne dass ich wüsste, warum.«

»Bin gleich da, Chef!«

»Du bleibst, wo du bist. Alles, worum ich dich bitte, ist, dass ich deine Wohnung betreten darf.«

»Wie bitte?«

»Deine Wohnung betreten!«

»Schon, aber ...«

»Ich komme von oben über das Dach. Mach einfach das Fenster auf, ich bin in ein paar Minuten bei dir, okay?«

Erwin schwieg.

»Hast du mich verstanden, Erwin?«

»Nein, nicht wirklich. Aber ich mache jetzt das Fenster auf!«

»Unbedingt!«

Ich fuhr ganz nach oben und stieg über die breite Luke auf das Dach.

29

Auf den mir bekannten Wegen hangelte ich mich zu dem Gebäude hinüber, wo Erwin in seiner Dachkammer lebte. Ich kannte das Haus und hatte kein Problem, es auch von oben zu identifizieren. Nur die letzte Etappe gestaltete sich schwierig, ich musste vom First zum Fenster hinunterstei-gen, das in eine Gaube eingelassen war. Vorsichtshalber hatte ich das Seil mitgebracht, das oben auf dem Speicher lag. Das Dach war mit Sicherheitshaken für Reparaturar-beiten ausgestattet, so dass ich auch das letzte gefährliche Stück gut bewältigte. Erwin stand bereits am Fenster und half mir hinein.

»Um Gottes willen, Chef, was machen Sie denn für Sa-chen!«

Er war bleich und schon beim Zupacken hatte ich ge-spürt, dass er zitterte.

»Danke. Das war Rettung in letzter Not. Das werde ich dir nie vergessen!«

Erwin winkte ab. Ich sah mich in seinem Zimmer um, es war so, wie ich es mir vorgestellt hatte. Tisch, Stuhl und Bett standen dicht beisammen, in der Ecke hatte er eine Kochnische und einen kleinen Kühlschrank zur Verfü-gung. An den Wänden waren, auch den kleinsten Raum ausfüllend, Regale angebracht. Er hatte sie fast ausschließlich mit Taschenbüchern bestückt. Ein besonderer Platz war den Reclambändchen zugedacht, die wie ein gelbes Band in allen Regalen auf gleicher Höhe miteinander den Raum einfassten. Das Mobiliar war zweifellos von der billigsten Sorte, aber penibel gepflegt und sauber gehalten. Er lebte wie ein Buchhalter, dachte ich.

Ich spürte jedoch, dass Erwin die Situation unangenehm zu werden begann. Er empfing nie Besuch und wollte auch keinen, dass ich in seinem Zimmer stand, war eine Ausnahme, die ihn große Überwindung gekostet hatte. Allerdings wusste er nicht, wie er sich nun weiter verhalten sollte. Ich wandte mich zum Gehen.

»Moment! Was soll denn jetzt werden?«, fragte er.

»Ich werde mir Hilfe holen.«

»Aber ich würde doch auch ...«

»Ich brauche Otto. Der regelt so etwas.«

Erwin atmete tief ein und rasch wie in einem Seufzer wieder aus.

»Stimmt. Der kann das.«

Ich hob die Hand.

»Bitte unbedingt anrufen, Chef, wenn alles gut gegangen ist!«

30

Ich lief zu Kazim hinüber, der hinter seiner Theke stand und Pizza portionierte.

»Hast du Otto gesehen, Kazim?«

Kazim grinste und deutete mit dem Daumen auf die Toilette. Tatsächlich kam bald danach Otto heraus, zog sich den Hosenbund hoch, richtete die große silbrige Gürtelschnalle mittig aus und ließ seinen Blick über die Schar der Gäste schweifen wie einer, der es gewohnt war, Störenfriede auszusortieren. Otto hatte früher einmal als *Wolfman* versucht, in der Wrestler-Szene Fuß zu fassen. Geblieben waren davon der immer noch aufgepumpt wirkende Oberkörper und die Plattnase. Bei dem, was sich aus seinem T-Shirt wölbte, mochte man nicht entscheiden, ob es ein Bauch oder Muskelberg war. Ich freute mich, ihn so schnell aufgetrieben zu haben, so wie er dastand, war klar, dass er zu der Sorte Mann gehörte, dem man weniger Fragen stellte als Antworten gab.

»Ich brauche deine Hilfe, Otto.«

»Wo brennt's?«

Otto war guten Bekannten wie mir gegenüber immer freundlich und loyal. Ich hatte ihm, als er nach einer Prügelei in U-Haft saß, mit einem Anwalt aus der Klemme geholfen. Ich erläuterte ihm meine Nöte.

»Okay, dann wollen wir mal«, sagte er, umfasste meine Schulter und führte mich aus dem Lokal. Ich bin weder besonders klein noch schmächtig, allenfalls drahtig, aber gegen Otto wirken fast alle wie Kindergartenkinder.

Durch das Schaufenster des *Swiss* sah man, dass der unerwünschte Besucher immer noch auf dem Sessel im Foyer saß.

»Du bleibst hier«, sagte Otto und ging hinein.

Auf der Schillerstraße waren wie gewohnt viele Passanten unterwegs. Ich lehnte mich an den auf dem Gehsteig platzierten Fahrradständer und behielt so unauffällig das Geschehen im Hotel im Auge. Allerdings bekam ich nur Bilder ohne Ton mit und musste mir alles andere zusammenreimen.

Otto marschierte zum Tresen wie einer, der ein Zimmer mieten wollte. Dort schlug er ein paar Mal kräftig auf die Tischglocke. Da niemand kam, wandte er sich dem Besucher im Foyer zu. Der Bär zuckte missmutig die Achseln, war offenbar nicht daran interessiert, sich auf ein Gespräch mit Otto einzulassen, und drehte sich ostentativ zur Seite.

Danach ging alles ganz schnell und lief so ab, wie ich Otto in der Pianobar hatte agieren sehen, wenn er einen aufsässigen Besucher vom Sitzpolster weg über den Tisch hob. Er packte den Bären am Revers und hievte ihn über den Glastisch. Seinen Griff in die linke Brusttasche fing er ab und drehte ihm die Hand auf den Rücken, so dass er eine Bückhaltung einnehmen musste. Dann fischte Otto eine Pistole aus der Tasche und warf sie auf den Sessel.

Erleichtert atmete ich auf. Zwar hatte ich Otto darauf aufmerksam gemacht, aber ich war froh, dass er sich dieser Bedrohung so souverän entledigen konnte. Der Bär begann zu zappeln, um sich aus dem harten Griff zu entwinden. Otto drehte ihn zu sich her, fasste ihn am Kragen und der Gürtelschnalle und stemmte ihn nach Wrestlerart mit einem Ruck nach oben, als wolle er Anstalten machen, ihn auf den gefliesten Boden des Foyers zu schmettern. Nun hörte man doch Geschrei, das Brüllen des Bären und Ottos scharfen Kommandoton. Nach dieser heftigen Unterhaltung setzte er ihn wieder auf dem Boden ab und schleppte ihn zum Ausgang. Zischend öffnete sich die Tür und der Bär flog bäuchlings auf das Pflaster. Er lag unweit des Fahrradständers, hob seinen Kopf und heftete einen mit Schmerz und Wut gleichermaßen getränkten Blick auf mich. Dann rappelte er sich auf und lief erstaunlich behände die Schillerstraße hinunter.

»Lass dich hier bloß nicht mehr blicken!«, schrie Otto ihm hinterher.

Als der Bär in der Schwanthalerstraße verschwunden war, umarmte ich Otto, was bedeutete, dass ich meine Arme in oberer Brusthöhe um ihn legte.

»Danke.«

»Kein Problem.«

»Und?«, fragte ich. »Wer war der Kerl?«

»Keine Ahnung!«

Otto legte die Hand an die Stirn, als stünde er im Ausguck.

»Zu spät.«

Dann zuckte er die Achseln und grinste.

»Kann ich irgendwas für dich tun?«

»Ein Kaffee wäre schön. Ein doppelter. Bin vorhin gar nicht mehr dazu gekommen.«

Wir gingen hinein, und ich bereitete ihm den Espresso. Er legte die Pistole, die er dem Bären abgenommen hatte, auf die Theke.

»Vielleicht kriegst du darüber noch etwas raus?«

Später saß ich wieder alleine da und ließ noch einmal Revue passieren, was mir widerfahren war. Der Schrecken saß mir in den Gliedern, dennoch spürte ich Genugtuung und Zufriedenheit: Irgendjemand war hinter mir her, weil ich eine Spur verfolgte, die ihm gefährlich werden konnte.

31

Erwin kam herein. Sein Schritt war beschleunigt, sein Atem fliegend. Normalerweise trottete er dahin, nicht gelangweilt oder niedergeschlagen, sondern wie einer, der keine Kräfte unnötig verschleißen möchte. Als er mich sah, ließ er sich in seinen gewohnten Gang zurückfallen. Sein Blick allerdings verschattete sich, als er mich hinter dem Tresen wahrnahm. Seine Traurigkeit machte mir das schlechte Gewissen, das ich verdient hatte. Die Sorge um mich stand ihm ins Gesicht geschrieben, aber ich hatte ihn nicht angerufen.

»Sei mir nicht böse, Erwin, ich bin noch ganz verwirrt.«

Er nickte und hielt seine Tasche mit verschränkten Armen vor der Brust. Manchmal blickt man kurz in den Abgrund, der sich in einer Person auftut. In die Untiefen des

Leids im Anderen. Vor allem begreift man die eigene Verstrickung. Die Täterschaft. Mit diesem jähen Verstehen könnte man nicht weiterleben, man muss dankbar sein, dass es ebenso schnell wieder erlischt, wie es aufgeleuchtet ist.

»Was mache ich denn jetzt? Ich verstehe das alles nicht«, sagte ich in der Hoffnung, Erwin würde wieder an meine Seite rücken.

Sofort nahm sich er zurück. Nichts zeichnete seinen Charakter klarer als dieser Zug.

»Sie haben in ein Wespennest gestochen, Chef. Wenn man die Zusammenhänge besser verstünde, wäre uns viel geholfen.«

»Schon, aber wie gehe ich dabei vor?«

»Erst mal ein paar Schritte zurück! Nur weil es eine Reaktion gegeben hat, heißt das nicht, dass Sie auf dem richtigen Weg sind.«

Die Trennschärfe seines Verstandes verblüffte mich. Aufgewühlt wie ich war, konnte ich jedoch nicht sicher sein, ihn richtig verstanden zu haben. Er stellte seine Tasche auf den Tresen.

»Man ruft etwas ins Dunkle hinein. Dann gibt es eine Antwort. Da man nur vermuten kann, was der andere denkt und gemeint hat, ist ein Irrtum nie ausgeschlossen. Und wenn Angst dazukommt, neigt man dazu, den schlimmsten Fall anzunehmen.«

Ich nickte, hob dann aber in einer Geste der Ratlosigkeit die Arme. Erwin packte seine Tasche.

»Ich würde mit Siggi reden. Auf seine Weise ist er ein gerader Typ. Vielleicht hilft er Ihnen. Auf jeden Fall weiß er etwas.«

»Du hast recht. Und wo finde ich ihn?«

»Er sitzt fast jeden Tag im Café Rimski am Sendlinger Tor.«

32

Im Café Rimski konnte der Gast bei Betreten des Lokals selbst entscheiden, ob er sich in einer Bar oder einem Café befand. Tageslicht spielte in dem weitläufigen Raum keine Rolle, die Fenster waren mit rotem Samt verhängt und der abgeschlossene hintere Bereich musste ohnehin künstlich beleuchtet werden. Die ursprüngliche Ausstattung mochte aus den sechziger Jahren stammen, plüschgepolsterte Stühle und brokatbezogene Polsterbänke, Goldtapeten und Marmortische sowie eine lange, aus rötlichem Holz gefertigte Theke. Allerdings war das Café nicht nur gut konserviert, sondern auch durch ständige Renovierungen frisch wie am ersten Tag.

Siggi fand ich auf Anhieb. Er saß in einem zum Lokal hin offenen Separee. Schon von weitem erkannte ich ihn an seiner gewellten grauen Mähne, die er in Künstlermanier nach hinten gelegt hatte. Siggi machte immer noch eine gute Figur, trug eine zu seiner Haarfarbe passende graue Weste, ein rotes Hemd und einen schwarzen, gut geschnittenen Anzug. Vor sich hatte er eine dreistöckige Etagere mit Appetithäppchen stehen, Schinken, Ei, Räucherfisch, Salami, Paprika, Trauben und Tomaten. So wie er sich von dort bediente, machte er den Eindruck, als wolle er nur ein wenig naschen und nicht alles aufessen. Neben ihm, mir den Rücken zuwendend, saß ein massiger Kerl mit geschorenem Kopf im T-Shirt, das die darunterliegenden Muskeln kaum verhüllte. Als ich mich näherte, fuhr er hoch und baute sich vor dem Tisch auf. Er war gepierct und auf Ohrenhöhe endete eine Tätowierung, die von irgendwoher von seiner rechten Schulter kam und an die römische Ziffer sechs erinnerte. Ich wünschte mir eine weiße Fahne, um signalisieren zu können, dass ich in friedlicher Absicht kam.

»Bist du das, Urs?«, fragte Siggi.

»Schön, dass du mich noch erkennst.«

Siggi klopfte auf den frei gewordenen Polsterstuhl neben ihm.

»Setz dich! Das ist übrigens Hansi Tuschik. Mein Leib- und Magenwächter.«

Der Sitz war gut vorgewärmt. Offenbar hatte der Bodyguard so ordentlich trainiert, dass seine Muskeln in einem Nachbrenneffekt auch im Ruhezustand noch Hitze abstrahlten.

»Bring uns doch noch ein Gedeck, Hansi.«

Verwirrt saß ich da und lauschte dem nach, was ich gehört hatte. Hatte Siggi gerade eben *Hansi* oder *Honey* gesagt? Dann hatte ich auch schon Teller, Besteck und ein Glas vor mir.

»Alles okay?«, fragte der Riese neben mir.

»Danke. Lass uns doch einen Moment alleine.«

Ich blickte an ihm hoch. Er machte ein spitzes Mündchen wie ein kleines artiges Mädchen, zu dem die Mutter so etwas gesagt hatte wie: »Gib doch dem Onkel ein Küsschen!«, dann ließ er ein Zwitschern hören, das mich an einen musikalisch geschulten Kanarienvogel erinnerte und das man bei einem Mädchen als anmutig bezeichnet hätte. An ihm war es jedoch so unwirklich, dass ich beschloss, mich verhört zu haben.

Siggi lächelte verträumt.

»Dat is 'ne Marke, was? Aber wenn der rangeht: wie ein Berserker.«

Ich ließ meinen Blick im Lokal schweifen. Irgendwo hinten im Halbdunkel erhob sich eine magere Gestalt. Mein Wirklichkeitssinn hatte durch diese Seltsamkeiten Stöße erfahren. Ich dachte an Igor und fragte mich, ob mir sein Pilzdestillat schon wieder zu schaffen machen würde. Dann aber registrierte ich, dass die Person Stöckelschuhe trug. Erleichtert lehnte ich mich zurück. Aber letztendlich war es vollkommen gleichgültig, ob mir meine Wahrnehmungen krumm vorkamen und ich mich verrückt fühlte, entscheidend war, ob ich auf andere reagieren konnte, ohne seltsam zu wirken.

Der Bereich des Normalen ist dehnbar. Man redet sich alles Mögliche ein, nur um die Spur im gewohnten Trott halten zu können. Das hatte ich selbst schon erfahren. Ich war auf Verwandtenbesuch mit dem Auto in die Schweiz unterwegs und hatte dabei auf der Autobahn den Zipfel Österreichs auf dem Weg zum Südufer des Bodensees durchquert. Dort machte ich kurz an einem Rastplatz Halt. Schon beim Einfahren fielen mir zwei, drei große Vögel auf. Mit ihren kahlen Hälsen sahen sie wie Geier aus. Sie kamen mir so groß vor, dass sie im Stehen ohne Probleme in den Innenraum meines Wagens blicken konnten. Watschelnd oder beidbeinig hüpfend und kurz auffliegend bewegten sie sich fort. Sie zerrten und rupften mit ihren krummen Schnäbeln am Abfall und pickten heraus, was ihnen essbar schien.

Man hängt zwar beim Autofahren gerne seinen Gedanken nach, aber die Tätigkeit selbst: lenken, schalten, bremsen, den richtigen Weg suchen, ist strikt wirklichkeitsorientiert. Man mag vor sich hinträumen, aber alles, was draußen passiert, nehmen wir für bare Tatsache. Mit diesem verkehrsgeschulten Blick war ich von Anfang an sicher, dass auf diesem Rastplatz große Greifvögel herumhüpften und sich am Weggeworfenen gütlich taten. Die Begleitmelodie dazu in meinem Kopf war jedoch so schräg und abseitig, dass ich mich später schämte, davon zu erzählen. Österreich, dachte ich, fremdes Land eben. Mit ganz eigener Flora und Fauna. Wo hin und wieder aus den Bergen große hungrige Raubvögel heranfliegen. Warum auch nicht? Ich ging auf die Toilette und fuhr weiter. Nach ein paar Kilometern stieß ich auf ein Hinweisschild, dass oben in Schloss Sowieso, den Namen habe ich vergessen, eine Greifvogelschau mitzuerleben sei. Nun wurde mir alles klar: Ein paar Kondore waren aus ihrem Gehege ausgebrochen und hatten sich in die freie Wildbahn begeben. Mich schauderte, wenn ich daran dachte, wie ich diesen außerordentlichen Fall auf Normalität heruntergedimmt hatte, mit welchem Starrsinn ich auf der Schiene meines vorgefassten Plans geblieben war.

»Was kann ich für dich tun?«

Der alte König machte sich bemerkbar. Auch Hansi lehnte sich vor, er hatte sich nur zwei Meter weiter nach hinten an die Bar zurückgezogen.

»Dodo soll ein Islamist sein, steht in der Zeitung. Glaubst du das?«

»Glauben wir das, Hansi?«

Siggi wandte sich an Hansi. Der ließ seine Schultern kreisen, als müsse er sich locker machen, um etwas raushauen zu können. Dann zeigte er den Stinkefinger.

»Da hörst du's. Hansi glaubt das nicht.«

»Was dann?«

»Frag nur weiter, Urs, wenn du Ärger suchst! Warum mischst denn du dich da ein?«

Hansi war wieder herangerückt und zeigte eine bekümmerte Miene.

»Das Drama mit dem Porsche ist unmittelbar vor dem Fenster meiner Hotellobby abgelaufen. Ich habe Dodo erkannt, verstehst du? Und nicht nur ihn.«

»Mach Sachen!«

Siggi war ins Rheinländische verfallen.

»Knick in der Optik«, sagte Hansi.

Siggi legte beschwichtigend die Hand auf seinen Unterarm.

»Und der andere – wer soll denn das gewesen sein?«

»Italiener, zwischen fünfzig und sechzig Jahre alt. Saß auf dem Beifahrersitz.«

Siggi pfiff durch die Zähne.

»Die wollen Krieg ...«

»... können sie haben«, ergänzte Hansi.

»Ich verstehe trotzdem nicht, was du in der Geschichte zu suchen hast, Urs.«

»Ich habe etwas gesehen, was andere nicht bemerkt haben. Seitdem versucht man mir ans Leder zu gehen.«

»Nä?«

Hansi wurde konkreter.

»Wer?«

Ich beschrieb den Bären, der mit seiner Pistole bei mir im Hotel aufgekreuzt war. Bei einem Mann mit so auffälligen Merkmalen war es nicht schwer, ein anschauliches Bild erstehen zu lassen. Ich behielt die beiden genau im Auge und sah ihnen an, dass meine Beschreibung bei ihnen zündete. Sie bemühten sich jedoch, sich nichts dergleichen anmerken zu lassen.

»Schöne Scheiße«, sagte Siggi schließlich, »aber was soll ich tun? Dir Hansi als Begleitschutz abgeben?«

Hansi kicherte und machte ein kokettes Mündchen.

»Hör zu, Siggi! Da läuft eine üble Geschichte in unserem Quartier. Ich bin sicher, dass du die nötigen Drähte hast, das zu regeln, so dass jeder in Ruhe seinen Geschäften nachgehen kann, ohne dem anderen auf den Schlips zu treten. Du bist nach wie vor eine Größe im Viertel.«

»Aber hallo«, bekräftigte Hansi.

Siggi lehnte sich geschmeichelt zurück und strich sinnierend über den Saum seiner silbergrauen Weste.

»Du weißt, dass ich euch schon damals rausgehauen habe?«

»Mir hat niemand geholfen.«

»Eine glatte Million Mark, Junge!«

Siggi klopfte mit den Knöcheln auf die Marmorplatte, um die Größe der Summe zu unterstreichen.

»Auf den Tisch eures Hauses. Und damit konnte dein Vater das Lösegeld bezahlen.«

Siggi beugte sich vor.

»Und ohne Sicherheiten. So wie man sich unter Freunden aus der Patsche hilft.«

»Keine Frage, das war aller Ehren wert. Aber mit dem Geld wurde meine Mutter ausgelöst. Mir wäre es an den Kragen gegangen, wenn ich mich nicht selbst befreit hätte.«

»Schau an! Wusste ich nicht.«

Wieder lehnte er sich zurück und strich über den Saum seiner Weste.

»Na gut, dann bin ich dir ja noch etwas schuldig. Jetzt sage ich dir was ...« Er beugte sich vor zu mir. »Die haben einen von unseren Leuten abgeschossen, und wir lassen uns das nicht bieten. Aber du hältst dich raus, klar?«

Siggi erhob sich.

»Du hörst von uns, okay?«

Ich nickte. Hansi hob beide Daumen. Wenn es nach ihm ginge, konnte nichts mehr schieflaufen.

33

Schon von weitem sah ich, dass etwas nicht stimmte. Vor dem Hotel parkten zwei Polizeifahrzeuge. Ich beschleunigte meinen Schritt, denn Erwin war allein. Als ich in das Foyer stürmte, stand er hinter dem Tresen, zog die Schultern hoch und breitete die Arme aus – eine Gebärde vollständiger Hilflosigkeit. Er hatte, wie sich herausstellte, vor der Staatsmacht kapituliert.

»Was wollen Sie hier?«

Zwei Beamte waren in der Portiersloge und durchsuchten die Schubladen, einer saß am Schreibtisch und blätterte in meinen Aktenordnern. Sie hatten einen großen Plastikbehälter mitgebracht, in dem gestapelt lag, was ihnen einer genaueren Sichtung wert schien.

»Polizei. Und wer sind Sie?«

»Urs Zobel, der Besitzer dieses Hotels.«

Ich musste mich ausweisen. Im Gegenzug legte mir Hauptkommissar Mangold, den ich bereits vom Tag der Amokfahrt her als untersuchenden Polizisten kannte, seinen Dienstausweis und die richterliche Durchsuchungsanordnung vor.

»Worum geht es?«

»Mordkommission. Wir ermitteln im Fall Malek Ben Musa.«

»Und was habe ich damit zu tun?«

»Das würde ich gerne von Ihnen hören, Herr Zobel.«

Er wies auf den Stuhl, ich setzte mich.

»Sie wissen erstaunlich viel. Wenn etwas passiert, sind Sie vor Ort. Wie kommt das?«

»Weil ich mich auf meinen Verstand verlasse und nicht auf Gerüchte.«

»Gut. Trotzdem stellt sich die Frage, woher Sie ihre Informationen haben?«

Ich zuckte die Achseln.

»Die einen berichten aus der Zuschauerperspektive, Sie vielleicht aus der eines Handelnden«, ergänzte Mangold.

Ich versuchte meine Gedanken zu sortieren und die Chancen abzuschätzen, mich aus der Affäre zu ziehen, blieb aber doch nur an der Frage hängen, wie ein solcher Verdacht auf mich fallen konnte, vor allem aber, wer ihn in die Welt gesetzt hatte?

»Gibt es irgendetwas Konkretes, was Sie gegen mich vorzubringen haben?«

»Freilich. Sie waren mit Ben Musa am Tag seines Todes verabredet. Per SMS.«

»Das Treffen kam aber nicht zustande.«

Mangold besah seine Hände, die er dachförmig, sich an den Fingerspitzen berührend, aufgespannt hielt.

»Ich habe etwas gefunden!«

Triumphierend kam einer der Beamten aus der Loge und hielt mit seinen behandschuhten Fingern die Pistole hoch.

»Eine Glock 17, 19 mm. Genau das Kaliber, das wir suchen.«

Mangold konnte seine Zufriedenheit nicht verbergen. Er straffte sich und wandte sich zu mir.

»Sie sind vorläufig festgenommen, Herr Zobel.«

Auf Handschellen verzichteten sie. Ich sagte Erwin noch, er möge Rüdiger, meinen Anwalt, verständigen.

34

Zunächst wurde ich erkennungsdienstlich behandelt, dann durfte ich in Mangolds Büro ihm gegenüber an seinem Schreibtisch Platz nehmen. Er saß auf einem gepolsterten Bürosessel, auf dem er sich hin und her wiegte, ich musste standesgemäß mit einem Holzstuhl vorliebnehmen. Bis heute hat sich wenig an den polizeilichen Verhörmethoden geändert, immer geht es um die Herabsetzung der vermeintlichen Delinquenten. Er der Herr und Meister, ich der Sünder. Fehlte nur noch meine Beichte.

Büroeinrichtungen verraten viel über die, die darin arbeiten. Bei Mangold war kein Bild von Frau, Kindern, Mutter oder Großvater zu finden, nichts läppisch Romantisches. Kein Bildkalender, kein angeklebter Bildwitz, auch keine Autos oder Motorräder. Stattdessen Sporttrophäen und Erinnerungen. Urkunden über absolvierte Stadtläufe und Triathlonteilnahmen, vor allem aber Fußball-Denkwürdigkeiten, wie Tickets, Mannschaftsfotos und Autogrammkarten. Das passte. Mangold war drahtig und wirkte trainiert. Ein Leistungsfanatiker, extrovertiert, der sich immer an ein Publikum wenden musste: *Habe eben den Halbmarathon in 1:30 runtergeprügelt.*

Mangold ließ seine Umgebung eine Weile lang auf mich wirken.

»Dann wollen wir mal!«

Er schaltete das Aufzeichnungsgerät ein, sprach Ort, Datum und meinen Namen auf.

»Wie hätten Sie es gerne: Einfach oder kompliziert?«

»Ganz einfach: Ich war es nicht.«

»Na schön: Wo waren Sie letzten Sonntagabend?«

»Wie immer im Hotel.«

Lächelnd schob er mir eine Fotografie herüber. Sie war nicht besonders scharf, aber auf ihr war deutlich zu erkennen, wie ich in einer Gruppe Menschen neben einem Mann stand, den ich für einen Pfleger der Medizinischen Klinik gehalten hatte. Er tippte mit dem Finger auf ihn.

»Dieser Herr würde Sie jederzeit wiedererkennen. Hat er gesagt. Also waren Sie schon mal nicht im Hotel.«

Erwartungsvoll sah er mich an.

»Wir wissen, dass Sie sich schon vorher angelegentlich nach Malek Ben Musa erkundigt haben. Und sich seine Handynummer besorgt haben. Ihr Interesse an ihm war zweifellos groß.«

Er blätterte in seiner Akte.

»Dazu könnte man Zeugenaussagen von Evelyn Dutz, Bardame im *Stardome,* und Lester Dennerlein, Türsteher dortselbst, beibringen.«

Wieder legte er eine Pause ein.

»Und schließlich dürfen wir, ohne dem endgültigen Befund vorgreifen zu wollen, wohl davon ausgehen, dass wir die Tatwaffe bei Ihnen gefunden haben.«

Ich überlegte, wie ich mich rechtfertigen konnte. Mangold drückte eine Taste am Aufnahmegerät.

»Das jetzt mal *off records*«, sagte er. »Ich gebe gerne zu, dass wir an diesem Fall noch nicht alles verstanden haben. Aber Ihr Auftauchen und Eingreifen ist voller Seltsamkeiten: Sie sind mit Malek Ben Musa verabredet. Als er ermordet aufgefunden wird, stehen Sie am Tatort. Auf eine Art und Weise, die mir schleierhaft ist, stoßen Sie auf das Tatfahrzeug. Und dann sind Sie auch noch im Besitz der Tatwaffe. Was würden Sie denn an meiner Stelle denken?«

Er musterte mich, um festzustellen, ob mir sein Hinweis vielleicht den letzten Schubs gegeben hatte, ihm die gewünschten Informationen zu liefern.

»Okay?«, fragte er und drückte wieder die Aufnahmetaste.

»Ich würde Sie ja gerne unterstützen«, sagte ich, »aber Sie können nicht von mir erwarten, dass ich mich dafür ans Messer liefere. Punkt für Punkt: Ich bin seit Jahrzehnten Hotelier in der Schillerstraße. Was habe ich damit zu tun, dass sich vor meiner Nase ein Unglücksfall ereignet? Das Tatfahrzeug habe ich zufällig gefunden. Ben Musa glaubte ich im Wagen erkannt zu haben und wollte mehr dazu erfahren.«

Mangold blätterte in der Akte.

»In Ihrer Aussage steht nichts dergleichen.«

»Weil sich alle schon von vornherein auf ein islamistisches Attentat festgelegt haben.«

»Das glauben Sie nicht?«

»Nein. Meiner Ansicht nach handelt es sich um eine Auseinandersetzung in unserem Quartier.«

»Das erklärt aber noch nicht Ihre Anwesenheit im Nußbaumpark.«

»Der Zeitpunkt, zu dem die Fotografie gemacht wurde, ist nicht der des Mordes. Ja, ich bin dort gewesen, um ihn zu treffen. Er hatte diesen Ort vorgeschlagen. Nach meinen Informationen wurde er zwischen 20 und 21 Uhr ermordet. Um diese Uhrzeit war ich noch im Hotel. Ich habe mich etwa 21:30 Uhr im Hotel bei meinem Mitarbeiter abgemeldet.«

»Und die Waffe?«

»Ist nicht von mir. Ein Unbekannter hat mich damit zu bedrohen versucht. Ein Freund hat mir beigestanden und sie ihm abgenommen. Wohlgemerkt nach dem Mord an Malek Ben Musa.«

»Ihren Mitarbeiter kennen wir ja bereits. Und der Name jenes Freundes?«

Ich nannte Otto und die Pianobar, wo er arbeitete. Mangold hatte alles auf einem Zettel notiert. Er riss ihn vom Block und stand auf.

»Das haben wir rasch geklärt.«

Er verließ das Zimmer und kam kurz darauf mit einem uniformierten Kollegen zurück.

»PM Lederer bringt Sie in eine Zelle. Wenn Ihre Angaben überprüft sind, geht es weiter.«

Wenn man sich nur noch mit dem beschäftigen kann, was man an sich selbst hat, wartet man. In der Zeit meiner Gefangenschaft habe ich gelernt, damit umzugehen. Man kann sich Probleme vorlegen, die man gedanklich bearbeitet, wie Denkspiele oder moralische Zweifelsfälle, man kann Gelesenes memorieren und einen Vortrag dazu halten. Natürlich kann man sich auch körperlich betätigen mit Liegestützen, Kniebeugen, Sit-ups oder Ähnlichem. Gefährlich ist es, sich einfach fallen zu lassen. Man gerät zwangsläufig an den empfindlichsten Schmerzpunkt einer solchen Lage, die Frage nach dem Warum, und dann in der nächsten Stufe die nach dem Warum ich? Niemand kann das mit sich alleine abmachen, Sinn hat das nur zusammen mit Leuten, die Antworten geben können. Man versinkt daher immer mehr in dumpfer Verzweiflung, man hadert, man lehnt sich gegen etwas auf, das einem längst entglitten ist.

Diesmal summte ich das Lied vom *Man of constant sorrow* vor mich hin. Man gestattet sich dabei zunächst Selbstmitleid, spürt die Augen feucht werden und verabschiedet sich spätestens beim dritten Mal von diesen kuschligen

Gefühlen, wird fröhlicher, beim fünften Mal geradezu heiter und blickt mit Gelassenheit auf den Schmerz zurück.

Natürlich ist eine solche Zelle kein schöner Anblick. Holz, Fliesen und Edelstahl. Sie sind ausgelegt für renitente Betrunkene, die sich nicht mehr zurechtfinden und übergeben. Wahrscheinlich lassen sie sich ähnlich wie Autobahntoiletten mit Wasser- und Dampfstrahlern reinigen.

Draußen wurde es dunkel. Ich fand mich schon damit ab, hier übernachten zu müssen, hoffte aber, dass sich Rüdiger auf die Spur setzen und mich raushauen würde. Von hinten hörte ich Schritte. Ich erkannte PM Lederer, der mich zuvor eingeschlossen hatte. Er sperrte auf.

»Und jetzt?«

»Sie können gehen.«

Ich bekam meine Habseligkeiten zurück, die sich in meiner Tasche befunden hatten, unterschrieb und verließ das Revier.

Drüben im Dom schlug die Glocke acht.

35

Ich überquerte den Stachus und langte wieder in der Schillerstraße an, die bereits ihr Lichterkostüm angelegt hatte. Vor dem *Stardome* stand Lester. Er winkte mir zu.

»Hab gesehen, wie sie dich abgeschleppt haben. Totaler Irrtum, oder?«, rief er zu mir herüber.

Ich zeigte ihm den Stinkefinger. Es gehörte einfach zum Ehrenkodex unseres Quartiers, dass man niemand hinhängte. Wenn, dann nur in Not oder aus großer innerer Überzeugung heraus, dass es sein musste.

»Hey Urs, jetzt warte doch mal!«

Lester lief hinter mir her und packte mich am Arm.

»Sag mal, bist du noch ganz dicht?«

»Zeugenaussagen von Evelyn Dutz, Bardame im *Star-*

dome, und Lester Dennerlein, Türsteher dortselbst, können beigebracht werden«, sagte ich, den Tonfall Mangolds nachäffend.

»Stopp!« Lester zog mich in eine Nische beim Eingang zum *Stardome*. »Wir haben nichts weitergegeben, weder ich noch Evelyn. Woher die wissen, dass wir uns beim Essen unterhalten haben – keine Ahnung! Das muss von einem Dritten kommen. Ich habe noch nie jemanden hingehängt.«

Sein Gesicht wirkte, als habe er von allem noch mehr abbekommen: stoppeliger, faltiger und vor allem trauriger. Ich glaubte ihm.

»Sorry, dann haben sie mich reingelegt.«

Wir umarmten uns kurz.

»Ist in Ordnung, Lester. Sie hatten wirklich nichts in der Hand gegen mich.«

Lester lachte etwas gezwungen.

»Siehst du, das dachte ich: Alles nur ein Irrtum!«

Noch bevor ich ins Hotel abbiegen konnte, begegnete ich Nora. Sie trat aus der Bar, um eine Zigarette zu rauchen. Sie war elegant wie immer, diesmal in Rot und Schwarz gekleidet, hochhackig unterwegs, gepudert und geschminkt, aufgezäumt wie ein Zirkuspferd, die Dämmerung und das flackernde Licht der Barauslage, vor allem aber die Begierden und Sehnsüchte machten sie zu einer schönen Frau. Sie beugte gerade den Kopf vor, deckte mit der beringten Hand die Zigarette ab, um sie anzünden zu können, und noch bevor sie das Feuerzeug anknipste, wurde sie meiner gewahr.

»Urs!«

Ich blieb stehen und trat dann näher. Nora legte ihre Hand in meinen Nacken. Sie war warm, ich roch ihr Parfüm und alles andere, was man dafür hält, wenn man eine Frau anziehend findet.

»Ich habe Angst um dich gehabt.«

Ich küsste sie auf den Mund, löste sanft ihre Hand von meinem Nacken. Sie zog mich jedoch noch einmal an sich.

»Das nächste Mal sagst du mir Bescheid, wenn du in Schwierigkeiten kommst. Ich habe Beziehungen, verstehst du?«

Sie kniff mich leicht ins Ohrläppchen, drehte sich um und ging. Verblüfft sah ich ihr nach.

36

Wie nicht anders zu erwarten, saß Erwin hinter dem Tresen. Er erhob sich, als ich das Foyer betrat. Seine Augen waren gerötet, mit Sicherheit hatte er zu wenig Schlaf bekommen. Er sagte nichts, atmete aber tief ein, wie ein Taucher, der nach langem Aufenthalt unter Wasser wieder an die Oberfläche zurückkehrt. Mit etwas zittrigen Händen hielt er mir einen Zettel hin.

»Hier ist die Nummer von Rüdiger vom Kleff, Chef. Er versucht gerade, Sie aus der Haft herauszuboxen.«

Ich nahm den Zettel an mich.

»Erwin?«

Er warf mir einen verschatteten Blick zu, diese seltsame Mischung aus Gedankentiefe und Trauer, die nur ihm eigen war.

»Danke für alles!«

Er nickte. Ich beugte mich über den Tresen. Er senkte den Kopf, streckte tastend seine Hände aus, als würde er etwas suchen, und zog dann das Belegungsbuch heran.

»Du gehst jetzt nach Hause, Erwin.«

»Natürlich. Aber erst, wenn Sie ausgeschlafen haben, Chef.«

»Jetzt! Und keine Widerrede! Ich habe stundenlang in einer Zelle gedöst, bin also ausgeruht und weder krank noch sonstwie beeinträchtigt.«

Wieder atmete er tief ein, dann stand er auf und trottete zu seinem Spind. Ich setzte mich hinter den Tresen und rief Rüdiger an, um ihm mitzuteilen, dass sich alles in Wohlgefallen aufgelöst hatte.

Dann war ich allein. Im Hotel war alles ruhig. Wir hatten ein paar Gäste, die bereits auf ihren Zimmern waren, ausschließlich Durchreisende. Es gehörte nicht viel Phantasie dazu, sich vorzustellen, was da hinter den geschlossenen Türen ablief: Sie lagen auf dem Bett, müde von ihrer Anreise, hatten das Fernsehgerät eingeschaltet und konsumierten mitgebrachte Alkoholika. Auch das Licht bei uns war schon gedämpft, innen hatten wir Schlafwagenatmosphäre, während draußen noch Hochbetrieb war.

Ich zog mich in die Loge zurück und legte die Beine hoch. Fritzi Nowak kam mir wieder in den Sinn. Wenn er es war, der die Fäden zog, dann hatte ich schlechte Karten.

Fritzi war klein, schmal, wirkte unsportlich und hatte einen Bauch. Figürlich und in seinem Auftreten war er das vollkommene Gegenteil zu den Vollmännern in unserem Quartier. Die trainierten in Studios, bearbeiteten Sandsäcke, bauten Muskeln, Testosteron und Selbstbewusstsein auf. Sie trugen dicke Uhren, hatten zu große Wagen mit getönten Scheiben, wenn sie es sich leisten konnten, ließen sich mit Frauen sehen und waren einem Glas nie abgeneigt. Fritzi tat nichts dergleichen. Jeder wusste etwas über ihn zu berichten, und so entstand im Lauf der Zeit ein vollständiges Bild seiner Macken und Lebensgewohnheiten: Er trank grünen Tee, weil man den Beutel mehrfach in das heiße Wasser tunken konnte. Von seinem Büro in der Goethestraße schlurfte er täglich in das Bahnhofsuntergeschoss zu Karstadt, um das Mittagsmenü einzunehmen. Danach gönnte er sich als einzigen Luxus eine Tasse Kakao mit einem Stück Kuchen. Fritzi trug immer einen Mantel, sommers einen Trenchcoat, winters einen aus Lammfell. Regelmäßig besuchte er Salzburg, dazu ging er hinüber zum Hauptbahnhof, setzte sich in den Zug und langte eineinhalb Stunden später dort an. Offenbar brauchte er immer wieder einmal heimatlichen Boden unter den Füßen. Auf der Straße erkannte man ihn schon von weitem an seinem schwarzen Hut, ein Modell aus Hasenhaar und der Form nach in Habsburger Tradition. Um die Krone war eine grüne Kordel geschlungen, und die Rückseite zierte ein gestickter Tiroler Adler.

Man durfte diesen scheinbar harmlosen älteren Herrn nicht unterschätzen. Er hatte es geschafft, sich in einer Umgebung durchzusetzen, die für seinesgleichen nicht geschaffen war. Sein Ton war unverschämt und aufsässig, mitunter sogar beleidigend, als habe er die Gosse immer noch nicht verlassen. Sein Lieblingssatz lautete: »Und den Schmarren soll ich dir abkaufen?« Vor allem aber war er nicht verführbar, weder durch Alkohol oder Drogen noch durch Frauen. Er hatte nur das Geschäft und seinen Vorteil im Auge. Außerdem konnte er rechnen.

Als er anfing, lachte man über das »Männlein«. Fritzi hatte weder den Charme, Frauen einzufangen, noch die Statur, Rivalen wegzuhauen, aber bald schon Geld genug, um andere für grobe Jobs zu bezahlen. Von seinen Geschäftspartnern erwartete er unbedingte Loyalität, wenn er selbst allerdings zur Ansicht gekommen war, er habe es mit einem *Oaschloch* zu tun, gab er ihm rasch den Laufpass. Niemand trennte sich von Fritzi, aber Fritzi trennte sich von ihnen.

Er heuerte keine Frauen an, lieferte ihnen jedoch die Ausstattung, die sie brauchten. Fritzi erkannte sofort, dass eine Stadt wie München mit ihrer strengen Sperrbezirkspolitik auf ihn gewartet hatte. Früher war die Bahnhofsgegend das eigentliche Rotlichtviertel gewesen. 1972 anlässlich der Olympiade und endgültig in den achtziger Jahren wurde das Gewerbe aus der Innenstadt gefegt, indem man sie zum Sperrbezirk erklärte. Viele Bars und Puffs wanderten nach draußen. Übrig blieben die Prostituierten, die sich in keinem Haus fest verpflichten, sondern auf eigene Kappe arbeiten wollten. Ihnen stellte Fritzi für teures Geld seine *Lovemobile* zur Verfügung und sorgte auch für die nötige Aufstellerlaubnis, sofern seine Kundinnen dies wünschten. Das *Lovemobil* war ein plüschig umgebautes Campingfahrzeug, das an Ausfallstraßen, Parkplätzen oder in Gewerbevierteln geparkt werden konnte.

Mit dem Rückenwind seines Erfolgs, den Fritzi mit seinen Mobilen erzielte, machte er sich daran, nun auch in der Innenstadt Fuß zu fassen. Zuerst reichte es nur zu einem Schnellimbiss und einem Stehausschank in der Landwehrstraße. Aber damit hatte er schon einen Fuß in der Tür und lauerte auf weitere Gelegenheiten. Die boten sich ihm erstmals, als mit meinem Vater einer der alteingesessenen Geschäftsleute in finanzielle Schwierigkeiten geriet. Damals gab es keine Immobiliengesellschaft, die mit Häusern in der Bahnhofsgegend spekuliert hätte. Interessenten kamen aus dem Milieu, und Fritzi sorgte dafür, dass bestimmte Leute gar nicht antraten und so alles auf ihn zulief. Nun hatte er es endlich in die Goethestraße geschafft und eröffnete eine Striptease-Bar und einen Spielsalon. Seine große Zeit kam dann, als Siggi ins Trudeln geriet. Fritzi war zur Stelle und stieg ein, wie viel er damals übernahm, blieb ein gut gehütetes Geheimnis. Damit hatte Fritzi in unserem Viertel das Sagen.

Es war bereits nach Mitternacht. Nora kam noch kurz vorbei, trank einen Espresso und ließ sich erzählen, was mich umtrieb. Als sie gegangen war, schloss ich die Tür, Zutritt hatten nur noch Gäste mit Chipkarte. Neuankömmlingen stand die Nachtglocke zur Verfügung. Ich legte mich zu Bett. Schon als ich die Augen schloss, war mir, als kippte ich nach hinten und fiele, immer schneller, immer tiefer in eine dunkle Bewusstlosigkeit.

37

»Gründe für eine solche Bosheit«, sagte Igor, »gibt es viele. Aber meistens steckt doch etwas Handfestes dahinter. Habe ich dir die Geschichte von Ingjald erzählt?«

»Ich weiß nicht. Jedenfalls erinnere ich mich nicht daran.«

»Ingjald war ein Feigling. Schon als Kind war er Alf, einem gleichaltrigen Spielgefährten, in allen Belangen unterlegen. Statt sich zu wehren oder die Stärke des anderen anzuerkennen, zerfraßen ihn Neid und Eifersucht. Er weinte laut, bis sich endlich sein Ziehbruder seiner erbarmte. Er führte ihn zu Svipdag dem Blinden und erzählte, wie schwach und unmännlich sich Ingjald gezeigt habe. Svipdag nickte und sagte, es sei in der Tat eine große Schande, wie sich der Sohn des Königs gebärde. Er wolle darüber nachdenken, wie sich Abhilfe schaffen lasse. Bereits am nächsten Tag ließ Svipdag einem Wolf das Herz herausschneiden und am Spieß braten. Dann gab er es Ingjald zu essen.«

Igor zog den Kragen seines weit ausgeschnittenen Hemds auseinander und zeigte seine nackte Brust.

»Ingjald wurde deswegen kein Held. Stets vermied er es, den anderen im offenen Kampf gegenüberzutreten. Aber niemand war niederträchtiger und arglistiger als er. Er lud die Gaukönige zu sich ein, bewirtete sie, ergriff dann ein großes Stierhorn und legte das Gelübde ab, er werde sein Reich in alle vier Himmelsrichtungen vergrößern. Daraufhin trank er es aus. Später dann, als seine Gäste betrunken waren …«

Von weither hörte ich eine Sirene.

»… brachte er sie zu Tode, indem er in der Halle Feuer legen und sie abbrennen ließ. Wer zu fliehen versuchte, wurde erschlagen.«

»Woher weißt du das?«, fragte Igor.

»Hast du mir doch schon erzählt.«

Feuer? Die Sirene füllte nun den ganzen Raum. Der schrille Glockenton ging so durch Mark und Bein, dass er mir weh tat. Endlich fuhr ich hoch, stieg schlaftrunken aus dem Bett und taumelte orientierungslos umher, bis ich begriff, dass ich in meinem Zimmer war und jemand die Nachtglocke betätigte.

Oben vor der Tür stand ein grau gekleideter Uniformierter. Er klopfte gegen das Fenster, als er mich sah.

»Ich komme gerade zufällig hier vorbei, habe Nachtdienst gehabt. Da sehe ich zwei Gestalten mit Spraydosen. Vermummt natürlich. Haben da vorne schon herumgeschmiert.«

Ich trat aus dem Hotel. Alles war in Ordnung. »Vielen Dank. Da habe ich Glück gehabt, dass Sie da waren.«

»Hinterherlaufen war aussichtslos«, sagte der Nachtwächter. »Da war nichts mehr zu machen.«

38

Am späten Vormittag des nächsten Tags übernahm Erwin wieder die Schicht. Ich hatte ihm zwar eingeschärft, nicht vor Mittag im Hotel aufzukreuzen, ihn wieder nach Hause zu schicken brachte ich aber nicht fertig. Meine Fürsorge hin oder her, Erwin war ein erwachsener und mündiger Mensch, dem man nicht ständig in die Parade fahren durfte.

Ich war mit meinen Aktionen in eine Sackgasse geraten. Auf undurchschaubare Weise hing alles zusammen, ohne dass ich das System dahinter hätte knacken können. Aber vielleicht waren ja die von mir unterstellten Verbindungen falsch?

Diagnose Paranoia?

Menschen, die unter Verfolgungsängsten leiden, entdecken überall neue Bedrohungen, die gegen sie ausgeheckt werden. Sie sind Meister im Verknüpfen von beziehungslosen Vorkommnissen: Der Nachbar bleibt heute ganz gegen seine Gewohnheit zu Hause. Das macht misstrauisch. Denn bereits gestern fiel er mit seinem geradezu niederträchtigen Grinsen und einem übertrieben höflichen Gruß auf, als könne er das eine durch das andere auslöschen. Und wieder hebt dieses schabende Geräusch an der Mauer an, ein Loch wird von gegenüber gebohrt, um betäubende Dämpfe einzuleiten. Rasch die Fenster geöffnet! Später klingelt er an meiner Haustür, um festzustellen, ob ich bereits ohnmächtig geworden bin. Öffnen? Kommt nicht in Frage! Durch den Spion sehe ich, dass er sich ein Halstuch umgebunden hat, um die Schwaden nicht ungefiltert einatmen zu müssen.

So flicht der Paranoiker Nichtigkeiten zu einem Bedeutungsstrang, mit dem er sich stranguliert.

Also tat ich, was mir Erwin empfohlen hatte: mit klarem Kopf meine Theorien mit den Fakten abgleichen. Ich holte mir ein paar Blätter Papier und versuchte zunächst einmal, die Akteure und ihre Handlungen in eine Abfolge zu bringen. Am Anfang stand Igor mit seinem Fliegenpilzschnaps. Er pflanzte mir seine Geschichten von nordischen Königen und Berserkern ein und huschte immer noch als Geist durch meine Gedanken. Dann kam der Abend meines Trips und am darauffolgenden Tag die Amokfahrt. Folgte ich Erwins Hinweisen, musste der Rausch in meinem Wahrnehmungsapparat Filter außer Kraft gesetzt haben, die normalerweise Ereignisse verdichten und verkürzen und mit den Mustern in Übereinstimmung bringen, die wahrscheinlich auf sie anzuwenden sind. Ich hatte zwei Wageninsassen gesehen: Dodo, den Fahrer, und Sentenza, den Beifahrer. Der Porsche war Eigentum der *Badenkolb Joy Division*. Die Amokfahrer flüchteten nicht aus der Stadt, wie es zu erwarten gewesen wäre, sondern stellten den Wagen in der Tiefgarage in der Senefelderstraße ab. Dodo blieb seitdem verschwunden und tauchte erst als Toter wieder im Nußbaumpark auf. Sentenza war ein Phantom, jedenfalls hier in der Innenstadt.

Seitdem ich mit Dodo hatte Kontakt aufnehmen wollen, war auch ich in die Schusslinie geraten. Plötzlich tauchte der Bär auf. In wessen Auftrag handelte er? Versuchte ich die Andeutungen von Siggi und Hansi zu deuten, stand er auf Fritzis Seite und gehörte zu dessen Handlangern. Alles lief auf Fritzi zu! Auch der Mord an Dodo ging auf seine Rechnung, denn nach meiner Festnahme hatte sich herausgestellt, dass die Tatwaffe dem Bär gehörte. Die angebliche islamistische Zelle stellte eine reine Vernebelungstaktik dar und wurde von Fritzis Seite benutzt, um die eigene Beteiligung zu verbergen.

Und was war eigentlich mein Interesse, mich auf eine so unüberschaubare und gefährliche Angelegenheit einzulassen? Wenigstens diese Antwort war klar: Ich wollte den Unsichtbaren in dieser Geschichte greifen, den, der dafür verantwortlich war, dass mein Leben aus den Fugen geraten war, den, der mir Schmerzen zugefügt und mein Inneres versehrt hatte: Sentenza.

39

Alle Fäden liefen bei Fritzi zusammen, er war der Chef, der Leute losschickte und Vergünstigungen gewährte. Ihm müsste ich eigentlich zu Leibe rücken, wenn ich es schaffen könnte, das Risiko durch die Konfrontation mit ihm zu begrenzen. Ich grübelte. Fritzi hatte seine Leute, die ihn berieten, abschirmten und Drecksarbeit für ihn erledigten. Wenn ich trotzdem versuchte, ihn in die Zange zu nehmen, und meine Karten aufdeckte, würde er entweder aus der Deckung kommen und alles unternehmen, um mich aus dem Weg zu räumen, oder darauf setzen, dass er unangetastet im Hintergrund bleiben konnte. Welche Möglichkeit wahrscheinlicher war, ließ sich nicht absehen.

Ich trug noch einmal alles zusammen, was ich wusste, und schrieb es in Form einer Aussage nieder. Dieses Dokument ließ ich von Rüdiger verwahren und mir eine Bestätigung ausstellen, dass er dieses Schriftstück in Händen hielt und Anweisung hatte, es der Presse und der Polizei zu übergeben, falls mir etwas zustoßen sollte. Diese Bestätigung trug ich bei mir. Ob mein Wissen tatsächlich ausreichte, meinen Widersachern zu schaden, war nicht vorauszusehen, aber solange sie nicht abschätzen konnten, was genau ich aufzubieten hatte, war dieser Schachzug das Äußerste an Schutz, was ich mir in meiner Situation verschaffen konnte. Den Rest musste wohl oder übel das Schicksal richten.

Ich wusste über Fritzis Gewohnheiten Bescheid und dachte, der beste Zeitpunkt, ihn aufzusuchen, sei nach dem Mittagessen, wenn er nach Kakao und Kuchen wieder in seinem Büro saß.

Gegen zwei Uhr machte ich mich auf in die Goethestraße. Ich hatte mich heimlich aus dem Hotel schleichen wollen, aber als hätte man sie gerufen, lief ich Nora über den Weg.

»Was hast du vor? Geschäfte?«

Lügen fällt mir schwer. Nora schüttelte auf meinen Hinweis hin ungläubig den Kopf.

»Du willst ihn doch hoffentlich nicht mit deinen Mutmaßungen konfrontieren?«

Ich zuckte die Achseln. Durchdringend sah sie mich an. Ich schüttelte den Kopf. Schließlich resignierte sie.

»Dann melde dich bitte bei mir. Ich möchte wissen, ob du da wohlbehalten wieder rausgekommen bist!«

Das Haus, das sich einmal im Besitz unserer Familie

befunden hatte, war gründlich umgebaut und mit dunklem Glas ausgestattet worden. Unten befand sich der Spielsalon, im Hof gab es ein Sportstudio, in dem Leute wie Otto und Hansi gerne Muskeln pumpten. Fritzis Firma, die *Hannes Nowak Verwaltungs GmbH*, belegte zwei Wohnungen und befand sich im dritten Stock. Oben im Dachgeschoss hatte er Wohnung genommen. Juta öffnete. Juta war eine ältere Frau von so biederer Ausstrahlung, dass es keinen Finanzprüfer misstrauisch gemacht hätte, wenn sie bei der Caritas für das Spitzen von Bleistiften zuständig gewesen wäre. Fritzi liebte diese Art von Versteckspiel, das andere dazu verleitete, ihn zu unterschätzen.

»Ich weiß nicht, ob das passt. Muss ich erst fragen.«

Juta wiegte den Kopf. Sie platzierte mich im Nebenraum. Durch die halboffene Tür sah ich, wie sie sich vorbeugte, um das Ohr an die Tür halten zu können, und dreimal klopfte. Zweimal zunächst, dann Pause und schließlich ein drittes Mal. Sie wartete noch einen Moment, bis der Türöffner summte, danach erst konnte sie die Tür öffnen. Offenbar eine Vorsichtsmaßnahme, denn Fritzi wollte nicht von Leuten überrascht werden, die ihn mit einer Waffe von seinem Bürostuhl holten. Eine Weile lang hörte ich nichts, dann kam Juta zurück.

»Tut mir leid, aber er ist schon weg. Worum geht es denn?«

Ich winkte ab.

»Danke, ich komme die Tage noch mal rüber.«

Juta saß hinter ihrem Schreibtisch und blickte in ihren Kalender. Ich hörte ganz deutlich, wie draußen eine Tür ging. Offenbar verließ Fritzi sein Büro durch den zweiten Ausgang.

»Tja, was kann ich dir nur anbieten?«

Juta zelebrierte die Terminsuche. Ich verstand, dass es ihr darum zu tun war, mich noch eine Weile festzunageln, bis Fritzi das Haus endgültig verlassen hatte.

»Danke, Juta, ich habe es ja nicht weit.«

Schneller, als sie erwartet hatte, verließ ich das Büro. Ich schaute das Treppenhaus hinunter. Zweifellos war es Fritzi, der sich mit der Hand am Geländer die Treppe hinunterschraubte. Ich war verärgert, wollte mich so nicht abspeisen lassen und lief ihm kurz entschlossen hinterher.

40

In der Aufmachung des Biedermanns bewegte sich Fritzi wie ein Fisch im Wasser. Er rechnete damit, dass niemand ihn beachten würde. Dass mich der Teufel ritt, ihm einfach hinterherzulaufen, hätte mir klar sein müssen. Aber ich hatte so viel Aufwand auf meinen vermeintlich klugen Plan verwendet, dass ich einfach nicht in der Lage war, von ihm abzulassen. Irgendwo, so hoffte ich, würde ich Gelegenheit haben, ihn zur Rede zu stellen, je weiter wir von seinem Revier entfernt waren, desto besser. Und genau das deutete sich an, denn nun standen wir auf dem S-Bahnsteig.

Der Hauptbahnhof ist logischerweise ein Drehkreuz für Pendler, Nah- und Fernreisende. Die S-Bahnen sind kurz getaktet, ständig fährt eine neue Linie ein. Aufmerksam bewegte ich mich in dem Gewühl und schlüpfte weiter hinten in die S4, als ich sah, dass Fritzi diesen Zug nehmen würde. Ich vergewisserte mich noch einmal an dem im Wagen plakatierten Schemaplan, wir fuhren Richtung Osten und würden bestimmt in Trudering am Ziel sein, denn im dortigen Gewerbegebiet befanden sich Fritzis Nachtclubs und Bordelle. Ich hielt mich bereits neben der Tür auf, stellte aber zu meiner Überraschung fest, dass Fritzi keine Anstalten machte auszusteigen. In Haar endlich, kurz vor der Stadtgrenze, verließ er den Wagen.

Mein Jagdfieber war entfacht, denn Fritzi zeigte Verhaltensweisen, von denen ich noch nie jemanden hatte erzählen hören. Zunächst suchte er ein Café auf und besorgte dort eine große Schachtel mit Konfekt. Dann machte er an einem Blumenladen Station und kaufte einen großen Strauß. So ausgestattet marschierte er stadtauswärts, bis wir vor der Seniorenresidenz *Herbstblüte* standen. Ohne zu zögern oder sich umzusehen, betrat er das Haus.

Das Foyer war gut gefüllt, die Makrameegruppe, angeführt von einer Altenpflegerin, verließ den Werkraum und steuerte wie andere rollatoren- oder gehstockgestützt oder einfach rüstig auf beiden Beinen gehende Senioren den Speisesaal zum Kuchenbuffet an. Fritzi bahnte sich unbeirrt seinen Weg, ließ sich freundlich von Frauen begrüßen, die deutlich in der Überzahl waren: »Ja, der Hannes. Grüß Gott! Schön, dass du wieder da bist!« Für mich war es, als sei ich ein Spion, der einen unerwarteten Einblick in eine Gegenwelt erhält.

Fritzi hielt an einer der Türen im hinteren Teil des Gangs an und klopfte.

»Was ist?«

Zweifellos handelte es sich um eine Frauenstimme, aber eine nicht sehr freundliche, denn die Frage war scheppernd und krächzend herausgerufen. Fritzi neigte seinen Kopf zum Türspalt und sagte dorthinein:

»Mama, ich bin's, der Fritzi!«

Eine Weile lang passierte nichts. Fritzi klopfte noch einmal entschiedener gegen die Tür.

»Mama, ich bin's doch!«

Geräuschvoll wurde endlich die Tür entriegelt und geöffnet. Eine alte, aber durchaus noch wuchtige Person streckte ihren Kopf heraus. Die alte Frau trug eine blonde Perücke, aufwendig onduliert, aber so verrutscht, dass ihr linkes Auge fast bedeckt war. Endlich registrierte sie Fritzi, der ihr Blumenstrauß und Konfektschachtel entgegenstreckte. Dann passierte etwas, was nur eine Mutter wagen konnte: Sie gab Fritzi links und rechts eine Ohrfeige.

»Jetzt käme er daher!«, rief sie. »Hast dich wieder mit deinen Nutten herumgetrieben, statt dich um deine alte Mutter zu kümmern ...«

Der Rest ihres Lamentos verflüchtigte sich, denn Fritzi schob sie in das Zimmer zurück und drückte hinter sich die Tür ins Schloss.

Vollkommen gebannt hatte ich dem Schauspiel zugesehen und nicht mehr registriert, dass nun sämtliche Gruppen und Einzelpersonen sich um das Kuchenbuffet drängten und ich daher nahezu allein im Foyer stand.

Spätestens jetzt wusste ich nicht mehr, wie es weitergehen sollte.

Ein plötzliches Erschrecken holte mich aus meiner aufkommenden Resignation. Ich spürte, wie mir eine Hand von hinten auf die Schulter gelegt wurde. In die Hüfte bekam ich einen Stoß, der von einem harten Gegenstand herrührte.

»Andiamo!«, sagte eine Stimme, die ich mir in meinen Albträumen genau so vorgestellt hatte. »Ich werde dich erschießen, wenn du auch nur Anstalten machst abzuhauen.«

Ich wurde vorwärtsgeschoben. Am Ende des Gangs tauchte ein Arzt oder Pfleger auf. Aber wie hätte er helfen können? Ich wurde in einen Abstellraum gestoßen, nahm noch auf, dass die Vorhänge zugezogen waren und Rollstühle aufgereiht standen, dann erhielt ich einen Schlag auf den Hinterkopf und verlor das Bewusstsein.

41

Ich erwachte. Alles war, wie ich es schon einmal erlebt hatte: Meine Hände und Beine waren mit Klebeband umwickelt, ich lag auf dem Boden. Der Raum war dunkel, eng und stickig. Und mich packte dieselbe Angst, die mich damals im Griff hatte. Musik säuselte, *Je t'aime, Oh, oui je t'aime!*

Der Bär öffnete die Tür. Gedämpftes rotes Licht schimmerte herein. Ich befand mich im *Candlelight,* vermutete ich.

»Wenn du aufmuckst, gibt es einen auf die Mütze. Verstanden?«

Das triumphale Grinsen hatte seine Miene vollständig entgleisen lassen. Er packte mich, zog mich hoch und setzte mich auf einen Stuhl.

»Und immer schön bitte sagen. Sonst wird es furchtbar.«

Er zwinkerte mir zu wie der Metzger dem Schlachtvieh und verschwand.

Bald darauf bekam ich doch noch meine Unterredung mit Fritzi. Er schloss die Tür hinter sich, schaltete das Licht ein, die Musik schwoll an, und er musterte mich kurz. Dann holte er aus und schlug mir mehrfach links und rechts ins Gesicht. Sein Siegelring ließ meine Wange aufplatzen.

»Was fällt dir ein, mir nachzustellen, du ausgeschamtes Oaschloch.«

Das Gesicht, in das ich blickte, war gezeichnet von Wut und Herrschsucht. Schließlich verlor ich ein weiteres Mal das Bewusstsein. Ich verschwand in tiefer Dunkelheit, verschlungen von einem Nirgendwo, in dem die Vergangenheit Welle für Welle an das Ufer der Gegenwart rollte.

GORGO

Dann erhob sich die Hand und senkte sich wieder und klopfte ihn liebkosend. Dies dauerte eine Weile, aber jedesmal, wenn sie sich emporhob, richtete sich das Haar darunter empor, und wenn sie sich herabsenkte, legten sich die Ohren zurück und stieg ein Grollen röchelnd aus der Kehle herauf. Dies Grollen war eine Warnung. Es kündigte an, daß jeder ihm zugefügte Schmerz heimgezahlt werden würde, denn nie konnte man wissen, wann die Absichten eines Menschen sich enthüllten. Die sanfte, Vertrauen weckende Stimme konnte plötzlich in ein Wutgebrüll ausbrechen, die weiche, liebkosende Hand sich in den Griff eines Schraubstockes verwandeln und ihn hilflos der Züchtigung preisgeben!

Jack London, Wolfsblut

1

Manche durchlaufen mit ihrer Kindheit und Jugend eine harte Schule und werden Erwachsene, die selbstbewusst und vernünftig alle Anforderungen meistern. Mag sein, aber es macht das zuvor Erlebte keinen Deut besser oder angenehmer.

Mein Vater kam in den sechziger Jahren für einen Urlaub aus Aarau nach München. In Schwabing belegten Langhaarige den Bürgersteig, buntes Volk flanierte auf der Leopoldstraße, und Emil Zobel war ganz verzaubert vom Flair einer neuen Zeit, der er so noch nie begegnet war. Draußen an einem der Tischchen des Café Cadore lernte er Liliana kennen. Emil entstammte einer Aarauer Hoteliersfamilie mit protestantischem Drill und verlor in der Freizügigkeit des sommerlichen Münchens vollends die Fassung. Manche reißen sich in einer einzigen heftigen Aufwallung ihr ganzes bisheriges Leben wie abgetragene Kleidung vom Leib. Bei Emil muss es so gewesen sein, denn für ihn stand fest: Hier will ich bleiben, diese Frau muss ich heiraten. Liliana wollte eigentlich nichts dergleichen, genau genommen wollte sie nur ein nettes Wochenende verbringen. Emil sah gut aus, sprach einen, wie sie fand, drolligen Dialekt und hatte reichlich Geld in der Tasche. Über einen oder zwei Tage hinauszudenken, entsprach nicht der Leichtlebigkeit der Zeit, man nahm es gerne, wie es kam.

Liliana war vollkommen überrumpelt, als ihr Emil einen Heiratsantrag machte. Sie war gar nicht in der Lage, ihn in seinen Konsequenzen zu erfassen. Auf die Frage *Warum?* fand sie keine Antwort, eher schon auf *Warum nicht?* Sie dachte sich das, was hinterher kommen würde, als eine Verlängerung des schönen Wochenendes, das sie mit Emil erlebt hatte.

Richtig oder falsch? Ich weiß es nicht, ich weiß nur, dass zwischen meinem Vater und meiner Mutter von Anfang an ein Missverständnis herrschte über das, was sie sich von der Ehe erwarteten. Die Version, die ich mir zurechtgelegt hatte, war die freundlichste, die mir als Beginn ihrer Beziehung einfiel. Alles andere wäre deutlich prosaischer oder hässlicher.

Spätestens dann, als es um die Bewältigung des Lebens ging, griff Emil auf Verhaltensweisen zurück, die sich in seiner Familie über Generationen bewährt hatten. Er war geschäftlich klug, sparsam und auf Erfolg aus. Nirgendwo, in keiner Stadt der Welt, hatten Hoteliers mit Häusern in Bahnhofsnähe je einen Missgriff getan. Getragen von solcher Zuversicht kaufte Emil Immobilien in der Goethe- und der Schillerstraße und baute sie zu Hotels um. Von zu Hause erhielt er einiges Geld, den guten Namen hatte er ohnehin, er war daher kreditwürdig, und schließlich waren die Häuser günstig zu haben, weil seriöse Geschäftsleute in einem teils Glasscherben-, teils Rotlichtviertel nichts anlegen wollten.

In dieser ganzen Zeit wusste Liliana nicht, was sie tun sollte. Ihr ursprünglicher Plan war, eine Modeboutique zu eröffnen, allerdings hatte sie keine Ahnung, wie man an die Kleidung kam, die sie gerne verkaufen wollte. Auch kleine Projekte, wie den Führerschein machen oder die Wohnung nett einrichten, scheiterten.

Liliana bekam in ihrem Leben kein Bein auf den Boden, und Emil dachte, es sei seine Schuld. Damit ist das Drama ihrer Ehe bereits vollständig beschrieben. Versagen hier, Schuldgefühl dort bildeten den Ausgangspunkt. Im Verlauf der ehelichen Konflikte verformten sich diese Stränge zu immer neuen Auswüchsen: eifersüchtige Behinderung auf ihrer und pädagogische Besserwisserei auf seiner Seite.

Als ich dann 1971 auf die Welt kam, sollte ich dieses Problem lösen.

2

Bald schon musste sich meine Mutter mit einem Problem auseinandersetzen, mit dem sie so nicht gerechnet hatte: Das Aufziehen eines Kindes war eine Daueraufgabe. Ich verschwand nicht, wenn sie mich nicht gebrauchen konnte, war ständig bedürftig und verstand nicht, was meine Mutter wollte. Ihrer Haltung entsprach es eher, dass das Kind auch einmal etwas für sie tun müsse, statt sie Tag und Nacht zu fordern. Sie wurde depressiv und litt unter Weinkrämpfen, so dass mein Vater mich kurzerhand die ersten Jahre bei meinen Großeltern in Aarau unterbrachte. Trotz ihrer Unfähigkeit konnte man meiner Mutter keine Bösartigkeit nachsagen, sie lebte einfach nur in ihrer Welt, in einem Kokon aus Ideen und Wünschen, die nur mit ihr zu tun hatten. Sie gehörte zu den Menschen, für die die Verwirklichung eines Plans immer seine Entwertung bedeutete. Unbefleckt blieb nur der Traum.

Frühzeitig wurde ich danach in den Kindergarten in der Schwanthalerstraße geschickt. Mein Vater sorgte morgens dafür, dass ich eine belegte Semmel aus der Hotelküche in mein Täschchen bekam. Dann schickte er mich mit seinen Ermahnungen los, vor allem sollte ich nicht trödeln. Ich verstand gar nicht, was er mir sagen wollte. Für mich als Vierjährigen existierte keine Vorstellung von Zielgerichtetheit oder Abschweifung, jeder Weg war langweilig, wenn man das Ende nicht unmittelbar vor Augen hatte. Ich hatte es nicht besonders weit, aber überall lockten Ablenkungen. Die geöffnete Tür einer Bar, Zugang in ein schwarzes Loch, aus dem der Dunst der Nacht entwich, Uhren und Radiogeräte, ein Gitarre spielender Aussteiger, der um Geld bettelte. Kein anderes Kind wäre einer solchen Umgebung ausgesetzt worden, mir war sie vertraut, vor allem hatte ich von allen Seiten Hilfe. Man kannte mich und reichte mich weiter, wenn ich wieder mal über einen Gully gebeugt lag, um vermeintliche Geldstücke herauszufischen, oder mich in einen Hof gesetzt hatte, um im Sandkasten zu spielen. Barfrau, Wirt, Putzhilfe, Köchin oder Portier lasen mich auf und schoben mich wieder eine Station weiter, bis ich endlich meinen Stafettenlauf im Kindergarten zu Ende brachte.

Mittags sollte ich mich auf den Rückweg machen, es wäre an meiner Mutter gewesen, mich zu versorgen, aber meistens landete ich in der Hotelküche oder im Büro meines Vaters. Eilig hatte ich es daher nie, ich wusste ja, dass man mich nicht vermissen würde, und ließ mich treiben. Eines Tages konnte ich mich nicht von dem Bagger losreißen, den ich erstmals ergattern konnte. Während andere Kinder schon längst nach Hause aufgebrochen waren, blieb ich im Spielzimmer sitzen und versuchte mit der Baggerschaufel Klötzchen aufzunehmen und beiseitezulegen. Übrig geblieben waren nur noch eine Handvoll Hortkinder, die zur Nachmittagsbetreuung abgeholt werden sollten. Irgendwann kam eine der sogenannten *Tanten,* ich kannte sie nicht, weil sie nur für den Hort zuständig war. Sie sammelte die Kinder ein, und auch ich musste mich in den Trupp einreihen. Paarweise hielten wir uns an der Hand und brachen nun zum Essen auf. Wir überquerten die Straße und gingen hinüber zur Kirche. Das Neue und Unerwartete machten mir keine Angst, stattdessen war ich gespannt, was nun als Nächstes kommen würde.

Im Hort nahm ich wie die anderen Kinder auch am Tisch Platz, man stellte mir einen Teller mit Dampfnudel und Vanillesoße hin, und ich begann zu essen. Es schmeckte. Endlich stellte sich heraus, dass ein Essen zu wenig verfügbar war. Das Mädchen, das als Letzte unversorgt geblieben war, stand neben dem Esstisch und weinte. Die Tante durchforstete die Reihen auf der Suche nach dem überzähligen Kind. Sie sagte, wer kein Hortkind sei, solle bitte den Finger heben. Nichts betraf mich weniger. Ich gehörte immer dahin, wo ich gerade angelandet war. Es gab keine Personen oder Orte, die für einen verbindlichen Aufenthalt hätten stehen können. Also improvisierte man in der Küche für das Mädchen eine weitere Mahlzeit und wollte die Sache morgen im Kindergarten klären.

Ich verbrachte eine gute Zeit mit den Hortkindern, bis plötzlich am späten Nachmittag Polizei in unserem Raum auftauchte. Nach Stunden war es drüben doch aufgefallen, dass ich fehlte, niemand hatte mich gehen oder kommen sehen, also verständigte mein Vater die Polizei. Die Versuche der Uniformierten waren zielgerichteter, sie fragten jedes Kind nach seinem Namen. Und kurz darauf war ich als der Gesuchte ermittelt. Ich bedauerte, gehen zu müssen, und fühlte mich wie ein Sünder, weil ich aus dem Kreis der Kinder abgeführt wurde.

Eines Nachmittags spielte ich zu Hause auf dem Balkon. Es war warm, die Sonne schien und ich hatte eines meiner Autos mit hinausgebracht, das ich, am Boden liegend, beim Fahren genau beobachten konnte. Auf dem unregelmäßigen Beton sah man die Räder auf und ab wippen, als fahre es auf einer Autobahn. Plötzlich wurde die Tür von innen geschlossen und der Vorhang zugezogen. Zuerst dachte ich an einen Scherz, dann klopfte ich gegen die Scheibe. Aber meine Mutter war längst aus dem Zimmer verschwunden. Wenig später sah ich, wie sie unten das Haus verließ und sich Richtung Innenstadt aufmachte.

Eigentlich hätte ich ihr hinterherrufen können, aber ich war unfähig, etwas zu unternehmen, einfach weil ein solches Ereignis in meiner Vorstellungswelt nicht vorgesehen war. Ich glaubte nicht daran, dass es so sei, wie es sich zeigte, oder war sicher, dass gleich eine Auflösung der Situation stattfinden und alles zurechtgerückt würde. Erwachsene machten oft Späße oder deuteten etwas an, das mit ihrem Gelächter zerstob, wenn man sich an der Nase hatte herumführen lassen. Also schaute ich den Balkon hinunter, wo sich meine Mutter rasch entfernte.

Nichts passierte. Ich war allein. Eine Zeitlang lenkte mich mein Spielzeugauto ab. Dann untersuchte ich den Boden des Balkons und die Hauswände. Wenn man ganz nah heranging, wirkte die Wandfläche mit dem groben Verputz wie eine Landschaft mit Bergen, Kavernen und Kratern, und wenn man die Balkonflächen genauer inspizierte, entdeckte man rote Mauermilben, kaum sichtbare Kleinsttierchen, die dort herumkrabbelten. Ich zerdrückte sie mit dem Finger und zog ihn ein Stück weiter, so dass sich ein zartroter Strich auf dem Beton abzeichnete.

Irgendwann war aber jede Beschäftigung ausgereizt, und es gab nichts mehr außer mir und einer Zeitwüste, in der ich mich spannenweise fortschleppte. Ich hatte keinen Begriff vom Anfang meiner Verbannung, nur dass er schon weit zurücklag, auch keinen vom Ende, es blieb im Ungewissen. Irgendwann gab es auch keinen Gedanken mehr, den ich noch hätte denken können, nur das fühlbare Verrinnen reiner Zeit.

Als meine Mutter dann endlich wieder auftauchte, war ich nur müde, seltsam erschöpft vom Ausgeliefertsein an diese große Macht, mit der man mich konfrontiert hatte. Ach Gott, meinte meine Mutter, daran habe sie nun wirklich nicht mehr gedacht.

»Ich dachte, du bist irgendwo draußen beim Spielen!«

Sie gab mir zu essen und zu trinken, aufmerksamer als

sonst, aber ich wusste, dass es keinen Sinn hatte, sich darüber zu grämen, weil es keinen Fehler gab, den sie nicht jederzeit wiederholen konnte.

Abends, wenn sie mich ins Bett brachte, war ich froh, wenn sie ging. Sie war so nervös und sprunghaft wie ein aufgescheuchtes Huhn. Erzählen oder vorlesen konnte sie nicht so, wie ich es gerne gehabt hätte. Schön war allerdings, wenn sie sang. Berührend war nicht ihre Stimme oder ihr Gesangstalent, es war die Innigkeit ihres Vortrags. Die Ausrutscher störten nicht, im Gegenteil, durch ihre Fehler trat das Gewollte noch deutlicher hervor. Dabei beherrschte sie nur ein einziges Lied, das sie, wie sie mir später einmal anvertraute, am Monopteros gelernt hatte, wo sich vor allem am Wochenende Bohemiens und andere Schwadroneure trafen. In einer Zeit, in der noch alles möglich und daher für sie gut war.

La Poupée qui fait non – die Puppe, die immer nur nein sagt. *Ohne mich anzuhören, sagt sie nein. Ohne mich anzuschauen, sagt sie nein. Ich würde alles dafür geben, sie einmal ja sagen zu hören.* Später, als ich, schon erwachsen, endlich den Text verstand, war ich ergriffen und schwankte zwischen Lachen und Weinen. Kein Lied hätte besser zu meiner Mutter gepasst!

Sie verabschiedete sich mit einem Handkuss aus meinem Zimmer und sagte dann etwas wie: »Jetzt ist aber gut für heute, ja?«, und löschte das Licht. Das Maß war wieder einmal voll, sie hatte sich mit mir vermeintlich aufs Äußerste strapaziert. Ich vermisste sie nicht, einfach deshalb, weil ich schon von früh an spürte, dass sie von anderen erwartete, was sie nie geben konnte. Sie war eine Bürde, nicht ich.

Der Vorhang durfte nie vollständig zugezogen werden. Wenn er dennoch ganz geschlossen war, stand ich auf, schlich mich ans Fenster und schob ihn in der Mitte einen breiten Spalt auseinander. Von meinem Bett aus hatte ich nun einen Blick in den Nachthimmel hinaus. Am wichtigsten war der Mond. Ich kannte ihn in allen Formen und Facetten. Sein Gelb, von milchig bis golden, die dunklen Unregelmäßigkeiten, seine Krater und Schrunden, wolkenverhangen oder klar konturiert, und schließlich auch sein Schrumpfen und Wachsen von der Sichel zur runden Lichtgestalt. Manchmal zeichnete sein milder Schein den Pfosten meines Betts als Schatten auf die Bettdecke. Grau auf Grau. Er kannte keine scharfen Umrisse, sein Milieu war das Zwischenreich, nicht hell, nicht dunkel.

Wir waren miteinander vertraut, er erregte etwas in mir, eine unbestimmbare Sehnsucht, aber nicht nach etwas, das Gefühl genügte sich selbst. Er war mein Freund, und ich war süchtig nach seinem Anblick. Seine Gegenwart verbreitete eine große Ruhe und spendete Trost, wie es nur einer tun kann, der an Größe und Bedeutung weit über uns steht. In ihm verkürzte sich die Vorstellung der Unendlichkeit auf ein dem Menschen erträgliches und harmonisches Maß.

Was mich damals bewegte, kann ich heute aussprechen.

3

Von meiner Grundschulzeit sind mir nur wenige Erinnerungen geblieben, wahrscheinlich war ich ein unauffälliges Kind. Nur Helmut ist mir im Gedächtnis geblieben. Ihm kam die Rolle des Verlierers zu. Nahezu jeder konnte ihn umwerfen oder in den Schwitzkasten nehmen. Helmut wehrte sich kaum. Er schrie auch nicht, sondern weinte still vor sich hin. Seine obere Zahnreihe stand weit nach vorne, und er trug daher eine Spange. Ansonsten war Helmut ein hervorragender Schüler und sehr brav. Wenn ein anderer ihn zu Boden warf, war die schmutzige Hose seine größte Sorge. Ich mochte ihn nicht wirklich, aber er war der erste Mensch, bei dem ich deutlich spürte, dass er mich brauchte.

Also kümmerte ich mich um Helmut und sorgte dafür, dass er von den anderen nicht mehr verhauen wurde. Freiwillig setzte ich mich in die Schulbank neben ihn. Wann immer er konnte, nahm er meine Hand und ließ sie nicht mehr los. Meine Bubenhand war selten sauber und wurde feucht, wenn Helmut sie umschlossen hielt. So waren wir einander in klebriger Zuneigung verbunden.

Helmut hatte eine schöne Schrift, seine Buchstaben bewegten sich mühelos auf gerader Linie, und ihre Ausbuchtungen hatten Schwung und Proportion. Andere wie ich krakelten ihre Hausaufgaben aufs Papier. Seinem Sinn für Schönschrift verdanke ich etwas Bleibendes. Ob ich mir schon einmal Gedanken über die Gestaltung meiner Unterschrift gemacht hätte, wollte Helmut wissen. Nichts lag mir ferner, ich schrieb meinen Namen so auf die Hefte, wie mir gerade zumute war. Das Z meines Nachnamens war immer besonders hässlich, schief gezackt wie ein verunglückter Blitz und nie zum folgenden O gehörig. Ein paar Tage später kam Helmut mit einem Entwurf, der mich vom bloßen Ansehen schon stolz machte. Das Z hatte er der Sütterlin-Schrift entlehnt, es bauschte sich in einem Doppelbogen zum O hin. Ich übte lange, bis ich meine Unterschrift so hinbekam, wie Helmut sie erdacht hatte. Aber ich unterschreibe heute noch so.

Mit der Pubertät kam ein Gefühl, das ich so noch nicht gekannt hatte: Ich war Peinlichkeiten ausgesetzt, für die ich mich schämte. Andere wollten oder konnten offenbar dergleichen nicht wahrnehmen. Viele der Animierdamen im Viertel kannte ich von klein auf. Sie betreuten mich mit, ich ließ mich gern zu einer Limo oder einer Brezel einladen. Im Großen und Ganzen wusste ich auch früh Bescheid, wie in meiner Umgebung mit Sex gehandelt wurde. Die Frauen schalteten aufs Geschäftliche um, machten

Männer an und logischerweise musste vom Piccolo bis zum Aufs-Zimmer-Gehen für alles bezahlt werden. Dass die Frauen etwas verdienen wollten, war klar, aber die Rolle der Männer in diesem falschen Spiel war mir zutiefst peinlich. Plump, betrunken, tapsig, großspurig glaubten sie einen Herrenpart besetzen zu dürfen, wo sie doch nur am Nasenring herumgeführt wurden. Allerdings fand ich damals schon die Aufmachung der Frauen, weißes Fleisch über den Netzstrümpfen, enge Taillen, hochgeschnürte Brüste, ordinär und abstoßend.

Meine Freunde und Klassenkameraden verstanden das nie. Sie hatten keine Ahnung, was in den Amüsierbetrieben ablief, geilten sich an Mutmaßungen auf und glaubten, dass ich schon Erfahrungen auf einem Gebiet hatte, von dem sie nur feucht träumten. Manche wachsen in einem Fleischerladen auf und entwickeln sich, einer fast natürlichen Tendenz folgend, zu Vegetariern. Jugendliche stellen sich vielfach gegen die Erwachsenenwelt, die sie umgibt. Mir war peinlich, was meine Freunde von mir dachten und für sich wünschten. Diese Kluft war nie zu überbrücken.

Ich war stattdessen von einer fast hysterischen Empfindsamkeit, von der niemand etwas wissen durfte. Wenn Heidi, das Schweizermädel, vom Großvater abgewiesen wurde oder in einem Zeichentrickfilm das Eselchen, das Jesus und Maria getragen hatte, zum Schlachter geführt werden sollte, musste ich weinen. Ich schämte mich dafür, aber wenn es im dunklen Kino niemand beobachten konnte, ließ ich den Tränen freien Lauf.

Damals sprangen mich solche Gefühle in großer Direktheit an. Bei den Frauen war das anders. Empfindungen zuzulassen machte sie schutzlos, und so kam das Verdrängte durch die Hintertür. Bea, eine ältere Barfrau aus der *Mausefalle*, hörte gerne Zarah Leander. Der Text hat sich mir eingeprägt, denn Bea weinte immer dazu, und ich kann ihn deshalb auch heute noch hersagen: *Nur nicht aus Liebe weinen, es gibt auf Erden nicht nur den einen, es gibt so viele auf dieser Welt, ich liebe jeden, der mir gefällt! Und darum will ich heut dir gehören, du sollst mir Treue und Liebe schwören, wenn ich auch fühle, es muss ja Lüge sein, ich lüge auch und bin dein.*

Am peinlichsten war mir jedoch meine Mutter. Meine Pubertät machte ihr das verlockende Angebot einer zweiten Jugend. Sie fühlte sich wesensverwandt und zugehörig und hatte keine Ahnung von dem tiefen Graben, der sich notwendigerweise zwischen Eltern und Kind auftun muss. Am schlimmsten wurde es, als einer meiner Freunde, der erstmals bei mir zu Hause war, fragte, ob sie meine Schwester sei. Ein größeres Kompliment gab es nirgendwo für meine Mutter und sie glaubte, daraus das Recht ableiten zu dürfen, sich uns als Gleichaltrige anzuschließen. Eltern konnten streng, unverständig, schrullig oder einfach nicht von dieser Welt sein. Aber anbiedern durften sie sich niemals.

Ich sorgte dafür, dass wir uns nur noch in Ausnahmefällen bei mir trafen.

Inzwischen war ich volljährig geworden, und meine Mutter steuerte auf ihren fünfundvierzigsten Geburtstag zu. Dafür hatte sich mein Vater etwas ausgedacht, was unser ganzes Leben von Grund auf verändern würde.

4

Naturkräfte haben die *Spiaggia Cala Granu* wie ein U in die felsige Küstenlinie Sardiniens geschnitten und die Gezeiten seine Basis mit Sand gepolstert. Mondäner und kostspieliger als in Porto Cervo konnte man einen Italienurlaub nicht verbringen, aber mein Vater wollte wohl ein dramatisches Zeichen seiner Familienverbundenheit und der Liebe zu seiner Frau setzen. Das war bitter nötig. Der Alltag hatte die Beziehung wund gescheuert, und die Unzufriedenheit meiner Mutter äußerte sich in Eskapaden, einem manchmal mehrtägigen Verschwinden, das dann doch nie der von meinem Vater gefürchtete Liebhaber, sondern eine Jugendfreundin oder eine sonstwo aufgegabelte Bekannte begleitete. Der Urlaub sollte, so wie mein Vater sich das wünschte, eine Um- oder Rückkehr markieren, bei der sich die beiden wiederfanden und ich mich dazugesellen durfte.

Vater war altersgemäß gekleidet, trug einen hellen Leinenanzug, auf dem Kopf saß ein Strohhut und sein Gesicht dominierte eine Sonnenbrille mit Schildpattgestell, die ihm, als er zunehmend braun wurde, zusammen mit seiner markant vorspringenden Nase das Aussehen eines Bruders von Onassis gaben. Mutter war wie stets jugendlich aufgemacht, teenagerhaft schmal, mit kurzen luftigen Kleidchen, die, wie sie es von früher her kannte, floral gemustert waren. Sie machte tatsächlich einen glücklichen Eindruck, wirkte belebt, war aufgeregt und animiert und fühlte sich dieser mondänen Umgebung zugehörig.

Der Strand freilich war zweifelsohne eine Naturschönheit, besucht wurde er aber von denen, für die der Urlaub in Porto Cervo einen richtig teuren Aufenthalt bedeutete. Leute mit dem großen Geld badeten in den ausgedehnten Poolanlagen ihres Hotels oder tuckerten mit ihrer Jacht in eine lauschige Bucht und sprangen dort ins Wasser. Porto Cervo ist ein Ort, wohin die Reichen kommen, um unter sich sein zu können, und die weniger Begüterten, um zu beobachten, was sie machten, wenn sie unter sich waren. Die Costa Smeralda ist eine Bühne für die Hauptdarsteller des Jetsets und hält aber auch Plätze für das Publikum bereit. Meine Mutter hatte gehört, dass sich Mick Jagger nicht selten in Porto Cervo aufhielt, und die Aussicht, ihm zu begegnen, beflügelte sie jeden Tag aufs Neue. So stiegen wir morgens vom Hotel aus den Felsweg zur Bucht hinunter, mieteten dort Schirm und Liege in Südseeanmutung, spazierten gegen Abend in Porto Cervo umher, um Prominente unter den Flaneuren zu entdecken, und inspizierten anschließend den Hafen, um neu angekommene Luxusjachten in Augenschein zu nehmen, vor allem die eine, auf der Mick Jagger an der Reling lehnen und meiner Mutter zuwinken würde.

Mir war klar, welcher Art die Inszenierung war, bei der ich mitmachte, aber mir war alles recht, was unserer eingefahrenen Situation eine Wendung zum Besseren geben konnte. Mutter und Vater verstanden sich nie, es sei denn, es wäre um mich gegangen. Hier zeigten sie immer schon eine seltsame Einigkeit im Rügen und Schelten, sie brauchten mich als Sündenbock, um zueinander finden zu können. Aber es war eine Einigkeit wie unter Räubern, die einander zur Ausführung einer Missetat brauchen. Ich hatte mich damit abgefunden, sie gewähren zu lassen, und hielt mich auch während unseres Urlaubs, so gut ich konnte, abseits und suchte die Gesellschaft von Gleichaltrigen. Sie litten alle unter demselben Problem: Porto Cervo war eine Unternehmung, von der ältere Erwachsene träumten.

5

Die fast zweitausend Kilometer lange Küstenlinie von Sardinien umfasst die Insel wie eine Goldkette den Hals eines Bettlers. Kork, sardischer Wein und Schafskäse haben noch niemanden reich gemacht. Und die Natur macht es ihnen nicht leicht, denn die Erde ist trocken und karg, Regen fällt nur zur Winterzeit und im Sommer ist die Insel ausgedörrt und leidet unter Wasserknappheit. Deshalb ist das Land auf seinen einzigen wertvollen Rohstoff angewiesen, die Bewirtschaftung seiner Strände und des klaren, azurblauen und mancherorts smaragden schimmernden Meeres. Aber der Bau von Hotelanlagen, Pools und Restaurants ist nichts für Schafhirten, und so waren es vor allem ausländische Finanziers, die die Küste zu bebauen begannen. Wer übers Meer kommt, der will uns bestehlen, heißt es in Sardinien, denn nur als Handwerker, Hausmeister oder Dienstpersonal bot sich den Einheimischen ein Geschäft.

Die Insel war immer schon arm und rückständig, und viele Sarden mussten ihre Heimat verlassen, um andernorts Arbeit und Auskommen zu finden. Das Land ist hart, karg und schroff, hinter den lieblichen Küsten erstreckt sich ein Bergland mit zerklüfteten Granitfelsen und hoch aufragenden Gipfeln. In die bergige Barbagia, das Barbarenland, zogen sich die Einheimischen zurück, wenn mit Phöniziern, Römern, Spaniern oder Sarazenen neue Kolonisatoren einfielen. Immer betrachteten die Eroberer es als ihre Aufgabe, einen zurückgebliebenen Landstrich zu zivilisieren. Aber auch untereinander waren die Sarden keineswegs einig, in den Bergen entbrannte ein Kampf zwischen Hirten und Bauern um die Nutzung der Flächen als Acker- oder Weideland.

Die Sarden sagten von sich, sie seien stur, stolz und verschlossen, vor allem aber hatten die, die sich unter so harten Bedingungen bewähren mussten, einen eigenen Ehrenkodex. Wer viel besaß, sollte davon abgeben, wenn er es nicht freiwillig tat, stahl man ihm Schafe oder Kühe. Gegen diese Überlebenshilfe hatte niemand etwas einzuwenden, man bediente sich bei denen, die einen reich gefüllten Teller vor sich stehen hatten. Das Erbeutete wurde nicht selten weitergegeben an andere Bedürftige. Banditen und Latitanten, die sich in der Barbagia verborgen hielten, blieben Teil des gewohnten Lebens und konnten sicher sein, nicht verraten zu werden. Sie halfen sich und anderen. Viele konnten auch gar nicht anders, als sich mit solchen Geschäften über Wasser zu halten, denn sie hatten sich in einen Konflikt mit der Obrigkeit verstrickt, die für Ehrenhändel keine Ausnahme machen durfte. So wurden sie illegal und tauchten ab. In den Augen einer Hirtengesellschaft, die jeder staatlichen Reglementierung feindselig gegenüberstand, waren solche Streitereien kein Vergehen, die Beteiligung an ihnen, die Verteidigung der Familie und der Ehre, waren unabdingbar.

In den fünfziger Jahren kamen dann erste Entführungen und Erpressungen dazu, in den Sechzigern wurde das Geschäft mit den Entführungen verfeinert. In den siebziger Jahren nisteten sich plötzlich in manchen Küstenregionen Reiche aus aller Welt ein, und die sardischen Banditen saßen vor einem verlockenden Honigtopf. Sie rüsteten gegen die gut bewachten Begüterten auf, beschafften sich moderne Waffen anstelle ihrer Schrotflinten und schlossen sich zu schlagkräftigen Organisationen zusammen.

6

Diese Geschichte erzählt sich flüssig und leicht, zumal sie mit einer Portion Sozialromantik einherkommt, einem sardischen Robin Hood, der von den Reichen nimmt und den Armen gibt. Aber nichts davon traf in unserem Fall zu.

Vater hatte einen Ausflug zum Monte Moro geplant. An der Rezeption fragte er nach, und die junge Dame verwies ihn an einen ortskundigen Hausdiener, einen verwitterten Sarden, der Schuhe putzte und die Sanitäranlagen, wenn nötig, reparierte. Der Mann wusste Bescheid, und mein Vater eröffnete uns hinterher beim Frühstück, wie er sich unsere Exkursion vorstellte. Die Bedenken meiner Mutter vorwegnehmend, die längere Strecken ungern zu Fuß zurücklegte, würden wir mit unserem Mietwagen auf den Gipfel hochfahren. Dort sei dann nur noch das letzte Stück zu bewältigen. Mit etwas Wasser und Proviant, den wir uns vom Hotel zusammenstellen ließen, brachen wir auf.

Vater hatte sich für die etwas längere, aber landschaftlich schönere Route entschieden, die westlich an der Küste entlangführte. Wir umfuhren die Berge zunächst, um uns dann schließlich am Ende der befestigten Straße auf einem Schotterweg weiter nach oben zu machen. Am Ende empfing uns ein Sendemast mit den dazugehörigen Betriebsanlagen. Ein hässlicher Anblick, zumal der Wind über die schroffen Felsen hinwegfegte und die Metallkonstruktion vibrieren und wimmern ließ. Der Aufstieg zum Gipfel war leicht zu finden, eine steile Treppe führte uns ganz hinauf. Von dort oben allerdings hatte man einen weitläufigen Ausblick auf die Küste hinunter mit dem am Ufer grün schimmernden Wasser, das sich weiter hinten blau färbte und dann zu dunklen tintenartigen Flächen verdickte. Wandte man sich um, lag das Hinterland ausgebreitet, das sich in graugrünen Buckeln aufwölbte. Die zerklüftete Berglandschaft war karg, aber abwechslungsreich durch die verschiedenartigen Formationen. Schrundiges Basalt- und Granitgestein türmte sich übereinander, eingefasst von einem grünen Bewuchs, der sich in das felsige Gelände gekrallt hatte: Eichen, wilde Oliven, Myrten und Heidekraut. Die Natur auf Sardinien hat in dieser Jahreszeit nur wenige Farben zur Verfügung, die aber in großer Intensität.

Mutter spannte ihr bunt gebatiktes Tuch mit den Händen zu einer Fahne auf und ließ sie im Wind knattern. Vater umfasste sie von hinten und legte seine Wange an die ihre. Eigentlich sahen sie so ganz glücklich aus. Ich war dabei, sie brauchten mich im Moment weder als Gegner noch als Verbündeten. Auf der Skala unserer familiären Verstrickungen und Gefühle war der Nullpunkt ein Niveau, auf dem sich gut leben ließ. Ich hatte gelernt, mit meiner Mutter klarzukommen, mit meinem Vater war es bisweilen, wenn wir zu zweit waren, sogar herzlich, aber als Familie passten wir nicht zusammen: Einer schoss immer quer, machte den Spielverderber oder wurde gar zum Feind.

Nachdem wir genug gesehen hatten, stiegen wir wieder die serpentinenartig angeordneten Stufen hinunter, und Vater führte uns noch zu einem verfallenen Haus, einem massiv gebauten, ehemals einstöckigen Gebäude ohne Dach, von dem nur noch die Umfassungsmauern standen. Drinnen war es schattig, wir setzten uns geschützt vor der hoch stehenden Sonne auf einen Steinblock und machten ein Picknick mit dem mitgebrachten Proviant. Von ferne her hörten wir Glöckchen und bald danach trotteten ein paar Ziegen herein. Die langhaarigen Tiere mit braunweißem Fell und ihren markanten Hörnern ließen sich ebenfalls im Schatten nieder. Meine Mutter rückte dicht an meinen Vater heran, der seinen Arm um sie legte. Die Ziegen mit ihren langgezogenen weißen Schnauzen, dem Bart und den roten Zungen, die sie beim Meckern sehen ließen, hatten etwas herausfordernd Freches an sich. Ein mindestens schalkhafter, wenn nicht gar böser Gedanke schien in diesen gehörnten Schädeln zu glimmen. Ich bemühte mich, mir nichts anmerken zu lassen, denn ich wusste, dass ich meine Mutter damit nur noch mehr ängstigen würde. Schließlich hörte man von draußen Pfiffe und heisere Rufe. Ein großer Hirtenhund kam in die Ruine getrabt, prüfte schnüffelnd die Umgebung und lief schnell wieder nach draußen, als ein weiterer, diesmal scharfer Pfiff ertönte. Dann betraten vier Männer das verfallene Gebäude, einfach gekleidete Hirten. Ihre Gesichter sah man nicht, da sie Sturmhauben darübergezogen hatten. Meinem Vater standen nur die alltäglich höflichen Umgangsformen zu Gebote, daher erhob er sich, lupfte seinen Hut und sagte artig: »Buon giorno, signori!«

Die Erinnerung an den unbeholfenen Eindruck, den mein Vater abgab, tut mir heute noch weh. Einem Raubtier, das bereits die Zähne gezeigt hatte, sollte man nicht die Tatze schütteln wollen. Was mein Vater da vollführte, hatte nichts mit Contenance, sondern mit Selbstbetrug zu tun. Die Antwort fiel dementsprechend aus. Der ihm am nächsten stehende Bandit holte mit der Waffe aus, die sie alle bereits gezückt hielten, und zog ihm den Lauf seiner Pistole quer über das Gesicht. Mein Vater gab keinen Laut von sich, auch dies wohl aus Rücksicht auf meine Mutter, sackte zusammen, hielt sich gerade noch auf den Knien, presste seine Linke an die blutende Wange und fiel dann kopfüber auf den Boden. Meine Mutter schrie auf, ich erstarrte. Nun war alles an dem falschen Bild, das wir zuvor abgegeben hatten, zurechtgerückt und genau so, wie es sein sollte: Vier Banditen überfielen eine dreiköpfige Familie, der Mann war bereits ausgeschaltet, die Frau geriet in hysterische Panik, und das Kind hielt still. Einer der Männer riss ein Stück Klebeband von der Rolle, schnitt es mit seinem Messer ab, ein anderer fasste meine zappelnde Mutter und hielt sie fest. Dann wurde der Knebel über ihren Mund gelegt, und alle Laute waren zu einem Keuchen erstickt.

Bis dahin war das Geschehen in einer schmerzhaft zähen Zeitlupe abgelaufen, nun ging alles ganz schnell. Meinem Vater wurden die Arme mit Klebeband auf dem Rücken verschnürt. Dann leinten sie ihn an einem Metallring an. Später verstand ich, dass Vater gegen Abend gefunden werden sollte, um sich der Aufbringung des Lösegelds widmen zu können. Auch meiner Mutter wurden die Arme hinter dem Rücken fixiert, dann stülpten sie ihr einen Sack über den Kopf. Genau dasselbe passierte mit mir. Gesehen haben wir uns danach lange nicht mehr, in meiner Erinnerung sind es fast zwei Jahre.

Menschen und Umgebung waren von da an verschwunden. Sie schleiften mich zu einem Fahrzeug, warfen mich auf die Ladefläche und dann fuhren wir gefühlte zwei Stunden durch die sengende Mittagshitze. Zunächst lehnte ich mich auf, strampelte, hoffte auf eine durchschlagende Aktion, die Befreiung bringen könnte, schließlich aber fügte ich mich und versuchte mich bequemer zu betten, um die Fahrt mit so wenig Schmerzen wie möglich zu überstehen.

Es ist leider wahr: Mag die eigene Existenz zuvor so hoch lodern wie sie will, der Mensch gibt sich auch mit einem Lichtlein zufrieden, wenn er hoffen kann, sie dadurch erhalten zu können. Der Drang zu überleben raubt uns Stolz und Würde, weil er uns mit Bakterien, Einzellern und anderen instinktgeleiteten Wesen auf denselben, bloß kreatürlichen Antrieb zurückstuft.

7

Irgendwann hielten wir an. Ich hörte das Zappeln von Beinen, die auf die Ladefläche schlugen, und italienische Flüche, vielleicht waren es auch sardische, ich konnte das nicht unterscheiden. Bestimmt war es meine Mutter, die sie hier wegholten. Schließlich wurde auch ich von dem Wagen heruntergezogen, den ich mir seiner Geschwindigkeit und des Motorengeräuschs wegen als Pick-up vorstellte. Sie verfrachteten mich in einen wohl dreirädrigen Kleintransporter, einen Zweitakter, der knatternd auf kurvigen Straßen fuhr. Ich lag im Rückraum auf einer gewellten Metallfläche, es roch nach Schafen, und ich fühlte getrocknete Erdklumpen unter mir. Die sengende Sonne war abgemildert, offenbar war das Fahrzeug mit einer Plane überzogen.

Ständig dachte ich an meine Mutter, wie schwer es für sie sein würde, mit dieser Situation alleine fertig zu werden. Ohne uns. Tatsächlich stellte sich später heraus, dass man uns an verschiedenen Orten gefangen hielt. Erst nach diesem Sinnieren und Sorgen trat mir wieder ins Bewusstsein, dass ich in derselben Gefahr schwebte.

Meine Mutter zu beschützen und alle Unbill von ihr fernzuhalten, war bei meinem Vater und mir so eingeübt, dass dieses Verhalten unser Familienleben bestimmte. Als ich häufig zu meinen Großeltern in die Schweiz durfte, war ich immer mit Freude und Neugier in das Flugzeug gestiegen. Was ich erlebte und sah, machte mir Eindruck, Zweifel an der Zuverlässigkeit der Technik hatte ich nie, bis sich bei gemeinsamen Reisen herausstellte, dass meine Mutter massive Flugangst hatte. Nun saßen wir zu dritt im Flugzeug, und mein Vater und ich wogen jedes Geräusch und jede unerwartete Bewegung der Maschine daraufhin ab, ob sie einer Flugängstlichen seltsam vorkommen könnten. Das Erleben veränderte sich dadurch von Grund auf: Wer mit den Ohren eines unter dieser Phobie leidenden Menschen lauscht, was sich im Verlauf einer Reise ereignet, bekommt es selbst mit der Angst zu tun. Das Dröhnen der Motoren wirkt plötzlich unrund, kleine Turbulenzen verabreichen Stöße in die Magengrube. Gefährlich ist vor allem der Steigflug, setzen die Turbinen aus, fällt das Flugzeug wie ein Stein zur Erde; gerät der Sinkflug zu einem ruckartigen, treppenförmigen Abgang, hat man es mit einem amateurhaften, schlecht ausgebildeten oder wenig erfahrenen Piloten zu tun. Wenn alle Stewardessen verschwunden sind und hinter dem zugezogenen Vorhang tuscheln, werden bereits Notfallmaßnahmen besprochen. Alle Versuche, Gefahren schon im Ansatz auszumachen, führen zu angespannter Nervosität, die einem keine ruhige Minute mehr gönnt. Und dann immer wieder der Kontrollblick zur Seite, ob es ihr auch aufgefallen war und wie stark sich der Schrecken in ihrem Gesicht abbildete. Flugreisen wurden mir zu einer Qual.

So war es auch bei meiner Entführung: Es dauerte lange, bis ich mich endlich der Situation stellen konnte, in die ich geraten war.

Meinem Gefühl nach fuhren wir lange bergauf. Dann

schien die geteerte Straße zu enden, und wir holperten über Schotter und Schlaglöcher nach oben. Der Motor des Wagens jaulte, ich spürte das Rucken und Schieben und rutschte beim Umfahren der Serpentinen an den Rand der Ladefläche. Endlich hielten wir an. Wortlos wurde ich heruntergehievt, das Klebeband im Rücken schnitten sie ab und ersetzten es durch eine Fesselung meines rechten Handgelenks, so dass sie mich an einer Leine hinter sich herziehen konnten.

Wir stiegen auf einem holprigen Pfad bergauf, ein paar Mal stieß ich gegen einen Stein und stürzte. Jedes Mal halfen sie mir auf, es waren zwei, einer stützte links, der andere rechts. Wenn ich die Hand seitlich ausstreckte, spürte ich stacheliges Buschwerk. Von Zeit zu Zeit hielten wir an, und ich hörte, wie sie eine Flasche ansetzten und tranken. Dann reichten sie diese an mich weiter. Ich erwartete Wasser, aber das Getränk schmeckte säuerlich und herb. Nach der zweiten Rast begriff ich, dass sie das Wasser mit ein wenig Wein vermischt hatten.

Danach kam offenbar ein gefährliches Stück Weg. Sie fassten meine Hand, ließen mich eine felsige Wand tasten und bedeuteten mir, indem sie mich vorwärtsschoben und meine Hand immer neu aufsetzten, mich vorsichtig daran entlangzubewegen. Da ich nichts sah, entstand in mir die Vorstellung einer schwindelnden Tiefe zur Linken. Wenn ich jedoch schwankte, drückten sie mich wieder gegen die Wand, um neuen Halt zu finden. Endlich hatten wir das kurze gefährliche Stück überwunden und bewegten uns wieder zwischen dornigem Buschwerk.

Ich machte keinen Versuch, die beiden anzusprechen, ihr Schweigen war so strikt, dass mein Bemühen zwecklos geblieben wäre. Und was hätte ich schon fragen sollen? Wann sind wir da? Was habt ihr mit mir vor? Wie komme ich wieder frei? Selbst wenn sie mich verstanden hätten, wäre mehr als Achselzucken nicht zu erwarten gewesen.

Also fügte ich mich.

Mein Verhalten und auch andere Eigenschaften, die ich in dieser Extremsituation an den Tag legte, traten mir dabei zu einer grotesken Karikatur verzerrt entgegen. Ich trottete wie ein Schaf meinen Entführern hinterher, ich versuchte noch nicht einmal, ihnen die Ausführung ihres Vergehens schwer zu machen. Ich arbeitete mit, um alles möglichst reibungslos über die Bühne zu bringen. Schon jetzt hasste ich mich dafür. Aber so hatte ich es gelernt: Jemand sagte, hinsetzen!, also hockte ich mich hin. Der Arzt befahl, Mund auf!, also riss ich ihn so weit auf, wie ich konnte. Jetzt tut es ein bisschen weh!, und ich nickte tapfer dazu. Diese widerwärtige Art von duldsamer Tapferkeit, kein Auflehnen, noch nicht einmal Nachfragen oder Frechheit. Ich war ein braver, folgsamer Junge, der immer ausführte, was andere von ihm verlangten. Ein Waschlappen.

Wir waren da. Irgendwo oben. Ein frischer Wind wehte heran, der ein wenig den Geruch des Meeres herbrachte, vermischt mit Blüten- und Kräuterduft. Außer dem Summen von Insekten und dem Rascheln von Zweigen hörte ich zunächst nichts, dann aber jenes tiefe, fast gurgelnde Grollen, das mich die nächsten Wochen begleiten sollte. Ich wurde über eine Schwelle in das Innere eines Hauses gezogen. Einen Belag am Fußboden konnte ich nicht erspüren, es handelte sich wohl um festgestampfte Erde im Gegensatz zu dem steinigen Untergrund draußen. Ich stand da und hoffte, dass mir endlich der Sack vom Kopf gezogen würde. Einer der Männer nahm meinen Arm und streifte den Ärmel meines Hemds hoch. Ich spürte einen Einstich und verlor das Bewusstsein.

8

Als ich erwachte, sah ich endlich wieder Licht. Ein matter, durch das Drahtglas eines kleinen Fensters zusätzlich gedämpfter Abendschein sickerte herein. Mühsam, noch benommen von der Betäubung, rappelte ich mich auf, machte einen Schritt auf das Fenster zu und fiel zu Boden. Jetzt erst stellte ich fest, dass meine Beine eng zusammengekettet waren, eine Behinderung, die mir nur ein Vorschieben jeweils eines Fußes gestattete, ein unbeholfenes Watscheln. Ich erinnerte mich an alle Phasen des steilen und steinigen Wegs, der uns hierhergeführt hatte, und mir wurde klar, dass ich ihn mit dieser Fessel an den Beinen niemals bewältigen konnte.

Ich bewegte mich zu einem aus Holz gefertigten Hocker hin und setzte mich. Die Hütte war aus aluminiumfarbenem Wellblech zusammengefügt. In der Ecke stand eine Pritsche mit Decken, der Tisch bestand aus einer roh zubehauenen Platte. Auf einem Regalbrett standen alte Tassen, ein paar Gläser und Teller. In einem Kästchen, das einmal mit Schrauben gefüllt war, lag Besteck. An den Haken an der Wand hingen Arbeitskleidung und Ledergurte mit Glöckchen, wie sie auch die Ziegen am Monte Moro um den Hals getragen hatten. Und dann entdeckte ich auf dem Boden stehend eine Plastiktüte mit Brot, Käse, Tomaten und einer großen Flasche Wasser, offenbar meine Essensration. Zuletzt stieß ich auf einen Schlauch, der über einem Eimer hing. Wenn man ihn öffnete, begann tatsächlich Wasser herauszutröpfeln. Als ich das rückwärtige Fenster öffnete, bemerkte ich einen metallenen, ehemals weißen Zylinder, in den das Regenwasser vom Dach geleitet wurde. Dahinter war ein Abtritt, ein Holzgestell über einer Grube. Nach einem vielleicht fünf Meter breiten

Streifen steinigen Bodens warfen sich Felsbrocken auf, die eine natürliche, und wie ich feststellte: unüberwindbare Grenze nach dieser Seite hin bildeten.

Endlich wagte ich mich zur anderen Seite hin. Ich schob vorsichtig die Tür auf, die überraschenderweise offenstand, um das Terrain zu inspizieren. Ich streckte den Kopf hinaus und hüpfte dann über die Schwelle. Und da war es wieder, jenes heisere, manchmal auch gurgelnde Grollen, das ich wie einen schlechten Traum zu verdrängen versucht hatte. Ein graubrauner Hund sprang in wenigen Sätzen herbei, geifernd, mit entblößten Zähnen, und begann nach mir zu schnappen. Ich wusste mir nicht anders zu helfen, als mich rückwärts in die Hütte zurückfallen zu lassen, wo ich kriechend die Tür verschloss. Später, als ich zum Fenster hinauslugte, begriff ich die Vorkehrungen, die man gegen meine mögliche Flucht getroffen hatte: Das Vieh war irgendwo an der schmalen Seite der Hütte angeleint, wo es vermutlich irgendwo unter den Felsbrocken, die das Haus winkelförmig einfassten, Unterschlupf hatte.

Die Vorderseite des Hauses war von einem Zaun umgeben, dahinter herrschte Gorgo, wie ich ihn bald nannte. Die Leine war so lang, dass er den Bereich vor der Hütte bewachen konnte, aber zu kurz, um in das Innere zu gelangen. Kette, Bestie, Zaun – ich war in einem Gefängnis irgendwo hoch oben in den Bergen eingesperrt, aus dem es kein Entkommen gab.

Als es dunkel geworden war, öffnete ich das Fenster einen Spaltbreit, um Luft in die muffige Behausung zu lassen. Draußen lärmten die Zikaden, zirpend, wenn man auf einzelne hörte, an- und abschwellend einer großen Rassel ähnlich, wenn man ihrem Chor als Ganzes lauschte.

Ich weinte und schlief danach ein.

9

Morgens weckten mich die Lichtstrahlen, die durch das Fenster auf meine Pritsche fielen. Ich hatte bereits jedes Zeitgefühl verloren, meinte aber vom Sonnenstand her feststellen zu können, dass es noch früh am Tag war. Hungrig aß ich von dem Käse, dem Brot und den Tomaten, allerdings sparsam, denn ich wusste nicht, wann man mich wieder mit neuem Proviant versorgen würde. Danach öffnete ich mit großer Vorsicht die Klappe, die an der Rückseite hinausführte. Zunächst einmal passierte nichts, doch dann hoben wieder das Knurren und Grollen des Hundes an. Er kratzte mit den Pfoten an dem Metalltank, der ihm den Zugang zu diesem steinigen Grundstücksstreifen verwehrte. Ich wartete dennoch ab, denn es klang, als wolle er über den Tank klettern. Als ich sicher war, dass ihm dies nicht gelingen konnte, hüpfte ich hinaus. Immerhin gab es dort eine Felskante, auf der Lichtflecken tanzten. Ein wenig Sonne hatte sich durch das Blattwerk der Bäume gearbeitet, die mit ihren Ästen die Hütte überspannten. Ich setzte mich und versuchte so viel Licht und Luft wie möglich in mich aufzunehmen. Das Vieh hinter dem Wassertank beruhigte sich, jedenfalls solange ich stillhielt. Wenn ich mich bewegte oder Laut gab, begann es erneut, in unbändiger Wut zu knurren und zu schaben. Seltsamerweise bellte das Tier nicht.

Später durchsuchte ich auf allen Vieren die Hütte, ob sich nicht vielleicht irgendwo etwas finden ließ, was mir weiterhelfen könnte, Werkzeug vor allem. Ich konnte jedoch nichts entdecken. Das Einzige, was mir zur Verfügung stand, war das Blechbesteck, das in dem ehemaligen Schraubenbehälter lag. Damit an die Ketten gehen zu wollen, war aussichtslos.

Ich trank ein wenig Wasser und legte mich auf die Pritsche. Vieles kam mir in den Sinn, was ich noch unternehmen wollte, wozu es jetzt vielleicht nicht mehr kommen würde. Gitarre lernen, noch ein Softeis essen, ein paar mehr Bücher von Albert Camus lesen, Major Tom dreimal hintereinander hören, Lisa fragen, ob sie mit mir ausgehen wolle. Wenn man nur vorher wüsste, dass es bald zu Ende sein könnte, würde man alle diese Pläne nicht auf die lange Bank schieben. Anderes erstrahlte in der Erinnerung so hell, dass es mir weh tat. Mein Bett mit blau gemusterter Wäsche und der Blick auf den Mond, die Annehmlichkeit, aus dem kalten Treppenhaus hinaus in die warme Sonne zu treten, und die Butterbrezeln vom Bäcker Hieber. Nie hatte ich diese kleinen Freuden so wertgeschätzt, wie sie es verdient hatten. Schon jetzt machte sich in mir die niederdrückende Gewissheit bemerkbar, vieles in meinem kurzen Leben verpasst zu haben.

Die Verdüsterungen meines Gemüts kamen anfallartig. Angst und Verzweiflung nisteten sich in meinem Inneren wie bösartige Wesen ein und verschlangen gefräßig all die Hoffnungen und Sehnsüchte, die mich auf den Weg in eine bessere Zukunft führen sollten.

Mein Selbsterhaltungswille trug mir auf, mich in irgendeiner Form zu beschäftigen, um dem Verlust allen Lebensmuts Einhalt zu gebieten. Ich robbte daher wieder durch die Hütte und durchstöberte jeden Winkel. Als ich meine Pritsche beiseiteschob, entdeckte ich eine Holzplatte, die sorgsam mit Erde bedeckt war. Ich legte sie frei und hob sie ab. Ein Erdloch tat sich auf, nicht größer als eine Obstkiste. Sorgfältig waren dorthinein Lebensmitteldosen geschichtet. Auch ein Messer fand sich, eingewickelt in ein Leinenhandtuch, mit einer massiven Klinge, um die Dosen öffnen zu können.

Offensichtlich handelte es sich um eine Notration, vermutlich für sardische Banditen. Auf der Flucht suchten sie

Unterschlupf, um sich dem Zugriff der Polizei zu entziehen. Vielleicht gab es eine Reihe solcher Verstecke, in denen sie sich eine Weile lang verborgen halten konnten. Eine Zeitlang kamen sie, so wie hier, mit eingelagerten Vorräten über die Runden. Dieses Depot gefunden zu haben, erleichterte mich, ich würde zumindest nicht verhungern. Auch einige Fotomagazine mit Bildern von nackten Frauen waren dort abgelegt. Ich blätterte sie kurz durch. Es gab auch längere Textpassagen darin. Ein Lichtblick, ich konnte mich nun mit etwas beschäftigen. Vielleicht ließ sich mit Hilfe meiner Lateinkenntnisse auch das Italienische verstehen. Ich hatte etwas zu knobeln und zu lernen.

10

Ich träumte von Susi. Sie sah jetzt ganz normal aus, eigentlich wie eine bei uns auf dem Schulhof. Sie blies sich eine Locke beiseite, die ihr in die Stirn hing. Ihr Lächeln war keck, das hatte ich vermutet.

»Machst du das öfters?«, fragte ich.

Sie zuckte die Achseln.

»Wegen des Geldes, oder?«

Sie nickte.

»Ihr braucht das, du und deine Familie?«

Sie lächelte, dann begann ihr Gesicht zu glühen, ein starkes Licht ging von ihr aus, Flammen umzüngelten sie, und alles löste sich in Feuer auf.

Ich rollte mich zur Seite, wieder waren frühe Sonnenstrahlen durch das Fenster hereingebrochen. Langsam öffnete ich die Augen, Susi lag auf dem Boden.

»Guten Morgen, Susi!«

Ich murmelte das so vor mich hin. Schämen musste ich mich nicht, es hörte ja niemand zu. Von meiner Pritsche aus schaute ich auf das aufgeschlagene Heft. Die meisten dort abgebildeten Frauen hatten etwas verlogen Professionelles an sich. Das Lächeln war ebenso falsch wie ihre Zugewandtheit. Ich kannte das von den Frauen bei uns in den Bars der Schillerstraße. Bei Susi war das anders. Sie wirkte verschämt, vielleicht auch bekümmert, und darin schien sie mir echt. Susi trug ein weißgetupftes rotes Bikinihöschen, das an der Seite mit Schleifen zugebunden war. Ihre Arme hielt sie unter ihren Brüsten verschränkt, hob sie dadurch ein wenig und presste sie zusammen. Während die anderen aufwendig frisierte Mähnen zeigten, war Susis Haar kurz und lockig. Ihr Lächeln gelang nicht, sie zog nur den rechten Mundwinkel hoch und an der Backe bildete sich ein Grübchen. Außerdem erinnerte sie mich an Lisa, nur dass Lisa keine Frau, sondern noch ein Mädchen war.

Jedenfalls ging mir Susi nicht mehr aus dem Sinn. Sie rührte mich, weil sie als Ausgelieferte wesensverwandt war. Ich dachte über sie nach, erwog Möglichkeiten und erfand Geschichten, wie es zu diesem Foto gekommen sein mochte. Je mehr ich ihr Gesicht und ihren Körper mit meinen Vorstellungen belebte, desto vertrauter wurde sie mir. Ihr Name schlich sich wie von selbst in meine Gedanken ein, und ich fasste Zuneigung zu ihr. Hinter ihrem Bild tat sich ein Raum auf, in dem alle unterdrückten Gefühle stattfinden durften, die nicht in meine Gefangenschaft passten. Der Schmerz, das Alleinsein und die ganze Finsternis eines Schicksals, das so jäh und unbarmherzig über mich gekommen war. Niemand außer Susi teilte das mit mir.

»Guten Morgen, Susi!«, sagte ich, diesmal mit festerer Stimme.

Der dritte Tag meiner Gefangenschaft war angebrochen. Ich schaute in meine Provianttüte. Wenn es nicht geplant war, mich verhungern zu lassen, musste heute im Lauf des Tages jemand kommen, um mich zu versorgen. Ich traf Vorkehrungen und verstaute alle meine Fundsachen aus dem Depot wieder dort, legte den Holzdeckel auf und stampfte hüpfend die Erde fest. Dann schob ich meine Pritsche wieder darüber. Ich frühstückte den Rest aus der Tüte, natürlich mit der Gewissheit, im Notfall etwas aus dem gefundenen Vorrat nehmen zu können.

Draußen trabte Gorgo hin und her. Ich hatte keine Vorstellung, wie er gefüttert wurde. Wahrscheinlich gab es in seiner Höhle Reserven, aber auch die mussten einmal aufgefüllt werden. Wenn ich sein Verhalten nicht vollkommen falsch deutete, schien er jemanden zu erwarten. So weit es die Leine, mit der er festgebunden war, zuließ, stand er am Gattertor des Zauns, scharrte und jaulte. Ich hatte dabei ausreichend Gelegenheit, ihn in Augenschein zu nehmen: Auch wenn er mit seinem verschmutzten zotteligen Fell einen verwahrlosten Eindruck machte, war er ein großes und kräftiges, vielleicht siebzig Zentimeter hohes Tier. Sein Schädel wirkte breit. Ich habe mich nie mit Hunden befasst, aber er erinnerte mich stark an einen Schäferhund. Allerdings war seine Wirbelsäule gerade und nicht nach hinten abfallend wie öfter bei solchen Tieren. An Kopf und Gliedmaßen trug er kurzes Fell, der restliche Körper und sein Schwanz waren dicht bewachsen. Wenn etwas seine Aufmerksamkeit erregt hatte, trabte er behände über den Hof. Seine Rute allerdings trug er hängend.

Er hatte sich an mich gewöhnt, jedenfalls hörte ich nicht mehr bei jeder Regung und jedem Geräusch von mir sein wütendes Anschlagen. Von Zeit zu Zeit aber ließ er das Schaben und Kratzen seiner Pfoten an der Tür hören, eine ständig wiederkehrende Warnung, dass er mich bewachte.

Gegen Nachmittag wurde er unruhig. Er zerrte an seiner Leine und bäumte sich auf. In sein Jaulen mischte sich ein Fiepen wie das eines Welpen. Ich beobachtete ihn genau, denn an seinem Verhalten ließe sich auch künftig ablesen, wann jemand zu uns kam. Tatsächlich tauchten wenig später zwei meiner Entführer auf.

Sie hatten zwei Tüten mit heraufgebracht und kümmerten sich zunächst einmal um den Hund. Der, den ich später Sentenza nannte, ging mit der orangefarbenen Plastiktüte zu den Felsen, wo ich Gorgos Höhle vermutete. Der Hund allerdings begrüßte ihn nicht sehr freundlich, er knurrte, stellte die Nackenhaare auf und zog die Lefzen hoch. Sentenza hatte jedoch eine Gerte in der anderen Hand. Ohne zu zögern, trieb er den Hund mit pfeifenden Schlägen vor sich her in die Höhle zurück, um ihn für sein Aufbegehren zu strafen. Gorgo zog den Schwanz ein, winselte und gehorchte.

Danach kamen sie zu mir in die Hütte. Manchmal trugen sie Sturmhauben, wenn es besonders heiß war, begnügten sie sich mit Kapuzen. Sentenza stellte sich breitbeinig am Eingang auf und beobachtete die Kontrollen seines Komplizen. Zunächst wurde ich abgetastet, anschließend mein Bett untersucht. Ich hatte mich dann auf den Hocker zu setzen, damit er die Kette an meinen Beinen prüfen konnte. Flüchtig sah er sich noch um, warf einen Blick auf den Hofstreifen hinter der Hütte, dann stellten sie eine ebenfalls orange Plastiktüte auf den Boden und verschwanden wieder.

So ähnlich gingen sie auch in den nächsten beiden Wochen vor, danach tauchte Sentenza nicht mehr auf, sein Komplize kam nun allein, regelmäßig an jedem dritten Tag.

11

Dana è un'elegante signorina a cui piace farsi coccolare dagli uomini. Ich saß da und knobelte an dem Text. *Dana ist eine elegante junge Dame,* so weit ging mir die Übersetzung leicht von der Hand. Nun folgte zweifellos ein Relativsatz, *der es* – was schon? – *Spaß macht, Vergnügen bereitet, Männer zu …* – vielleicht auch? – *sich von Männern …* Egal, es lief auf das

Gleiche hinaus. Und Dana war abgrundtief hässlich, weniger körperlich als seelisch, ich mochte sie gar nicht ansehen. Diese Frau sollte ein Versprechen sein und war eine einzige Lüge.

Plötzlich, ohne weiteren Anlass, überkam mich ein Weinkrampf. Ich wehrte mich anfangs, spürte schließlich, wie sich mein Gesicht spannte und verhärtete, ließ dann einfach los und heulte sicher eine halbe Stunde lang. Es hörte zwischendrin immer wieder einmal auf, ging dann aber weiter, ich konnte nichts dazutun, ich war nicht mehr Herr meiner Regungen. Danach fühlte ich mich leer, so leer wie ein Kübel voll Schmutzwasser, den man umgestoßen hatte. Ich empfand es als große Annehmlichkeit, eine Weile lang nichts denken und empfinden zu müssen, und klappte schnell das Heft zu, damit Dana nicht wie ein Dämon in mich einfuhr. Später, als ich von draußen wieder die Geräusche von Insekten und das Geraschel der Blätter im Wind hörte, klappte ich das Bild mit Susi auf, um auf tröstliche Gedanken zu kommen.

Später widmete ich mich wieder Gorgo, beobachtete, wie er über den Hof trottete. Manchmal schlich er seltsam antriebslos, vielleicht sogar traurig dahin. Der Eindruck mochte trügen und hatte wohl auch mit seinem buschigen Schwanz zu tun, der zwischen seinen Hinterbeinen herabhing. Wir hatten ein Auskommen miteinander gefunden und ließen einander in Ruhe. Allerdings sah ich, wie er stets den Kopf zu mir wandte, wenn er an der Tür vorbeilief. Aber auch ein zugerichtetes Tier wie er hatte offenbar nur ein begrenztes Maß an Aggressivität.

Eigentlich waren wir zu dritt: Susi, Gorgo und ich.

Die Tage waren unendlich lang. Ich übersetzte, memorierte Gedichte und sagte sie auf, erzählte mir eine Geschichte. Dazu stellte ich mir ein Anfangsrätsel: *Eines Tages fand Buchhalter Bienlein einen Packen Geldscheine vor seiner Tür, der in einen ölverschmierten Lappen gewickelt war.*

Ich begann dann einfach zu reden, um daraus eine Erzählung zu spinnen, mit der ich mich von Satz zu Satz selbst überraschte. Immer wieder brachen solche Beschäftigungsimpulse in sich zusammen, ich hockte verkrümmt da und spürte, wie ich in namenloser Angst wie in einem Sumpf versank. Sie schnürte mich ein, ich bekam keine Luft mehr.

Dann stellte ich mir meinen Vater vor, wie er in seinem grauen Geschäftsanzug am Schreibtisch saß, telefonierte, korrespondierte und Helfer befehligte, die meine Mutter und mich heraushauen sollten. Ich versuchte, direkten Kontakt mit ihm aufzunehmen, konzentrierte mich auf sein Gesicht, bis ich es ganz dicht vor mir hatte, um seine Miene lesen zu können: Zuversicht oder Resignation?

»Bitte hol mich hier heraus, Papa!«

Nie konnte ich mit Bestimmtheit sagen, ob er nickte. Sein Bild vor mir wurde undeutlich, dunkel oder es verschwand ganz. Ich schickte ihm einen Gruß wie ein Gebet in dieses Ungewisse.

Meine Kleidung war verschwitzt und roch abgestanden. Der Kontrolleur und Lebensmittelbote würde erst morgen wiederkommen. Also schaffte ich den Hocker nach draußen, stellte meine Füße in den Kübel, der unter dem Schlauch stand, streifte die Hosen nach unten und weichte sie, so gut ich konnte, ein. Danach wusch ich mich und mein T-Shirt. Es war eine langwierige Prozedur, aber ich hatte ohnehin nichts anderes zu tun. Anschließend setzte ich mich an den von der Sonne gewärmten Felsen und wartete, bis alles leidlich trocken war.

Als ich mich später ins Bett legte, begleitete mich das angenehme Gefühl, ein Stück weit in das normale Leben zurückgekehrt zu sein.

12

Zum ersten Mal seit drei Wochen, wenn ich richtig rechnete, tauchte auch am dritten Tag niemand auf, um nach mir zu sehen und dem Hund frisches Futter zu bringen. Ich sah hinaus. Gorgo zerrte unruhig an seiner Leine, aber nichts in seinem Verhalten wies darauf hin, dass jemand heraufkommen würde.

Diese neue Entwicklung beunruhigte mich. Was war passiert? Gab man mich auf?

Auch am nächsten Tag erschien niemand. Ich wusste nun, dass etwas Außerordentliches vorgefallen war. Todesangst kroch in mir hoch. Selbst aus Beklemmungen, die einen wie ein wildes Tier aus dem Hinterhalt anfallen, lässt sich noch Hoffnung gewinnen und sei es nur dadurch, dass man sich ihnen entgegenzustellen beginnt und so den Kampf annimmt. Die Todesfurcht vernichtet jeden Widerstand, sie ist der Blick in das Nichts, in ihr ist alles Gegenläufige ausgelöscht. Sie löst Verzweiflung aus.

Ich verfiel in eine Starre. Erst nach einer Weile bemerkte ich, dass ich mit aufgerissenem Mund dasaß. Vielleicht war die Entscheidung gefallen und der tödliche Pfeil bereits unterwegs.

Ich konnte nichts tun, nur Ablenkung suchen. Und das Geschäft denen überlassen, die mir an den Kragen wollten. Daher ging ich an das Depot. Mit dem Messer öffnete ich eine Büchse, es waren Ravioli in Fleischsugo. Kalt schmeckten sie scheußlich, aber ich war froh, mir behelfen zu können. Während ich am Tisch saß und das Essen in mich hineinlöffelte, hörte ich draußen an der Tür das Kratzen und Scharren des Hundes. Es war jedoch nicht von aggressivem Knurren begleitet, sondern von einem Jaulen.

Gorgo hatte ebenso wie ich Hunger. Auch er hatte

die erwartete Ration nicht bekommen. In meinem Kopf begann es zu rumoren. War das eine Chance für mich? Der Hund würde verhungern oder wäre wenigstens so geschwächt, dass ich ihn überwältigen konnte. Aber es konnte lange dauern, bis er durch den Nahrungsentzug endgültig verendet war. Und die Vorstellung, dass ich hinausging und ihm mit dem Messer den Garaus machte, war mir nicht nur fremd. Das Metzgern eines Tiers war mir nicht möglich, schon die Vorstellung stieß mich ab. Meine Peiniger hatten das Tier abgerichtet und eine Bestie aus ihm gemacht. Auch wenn mich die Furcht vor Gorgo auf Distanz hielt, lebte ich mit ihm nun schon seit drei Wochen eng verbunden, jedes Geräusch, jede Regung registrierend.

Mit Dose und Löffel watschelte ich zum Fenster. Ich öffnete es einen Spaltbreit und sah hinaus. Von Gorgo keine Spur. Er würde sich das Seine schon holen, wenn ich es ihm auf den Hof warf, dachte ich. Also schob ich das Fenster weiter auf. Blitzartig, ich sah nicht mehr als einen Schatten, dabei zielsicher wie eine Schlange fuhr Gorgo von unten hoch, schnappte nach mir und erwischte meinen Unterarm. Ich zog ihn so schnell ich konnte zurück, verhinderte so Schlimmeres, aber es war zu spät, schon quoll Blut aus der Bisswunde. Wütend schrie ich auf und schlug das Fenster zu. Mit dem Leinentuch, in das das Messer eingewickelt gewesen war, versorgte ich die Wunde. Als die Blutung zum Stillstand gekommen war, stellte ich fest, dass meine Verletzung nicht nennenswert war. Rote Wunden, eingeritzt in Form seines Gebisses.

Ich ärgerte mich schließlich, dass ich so unbeholfen vorgegangen war. Was erwartete ich denn von diesem Tier? Dass es meine Absichten verstand und kuschte? Ich dachte nach und entschloss mich dann zu einem, wie ich fand, überlegteren Vorgehen. Ich befestigte die Dose an einem Stofffetzen, den ich aus dem Arbeitskittel herausgeschnitten hatte, und hängte sie über dem Fenster auf. Dann drückte ich es mit dem Hocker langsam auf. Gorgo sprang in wenigen Sätzen heran, richtete sich auf, knurrte und scharrte mit seinen Pfoten dicht unter dem Sims. Ich stellte mich in die Nähe der Dose. Gorgo konnte weder mich noch die Dose erreichen, aber er sollte begreifen, dass ich der Herr war und zuteilte, was ich wollte und wann ich wollte. Nach einer Weile ließ er sich am Boden nieder, den Kopf unverwandt auf mich gerichtet. Sein furchterregendes Knurren hatte sich zu einem verträglichen Brummen abgemildert. Ich behielt ihn im Auge, sah seine spitzen Fangzähne, vor allem die braunen Augen, in denen noch das gelbe Licht seiner wölfischen Herkunft flackerte. Nun begriff ich, dass Gorgo nicht ein Hund wie jeder andere war. Die Wildheit war in ihm wieder herangezüchtet worden. Später erfuhr ich, dass er ein Lupo Italiano war, ein Wolfhund, der aus einer Kreuzung von Schäferhund und Wolf hervorgegangen war.

Es dauerte lange, aber irgendwann senkte er den Kopf und hielt sich auch dann noch geduckt, als ich die Dose herunternahm. Er wartete. Gorgo hatte, so glaubte ich, diese Lektion gelernt. Ich leerte die Dose vor dem Fenster, und er machte keine Anstalten mehr, mich anzugreifen.

13

Frisch und gestärkt erwachte ich anderntags. Dabei war der erste Teil der Nacht die Hölle gewesen. Ich spürte, dass eine Entscheidung um mich und mein Leben anstand. Blindwütig hatte ich mich gegen die Vorstellung meines Todes geworfen wie gegen ein verriegeltes Tor. Kälte und Zähneklappern, dann wieder fiebrige Hitze kamen über mich. Dann, in der zweiten Phase der Nacht, erblickte ich plötzlich ein Licht. Jenseits des Todes ist nichts, er ist das Ende, aber jenseits der Vorstellung von ihm eröffnet sich eine große Freiheit. Wenn man sich mit dem Schlimmsten konfrontiert hat und durch es hindurchgegangen ist, hat man zwar nicht den Tod, aber den Schrecken überwunden, den er mit sich bringt.

Die Angst ist unausweichlich, aber auch sie ist uns nur in begrenztem Umfang zugeteilt. Wenn sie einen lange genug gepackt und durchgeschüttelt hat, erlischt sie und wird zu einer Erfahrung wie andere auch, die wir durchlaufen. Ob ich mir das nur einredete, war gleichgültig, ich brauchte Halt. Und hilfreich war alles, woraus mir Kraft erwuchs.

Ich wusste, dass ich nun alles tun konnte. Nichts würde schlimmer sein als das, was ich bereits durchlebt hatte. Mehr als sterben konnte ich nicht. Bereits am Morgen ging ich daran, meine Fessel mit dem massiven Messer zu bearbeiten. Ich untersuchte dazu draußen im Licht die Kettenglieder ganz genau, bis ich eines fand, dessen Schweißnaht ein wenig auseinanderklaffte. In diesen kleinen Spalt trieb ich die Klinge mit einem Steinbrocken, den ich im Hinterhof gefunden und als geeignet ausgewählt hatte. Ich hockte mich dazu auf den Felsvorsprung, meinen morgendlichen Sitz, zog die Beine hoch und legte die Kette so straff darüber, dass ich die Klinge ansetzen konnte. Das Messer glitt ab, ich fiel von meinem Sitz, aber mein Wille blieb ungebrochen. Irgendwann gegen Mittag hatte ich es geschafft, das Messer in den Spalt zu treiben. Wenig später gelang es mir, das Glied zu spreizen und aufzustemmen.

Ich watschelte nun nicht mehr wie eine Ente, sondern bewegte mich mit klirrenden Ketten wie ein Galeerensträfling. Aber ich konnte wieder gehen. Euphorie kam auf, so hatte ich eine Chance!

Aus dem Depot stellte ich mir Lebensmittel zusammen, die ich mitnehmen wollte. Ich rechnete drei Tage, das musste reichen, um auch mit der Behinderung der nun losen Ketten irgendwo anzukommen, wo man mir helfen würde. Dann riss ich die Seite mit Susi sorgfältig aus dem Heft heraus. Zum ersten Mal küsste ich sie. Draußen knurrte Gorgo. Was geschah mit ihm? Das war die Frage, die ich noch beantworten musste. Er blieb hier und ich überließ ihn seinem Schicksal oder ... Diese Möglichkeit zu Ende zu denken, mochte tollkühn sein. Dann verfiel ich auf die Idee, Gorgo selbst entscheiden zu lassen. Wenn er mich begleitete, musste ich sicher sein, dass er sich mir unterordnete.

Ich öffnete eine Büchse mit Corned Beef. Diesmal ging ich durch die Vordertür nach draußen.

»Gorgo!«

Gorgo kam aus seiner Höhle, auf halber Strecke zu mir machte er Halt. Er knurrte tief und lang anhaltend. Ich sah, wie er sein Gewicht auf die Hinterläufe verlagerte und eine Haltung annahm, die unentschieden zwischen sprungbereit und geduckt blieb. Er witterte die Fleischbüchse in meiner Hand und mochte registriert haben, dass ich keine Gerte oder sonstige Waffe bei mir hatte, um ihn zu züchtigen. Ich warf ihm ein Fleischstück hin. Er senkte den Kopf, drehte ihn zum Corned Beef hin, als wolle er es seitlich aufnehmen, blickte mich dabei unverwandt an, um jede Gefahr im Ansatz wahrzunehmen. Da nichts passierte, schnappte er den Brocken und fraß ihn mit wenigen Bissen vollständig auf.

»Ruhig, Gorgo!«

Ich ging auf ihn zu. Wieder duckte er sich, und ich sah, wie sich sein Haar sträubte. Ich redete weiter, erzählte ihm meinen ganzen Fluchtplan. Er sollte sich an meine Stimme gewöhnen. Angespannt kauerte er vor mir, tat aber nichts, was ich als gefährlich hätte auffassen müssen. Nun kam der schwierigste Teil. Ich beugte mich langsam über ihn. Sein Knurren wurde zu einem Grollen, das seinen Brustkorb vibrieren ließ. Ich verharrte eine Weile lang, um

Ruhe in diese Aktion zu bringen, dann löste ich die Leine von seinem Hals.

Er mochte nun seiner Wege laufen oder eben hierbleiben. Gorgo machte einen Sprung, einen eher unbeholfenen, der dem eines Welpen glich, dann trabte er am Zaungatter entlang. Niemand kann sagen, was im Schädel eines solchen Tiers vor sich geht, auch ich konnte es nicht, aber mir schien, dass Wolfsnatur und Hundedressur im Widerstreit lagen. Er war groß und kräftig und konnte den Zaun mit einem Sprung überwinden oder das Gattertor aufdrücken. Er trabte eine ganze Weile lang hin und her, ich stand da und wartete. Dass er mir nichts tun würde, war inzwischen klar. Er war nun frei, die Reflexe eines Kettenhunds brauchte er nicht mehr. Unentschieden stand er da, man merkte ihm an, wie ihn die Verlockungen der Freiheit und der Wunsch nach Unterordnung zerrissen. Endlich ließ er sich vor dem Gattertor nieder. Ich ging nach drinnen und holte eine weitere Dose Fleisch. Er fraß sie ebenso hastig wie die erste und leckte mit langer Zunge sein Maul.

Dann ließ ich mich dicht neben ihm auf die Knie sinken. Gorgo begann wieder zu knurren und legte die Ohren zurück. Sachte begann ich, über seinen Hals zu streichen. Dabei spürte ich, wie sehr sein Körper angespannt und sprungbereit straff war. Als ich seine Ohren kraulte, verwandelte sich das Knurren in eine Art Röcheln, das die Mitte zum Jaulen hielt. Endlich ließ ich ihn und ging in die Hütte zurück.

Morgen früh wollte ich aufbrechen. Ich schnitt mir noch Stoffstreifen zurecht, mit denen ich die Ringe um meine Füße polstern und hochbinden konnte. Dann legte ich mich schlafen. In der Nacht hörte ich die Tür aufgehen und ein Tapsen neben mir. Als ich am nächsten Morgen erwachte, lag Gorgo immer noch neben meiner Pritsche.

14

Gleich nach dem Aufstehen begann ich mit letzten Vorbereitungen. Ich öffnete einige Büchsen, um ausgiebig zu essen. Auch Gorgo wurde reichlich versorgt, er fraß alles, was ich ihm hinwarf. Danach versuchte ich die Kettenringe an meinen Beinen anzuheben und zu befestigen. Ich polsterte sie zunächst, indem ich sie mit Stoff umwickelte, dann führte ich die Schlaufe einer langen Stoffbahn darum, die ich mir wie Hosenträger um die Schultern legte, um die Ringe oben zu behalten. In einen Stoffsack packte ich Proviant und dann ging ich los.

Schon als ich das Gattertor öffnete, war alle Unsicherheit verflogen. Wie selbstverständlich gesellte sich Gorgo zu mir. Ich kraulte seinen Hals und seine Ohren, er ließ es mit sich geschehen. Gorgo lief gleich vorneweg. Wir bildeten nun ein Rudel, ich überließ ihm die Führung. Ich kam zwar gut vom Fleck, war aber durch die Ringe und das schiere Gewicht, das ich zu tragen hatte, behindert. Wenn er sich ein Stück weit abgesetzt hatte, wartete er, bis ich in meiner unbeholfenen und schwerfälligen Art aufgeschlossen hatte.

Mit dem Licht und der einsetzenden Wärme der Sonne kam Zuversicht in mir auf. Ein sanfter Wind wehte einen bitterwürzigen Duft aus Rosmarin und Lavendel her, der aus der noch feuchten Vegetation aufstieg. Der Weg allerdings führte durch dichtes Buschwerk und verkrüppelt wachsende Bäume. Ihn zu verlassen war unmöglich, denn die Zweige waren miteinander verflochten und dornige Lianen hingen herab. Erst an einer scharfen Biegung hatte ich Gelegenheit, das Terrain zu überblicken: Hinter mir erhob sich ein wuchtiges Bergmassiv, an das sich bis zu einer gewissen Höhe grüne Flechtenteppiche schmiegten, die auf die Entfernung wie Moos aussahen. Oben ragte nur noch grauweißer Fels in den Himmel. Vor mir war nur Macchia, dieses dichte Gehölz, das mich zwang, den Pfad beizubehalten, den wir eingeschlagen hatten. Natürlich war das gefährlich für uns, denn vielleicht machte sich doch noch einer von den Banditen auf den Weg und dann war eine Begegnung unvermeidlich.

Plötzlich tat sich vor uns eine vollkommen neue Situation auf: Das Buschwerk verschwand und ein schmaler Weg führte um einen massiven Felsblock herum. Rechts davon fiel ein steiniger Hang steil ab bis hinunter in eine schmale Schlucht, an deren Grund ein Bach floss. Das musste die Passage des Wegs sein, bei der mir meine Entführer bedeutet hatten, mich den Felsen entlangtastend vorwärtszubewegen. Gorgo stand still und hielt seine Schnauze in den Wind, als wolle er Witterung aufnehmen. Dann betrat er den schmalen Pfad, lief ihn ein Stück entlang, hielt inne und gab ein Knurren von sich, das immer wieder von winselnden Obertönen begleitet wurde. Er wollte mir etwas bedeuten, aber ich wusste nicht was.

Stück für Stück maß ich mit den Augen den Abhang ab, bis mir zwei orangefarbene Flecken auffielen, die sich nicht in die Umgebung einfügten. Solche Blüten gab es hier nicht, schon gar nicht auf steinigem Grund. Als ich sie genauer musterte, erkannte ich, dass unweit davon ein verkrümmter Leib lag. Endlich begriff ich. Bei den Farbflecken musste es sich um die orangen Tüten handeln, in denen unser Aufseher Proviant nach oben schaffen sollte. Offenbar hatte er an dieser Stelle das Gleichgewicht verloren und war abgestürzt. Sein Sturz mochte nicht sofort tödlich gewesen sein, aber hier in dieser Einöde gab es niemanden, der ihm hätte helfen können. Deshalb war keiner mehr bei uns aufgetaucht. Seltsamerweise blieb auch der andere verschwunden, den ich Sentenza genannt hatte.

Von einer Bergkuppe aus hatte ich einen weiten Blick

hinunter ins Tal, wo ich ein Dorf zu erkennen glaubte. Mit der Behinderung durch die Ketten, die ich an den Füßen trug, musste ich wenigstens fünf Stunden rechnen, um dorthin zu gelangen. Aber zum ersten Mal nach langer Zeit wuchs in mir der feste Glaube, dass meine Rettung gelingen könnte. Nach einer Weile musste ich wieder einmal Rast einlegen, die Last, die ich zu tragen hatte, erschöpfte mich. Unten im Tal sah ich ein kleines Gefährt die Serpentinen hochfahren, ein dunkler Punkt, der sich hin und her bewegte. Im glücklichen Fall war es ein Bauer oder Hirte, der zu seinen Tieren unterwegs war. Wenn er die Richtung beibehielt, hatte ich eine gute Chance, ihm zu begegnen.

Eine weitere Stunde später konnte ich tatsächlich einen Wanderer ausmachen, der bergauf stieg. Die Ausbuchtung auf dem Rücken war wohl ein Rucksack, in der Hand hielt er einen Stab oder Stock. Noch eine Stunde, so schätzte ich, würde es dauern, bis wir uns begegneten, vorausgesetzt, er blieb auf dem eingeschlagenen Weg. Nun packte mich doch Nervosität. Seit Wochen war ich keiner Seele mehr begegnet, außer einer vermummten Gestalt, die beharrlich schwieg. Schon allein die Aussicht, einen normalen Menschen zu treffen, machte mich unruhig. Dazu mischte sich immer mehr die Befürchtung, dass es sich um einen der Banditen handelte. Auf Dauer konnte es ihnen nicht verborgen bleiben, dass ihr Kumpan nicht mehr zurückgekehrt war. Also würden sie irgendwann einen der Ihren nach oben schicken, um nach dem Rechten zu sehen.

Ich fasste nach Gorgo und strich über seinen Hals. Gut, dass ich ihn an meiner Seite hatte.

Dennoch suchte ich mir für diesen schlimmen Fall einen Felsbrocken, hinter dem wir uns verstecken konnten. Der Bandit vermutete uns nicht auf dem Weg nach unten, mit etwas Glück blieben wir unbemerkt. Wenn es sich um eine vertrauenswürdige Person handelte, konnte ich sie immer noch ansprechen. So kauerten Gorgo und ich hinter dem Granitquader. Ich spürte, wie sich meine Bänglichkeit auf Gorgo übertrug. Er fiepte und scharrte mit den Pfoten. An dem Mann, der zu uns heraufstieg, war nichts zu erkennen, anhand dessen er sich hätte zuordnen lassen. Er trug einen Rucksack und war gekleidet wie ein Hirte. Ein Stück Wegs danach stellte ich fest, dass er neben dem Rucksack ein Gewehr geschultert hatte. Auf dem Kopf trug er zudem eine nach oben gerollte Mütze, die unschwer als Sturmhaube auszumachen war.

Nun hieß es, Kaltblütigkeit und Ruhe zu bewahren!

Gleichmäßigen Schritts kam er immer näher. Er ging wie einer, der mit den Bergen vertraut war, ausdauernd und beständig, ohne unnötigen Kräfteverschleiß. Ich versuchte, ganz ruhig zu atmen, hielt mich reglos und legte meine Hand auf Gorgo. Der hatte nun auch die Witterung des Wanderers aufgenommen und wurde zunehmend unruhig. Meine Beschwichtigungsversuche waren vergeblich, ich konnte ihn nicht mehr am Boden halten. Er stand starr mit gesträubten Nackenhaaren, begann zu fiepen und bald danach zu winseln. Seine Hilflosigkeit und Angst waren unverkennbar.

Der Mann blieb stehen, orientierte sich, woher diese Laute kamen, und stieß dann ein paar scharfe sardische Befehlsworte aus, die augenblicklich dazu führten, dass Gorgo mit eingezogenem Schwanz aus der Deckung gekrochen kam. Er schlich geduckt auf den Mann zu, zuletzt schien es, als wollte er sich an ihn heranrobben. Ein Bild hündischer Unterwürfigkeit.

Ich erstarrte. Es war, als hätte man mir die Krücken weggeschlagen. Ich hob den Blick und erkannte einen kurzen Moment lang Sentenza, dann hatte er bereits die Sturmhaube über das Gesicht gezogen. In einer kurzen Bewegung schüttelte er das Gewehr von der Schulter und nahm es schussbereit in seine Hände.

»Vieni fuori!«

Ich verstand nicht, was er mir zurief, wusste aber, was gemeint war, und kam mit erhobenen Händen aus der Deckung.

»Gorgo!«, rief ich.

Gorgo verstand das Flehentliche meines Rufs, ermannte sich, indem er knurrte und die Zähne zeigte. Sentenza fackelte nicht lange. Er zog die gefürchtete Gerte aus seinem Rucksack und drosch mit wuchtigen Schlägen auf den Hund ein. Gorgo jaulte und wich hinter den Felsbrocken zurück.

Sentenza schenkte ihm keinerlei Aufmerksamkeit mehr, prüfend sah er an mir hinauf und hinunter, um zu verstehen, wie es mir gelungen war, zusammengekettet zu fliehen. Dann machte er mit seinem Gewehr eine unmissverständliche Bewegung bergauf, der ich schon deshalb nicht sofort Folge leisten konnte, weil mich eine jähe Verzweiflung lähmte, die rasch in den fast trotzigen Willen überging, den Befehl zu verweigern. Auch diesmal zögerte Sentenza nicht, er zog mir die Gerte quer über das Gesicht, gab mir einen Stoß, der mich in die gewünschte Richtung drehte, und versetzte mir einen weiteren Hieb auf den Rücken. Ich schrie auf und fiel zu Boden.

Mein Schrei, der Schmerz, das hilflos überwältigte Auf-dem-Boden-Liegen – etwas davon oder vielleicht auch alles zusammen ging wie ein Weckruf an Gorgo. Ich nahm von der Seite nur einen Schatten wahr, einen großen Satz, den Gorgo auf Sentenza zu machte, hörte jedoch das tiefe Knurren, das sich zu einem wölfischen Fauchen öffnete, und sah im nächsten Moment Sentenza am Boden liegen. Gorgo hatte seinen Arm gepackt und hielt ihn mit seinen spitzen Reißzähnen fest umklammert.

Sentenza brüllte. Eine Mischung aus Wut und Schmerz brach aus ihm heraus, so kreatürlich wie ein vom Rudel in die Enge getriebenes Wild, in das der Leitwolf seine Zähne geschlagen hatte. Dieser Schrei war ein Signal, ohne seine Gerte und das Gewehr war Sentenza nur ein Wesen in Todesangst wie alle anderen auch. Gorgo verstand und in ihm loderte die ganze Wildheit wieder auf, die Sentenza aus ihm herausgeprügelt hatte.

Ich bin sicher, Gorgo hätte ihn zerfleischt, wenn ich nicht eingeschritten wäre.

»Gorgo!«

In der Zwischenzeit hatte ich bereits Gewehr und Gerte an mich genommen, ich war nun Herr der Situation, alles, was ihm Macht über uns gegeben hatte, hielt ich in meinen Händen. Gorgo ließ ab, ich ging in die Knie und umschlang mit meiner Linken seinen Hals, nicht ohne das Gewehr auf den am Boden Liegenden gerichtet zu halten.

Sentenzas Unterarm war blutig. Ihn zu untersuchen, daran hatte ich kein Interesse, er sollte sich selbst helfen. Ich vermutete, dass er nicht mehr als eine Fleischwunde davongetragen hatte, die bald wieder heilen würde. Ich warf einen Blick in seinen Rucksack. Obenauf lag eine dunkelblaue Baumwolljacke, wie sie Handwerker tragen, darunter waren Lebensmittel eingepackt, wie ich sie von den Rationen her kannte, die man mir alle drei bis vier Tage gebracht hatte. In der Brusttasche der Jacke steckte ein Zettel. Soweit ich sehen konnte, waren dort Zahlen notiert und ein Kürzel, das ich nicht entziffern konnte. Ich nahm ihn an mich, vielleicht verriet er etwas über Sentenzas Identität. Danach tastete ich ihn ab, ohne Erfolg, denn in seiner Hose fanden sich nur ein Taschentuch sowie Zigaretten und Feuerzeug.

Was tun? Ihn erschießen oder festnehmen? Ich wollte und konnte weder das eine noch das andere, er sollte einfach verschwinden. Ich machte mit dem Gewehr eine Bewegung bergwärts, wie ich sie bei ihm zuvor gesehen hatte, er rappelte sich hoch und entfernte sich raschen Schritts. Ich wartete noch, um sicher zu sein, dass er sich tatsächlich weiter bergauf halten würde, und nutzte die Zeit, um etwas zu essen. Natürlich bekam auch Gorgo seinen Teil, das Tier war nicht nur mein Freund, es war auch zu meinem Lebensretter geworden.

15

Nach einigen Stunden erreichte ich endlich Tonara, einen kleinen Ort am Fuß der Berge. Ich blieb vorsichtig, es war nicht vorherzusehen, ob ich als erstes Freunden begegnen oder Feinden in die Hände fallen würde. Endlich entdeckte ich eine Gruppe schwarz gekleideter Frauen, die unter Bäumen zusammenstanden. Um sie herum tollte eine Schar Kinder. Als sie Gorgo und mich bemerkten, steckten sie ihre Köpfe zusammen. Die Kinder sammelten sich auf der gegenüberliegenden Straßenseite. Was genau sie beratschlagten, verstand ich nicht, ich hatte jedoch den Eindruck, dass sie meine schon abgerissene Verfassung, die Ketten an den Beinen und den Hund wohl zu deuten wussten. Auch die Kinder schnatterten durcheinander, aber alle hielten Abstand zu mir. Es war, als stünde ich auf einer Bühne, sie schauten auf mich und warteten, aber niemand machte Anstalten, auf mich zuzugehen. Als ich mich zu ihnen hinüberwagte, zogen sich einige zurück. Eine alte Frau mit Kopftuch war neben ein paar anderen auf ihrem Stuhl sitzengeblieben, in ihrem Schoß lag ein Kettchen mit Glasperlen, die sie mit flinken Fingern weiterschob. Sie blickte auf und musterte mich.

»Urs Zobel?«

Es dauerte, bis ich verstand, dass sie mit sardischem Akzent meinen Namen genannt hatte. Ich nickte. Sie deutete die Straße hinauf.

»Carabinieri!«

Ich bedankte mich und ging den Weg, den sie mir

bezeichnet hatte. Tatsächlich stand ich wenig später vor einem schmucklosen Backsteinbau, der mit einem mannshohen Gitter aus Stahlstäben umzäunt war. Der erste Uniformierte, der mir begegnete, machte mir unmissverständlich klar, dass ich mit meinem Hund keinen Zugang hätte. Also leinte ich Gorgo draußen notdürftig an und ging hinein. Dort wurde ich Commissario Nieddu vorgestellt, der ebenso wie ich leidlich englisch sprach. Wir waren jedoch nicht in der Lage, eine Unterhaltung zu führen, denn Gorgo heulte unausgesetzt unten im Hof. Also gestattete mir Commissario Nieddu, ihn nach oben zu holen. Gorgo ließ sich neben mir auf dem Boden nieder und hielt sich von da an ruhig. Wir gehörten fest zusammen, das Rudel durfte nicht getrennt werden.

Ich erstattete dem Commissario einen kurzen Bericht. Er nickte, denn er war über den Fall bereits im Bilde.

»Wir haben nicht mehr damit gerechnet, dass Sie noch leben.«

Dabei schaute er auf seine Hände, die er vor sich auf den Schreibtisch gelegt hatte. An der Rechten trug er einen großen silbernen Siegelring.

»Ich habe Probleme, Ihnen das alles genau zu erklären«, fuhr er fort. »Sprachliche Probleme. Vorschlag: Ihr Fall hat international großes Aufsehen erregt, ich verschaffe Ihnen ein paar deutsche Blätter, in denen Sie das nachlesen können. Ich denke, es ist besser, Sie zunächst einmal mit allem zu versorgen, was Sie jetzt brauchen: Kleidung, Unterkunft, ein Bad, Essen. Und vor allem werden wir uns darum kümmern, Sie von Ihren Ketten zu befreien. Va bene?«

Ich nickte und war froh, nicht in eine umständliche Schilderung meiner Gefangennahme und Befreiung eintreten zu müssen.

»Nur eines vorab: Können Sie uns einen Hinweis auf die Entführer geben?«

»Nein. Die Männer waren maskiert.« Dann fiel mir der

Zettel wieder ein, den ich bei der Durchsuchung von Sentenza an mich genommen hatte. »Einer der Entführer trug ihn bei sich. Vielleicht verrät er Ihnen mehr als mir.«

Er warf einen Blick darauf, zuckte aber dann die Achseln.

»Wir prüfen das. Andiamo!«

Er erhob sich.

»Ich werde inzwischen das deutsche Konsulat verständigen.«

»Moment noch! Was ist mit meiner Mutter?«

»Ist bereits bei Ihrem Vater in Deutschland.«

Ich war nicht sicher, ob ich ihn richtig verstanden hatte.

»Sie lebt also?«

»Ja.«

Was mir der Commissario sagte, war schwer zu deuten, aber ich war da noch nicht in der Verfassung, es zu versuchen.

16

Der Commissario fuhr mich mit dem Auto in eine Pension hinüber, die sich auf der anderen Seite von Tonara befand, nachdem mich ein Schlosser mit seinem Gehilfen von meinen Fesseln befreit hatte. Tonara ist klein, es war daher nur ein Katzensprung, ich war dennoch dankbar für den Transport, denn ich wollte keinen Meter mehr zu Fuß gehen. Geduscht, frisch gekleidet und vor allem ohne Ketten saß ich später auf einer überdachten Terrasse mit Blick auf den Hof. Gorgo lag zu meinen Füßen, seine Anwesenheit war ungewöhnlich, Hunde wurden nicht im Haus gehalten, aber des Friedens wegen unumgänglich. Offenbar genoss ich als befreite Geisel Privilegien. Tatsächlich war ich auf der Insel in aller Munde, mir kam eine Bekanntheit zu wie einem

Prominenten. Davon wusste ich zu diesem Zeitpunkt noch nichts, allerdings war deutlich, dass die Leute mir gegenüber freundlich und zugewandt waren.

Jetzt, wo ich Zeit hatte, darüber nachzudenken, kam es mir seltsam vor, dass mich niemand vonseiten einer Behörde über meinen Fall und die Vorgänge ins Bild setzen wollte. Wie war es gelungen, meine Mutter zu befreien? Und warum hatte das in meinem Fall nicht stattgefunden? Wo war mein Vater?

Der Commissario brachte mir später einen dicken Packen von Zeitungen und Illustrierten. Ich möge zu ihm kommen, wenn ich mich dazu in der Lage fühlte, sagte er. Auch der deutsche Konsul habe um ein Gespräch mit mir gebeten, das könne man jedoch nur von seiner Dienststelle aus führen. Dann verschwand er rasch wieder, und ich sortierte die Blätter chronologisch. Schon nach kurzer Durchsicht verstand ich, was der Grund für die Sonderbehandlung war, die man mir angedeihen ließ. Auch die scheue Freundlichkeit erklärte sich, tatsächlich hatte die Welt etwas an mir gutzumachen.

Wenn ich allerdings geglaubt hatte, oben in den Bergen meinen Tod durchlebt und ausgestanden zu haben, so erwies sich das als frommer Wunsch, als Verblendung sogar, denn es traf mich noch härter. Der freie Fall in Elend, Unglück und Verzweiflung führte tiefer hinunter, als ich es je für möglich gehalten hätte. Für mich war noch ein weiterer Tod vorgesehen.

Es ist unmöglich, den Tumult der Gefühle zu beschreiben, der mich hin und her warf. Ebenso unmöglich ist es, die Phasen dieses erneuten Höllensturzes wiederzugeben. Als unwichtig erwiesen sich, das bemerkte ich rasch, die verschiedenen Versionen meiner Geschichte, die Varianten der Story, die in den Zeitungen zu lesen waren. Der Kern war und blieb in allen Fassungen derselbe: Mein Vater bemühte sich, Geld aufzutreiben, um die Forderungen der Entführer befriedigen zu können. Er appellierte sogar an die Öffentlichkeit, ihm zu helfen. Allerdings war die Zahlung von Lösegeld rechtswidrig, und so blieb er mit seiner Not allein. Journalisten fanden heraus, dass er fast alles versilberte, was wert und wichtig war, mit Ausnahme der beiden Häuser in der Schillerstraße, die zwar belastet, aber nicht verkauft wurden. Schon bald stellte sich heraus, dass die Summe, die er aufbrachte, den Entführern nicht ausreichend schien. Für dieses Geld, so beschieden sie ihm, könne er nur eine Person auslösen. Appelle von politischer und auch kirchlicher Seite führten zu nichts. Die Entführer blieben so unbarmherzig wie mögliche Geldgeber: Banken, die Bundesregierung, die Kirche, die Begüterten dieser Welt – keiner wollte für die fehlende Summe einstehen. Es sei ohnehin ein Fehler, überhaupt zu bezahlen, ein Präzedenzfall würde geschaffen, Nachahmer würden ermutigt und Entführungen sich rasch und unkontrollierbar zu einem Geschäftszweig entwickeln. Immer wieder tauchte mein Vater in den Blättern auf, schon die Fotos zeigten ihn vergrämt und zerrüttet. Sein Bitten und Flehen fand keinen Widerhall, ein letztes Ultimatum der Entführer beantwortete er schließlich mit der Entscheidung, mit dem verfügbaren Geld meine Mutter auszulösen.

Ich weiß nicht, wie es im umgekehrten Fall in mir ausgesehen hätte. Natürlich hätten mich Schuldgefühle ein Leben lang begleitet, zumal dann, wenn meine Mutter umgekommen wäre. Mein Vater konnte nichts richtig machen, mit keiner Entscheidung, aber das änderte nichts daran, dass er mir einen Todesstoß versetzt hatte. Diese Preisgabe meiner Person, die Inkaufnahme meines Todes – dieser Akt war so endgültig und unwiderruflich, dass es nichts gab, womit sich das je hätte heilen lassen. Meine glückliche Flucht tat nichts zur Sache, das Urteil zuvor hatte er gesprochen.

Meine Mutter kam frei, Geschäft war Geschäft, bei mir

ging es nur noch darum, wann und wie man mich tot auffinden würde. Nun entstand eine Gegenbewegung in der sardischen Bevölkerung und der öffentlichen Meinung. Bislang war es so gewesen, dass auch Banditen Teil der Gemeinschaft blieben und unterstützt wurden. Die Drohung allerdings, einen jungen Mann wie mich eines höheren Lösegelds wegen töten zu wollen, ging nicht mit dem Ehrenkodex der sardischen Hirten- und Bauerngesellschaft zusammen. Dieser Ehrenkodex widerspricht in vielem geltendem Recht, spiegelt aber stets den unbedingten Zusammenhalt und die Solidarität der Einheimischen gegen Feinde von außen wider, sei es, dass Blutfehden zwischen Familien, sei es, dass Raubzüge unter dem Schutz von Dorfgemeinschaften gedeckt wurden. Don Gianluca Floris, Pfarrer in einem der abgelegenen Bergdörfer, tat öffentlich kund, dass ein solches Vorgehen zu verurteilen sei. Er werde auch niemals mehr Vermittlerdienste zwischen Entführern und Opferfamilien leisten, denn bei solchen Taten handle es sich um keine Überlebenshilfe mehr, sie seien nur noch von Geldgier motiviert. Salvatore Spanu, ein Bandit alten Schlags, der stets große Unterstützung unter der Bevölkerung der Barbagia, des kargen inneren Berglands, genossen hatte und nach langen Gefängnisaufenthalten als eine Art Monument früherer Zeiten in Orgosolo lebte, sprang ein und bot an, mit den Entführern zu verhandeln, um sie zu überzeugen, den jungen Mann, mich, zu verschonen. Dazu kam es nicht, aber es war deutlich, dass die Unterstützung für meine Entführer bröckelte. Viele wussten etwas, zum Verrat mochten sie sich dennoch nicht entschließen, aber das schlechte Gewissen plagte sie. Aus dieser Sachlage heraus erklärte sich wohl das Zögern der Banditen. Ich saß gefangen oben in den Bergen, und sie konnten sich zur letzten Konsequenz noch nicht entschließen. Dieser Verlegenheit immerhin verdankte ich mein Leben.

Ich ließ dem Commissario ausrichten, dass ich mich

zunächst einmal erholen müsse, und sperrte mich in meinem Zimmer ein. Sicher hatte er einen Zusammenbruch dieser Art kommen sehen, schon seine Zurückhaltung, mich persönlich über meinen Fall aufzuklären, sprach dafür. Ich lag auf dem Bett und starrte an die Decke. Fassungslosigkeit meint dem eigentlichen Sinn nach, ein Geschehen einfach nicht annehmen zu können. Es steht fremd und schroff, aber unwiderlegbar wirklich wie ein ungefüger Steinklotz vor einem. Später klopfte meine Zimmerwirtin an die Tür. Ihr Ton klang fast zärtlich, ich antwortete dennoch nicht. Kurze Zeit darauf schob sie ein Kuvert unter dem Türschlitz hindurch. Es enthielt ein Telegramm meines Vaters. Seine Nachricht bestand nur aus einem Wort: *Bitte!*

Erst jetzt begann ich diesem Klotz mit Mitteln zu Leibe zu rücken, die sich wie selbstverständlich einstellen. Die einfachste und nächstliegende Frage ist immer die, wer die Schuld am zugefügten Schmerz trägt. Mein Vater? Meine Mutter? Die Entführer? Mein Vater musste eine Entscheidung treffen. Meine Mutter war dadurch bevorteilt, sie hatte aber nichts dergleichen verlangt. Den Entführern nun wiederum war es gleichgültig, auf wen das Los fiel.

Wenn Gedanken kreisen, wenden sie sich immer wieder demselben Ausgangspunkt zu und führen immer wieder zu denselben Antworten, auch wenn sie detailreicher, trotziger oder zunehmend heftiger ausfallen mögen. Man erschöpft sich allenfalls in der Wiederholung, sei es in der von Ungewissheit und Zweifel, sei es in der von Anklage und Rachewünschen.

Ich sah meinen Vater vor mir, diesen tüchtigen Schweizer, der einmal die ihm vorgezeichnete Bahn in der Hoffnung verlassen hatte, ein neues Leben beginnen zu können. Dieses neue Leben mochte gerade einmal zwei, drei Wochen gedauert haben, dann blieb davon nur noch meine Mutter übrig, eine Trophäe, aber auch eine Last, die es mit Verantwortung zu tragen galt. Um das zu bewältigen, rief mein Vater in sich all die Fähigkeiten und Gewohnheiten auf, zu denen er erzogen worden war: Fleiß, Pünktlichkeit, Gewandtheit und geschäftliche Klugheit. Dass dies kein neues Leben war, wusste er, dass er es versprochen hatte, fühlte er und empfand es als ständig offene Schuld meiner Mutter gegenüber, ihr nicht das bieten zu können, was er in Aussicht gestellt hatte. Meine Mutter nun wiederum hatte noch nie einen Plan gehabt, wie ein neues Leben zu führen wäre, und noch nicht einmal, was es überhaupt bedeuten könnte. Sie war und blieb eine Kindfrau, die sich damals zu einer Boheme hin verlaufen hatte, die sie durch ihre naive Art eine Weile lang mitverkörperte. Unschuldig und jugendlich war damals jede Art von Aufbruch, auch der aus Ahnungslosigkeit fügte sich bruchlos ein. Sie hatte dabei kein Ziel und wartete, dass endlich einer kommen und sie abholen würde, aber außer meinem Vater gab es keinen. Da er sie unbedingt haben wollte, sollte er auch liefern. Dass ich einer solchen Beziehung entsprungen bin, ist für sich genommen schon ein Unglück. Zählen ist sinnlos, aber ich vermute, ich war Plan D, E oder F, um zu kitten, was von vornherein in Scherben lag.

Die Entführer hatten diesen Konflikt auf die Spitze getrieben. Aber mein Vater hätte sich auch für mich entscheiden können, er hätte mich damit freigemacht von den Belastungen, in die er mit seiner Frau geraten war, hätte ihr ein Opfer abverlangt um meinetwillen, stattdessen legte er ihr auch noch meinen Kopf zu Füßen, um sie in den Trott ihrer Beziehung zurückzuholen und sie weiter durchs Leben taumeln zu lassen.

Wer war gegenüber einer solchen Familienhölle schon Sentenza samt seinen Kumpanen? Nichts weiter als grobe berechenbare Kerle.

Wie ich dieser Gedankenmühle entkam, weiß ich selbst nicht mehr, aber irgendwann hatte ich nur noch die weißgekalkte Wand meines Zimmers in und vor mir.

Ein Nichts, vollkommene Leere, vor allem kein Bild eines Menschen mehr auf ihr!

Ich stand an einer Grenze. Im Blick zurück begriff ich, dass sich mein Fall nicht mit der Beantwortung einer Schuldfrage auflösen ließ. Er war eine Verstrickung, das Gute und Richtige blieben unerreichbar, obwohl sie gewollt waren. Selbst auferlegt hatten wir uns allerdings die familiären Zwänge. Was man vom anderen erwarten und fordern durfte, mündete bei uns in einen Handel mit Schuldscheinen. Dabei versuchte sich jeder vom anderen freizukaufen, keinem gelang es. Endlich allein zu sein, das war befreiend, weil ich mich all dieser Bindungen und Verpflichtungen ledig fühlte.

Und ich wagte nun auch einen Blick hinüber in das gelobte Land, in dem ich mein Leben selbst in die Hand nahm. Ich war Herr meiner selbst, aber keine Macht im Himmel oder auf Erden würde mir helfen, etwas daraus zu machen. Für mein Glück oder Scheitern war ich ganz allein verantwortlich.

Deshalb beglückt diese Freiheit einen nicht nur, sie schmerzt sogar wie die Kälte, die uns bei jedem Atemzug spitz in die Lunge fährt.

Ganz allein? Fast! Neben mir lag Gorgo. Und in meiner Brusttasche lag das gefaltete Bild von Susi. Ich zog es hervor und strich es glatt.

17

Zum damaligen Zeitpunkt wollte ich weder meinen Vater noch meine Mutter wiedersehen. Ich lehnte jeden Kontakt ab. Was wäre passiert? Man hätte mich mit Bitten um Verständnis und Verzeihung konfrontiert, Dramen ohne Ende und Versuche einer erneuten Anklammerung hätten stattgefunden – all das kam nicht in Frage. Sie sollten ihr

Leben so führen, wie sie sich entschieden hatten. Ohne mich. Ich stand nicht mehr zur Verfügung, um die leere Mitte zwischen ihnen auszufüllen.

Allerdings musste ich leben, ich brauchte Geld. Aber schon sehr bald fand sich eine unerwartete Lösung. Zwei Tage nach meiner Ankunft waren einige Journalisten in Tonara aufgetaucht, die mich zu belagern begannen. Der Fall hatte auch in Deutschland die Gemüter bewegt, und nun sollte neues Material nachgeliefert werden. Der letzte Akt fehlte noch, die glückliche Befreiung. Möglicherweise war es sogar erst der vorletzte, denn danach könnte sich die Zusammenführung der Familie anschließen. Ich verweigerte mich diesen Versuchen rigoros. Gorgo tat sein Übriges, niemand wagte sich nahe an mich heran. Bis mir meine Zimmerwirtin den Brief eines Reporters zukommen ließ, der für eine große Illustrierte arbeitete, die mir 80.000 Mark für meine Geschichte bot. Ich handelte ihn auf 100.000 Mark hoch, wir vereinbarten Exklusivität und kamen ins Geschäft. Damit war die Frage gelöst, womit ich meinen Lebensunterhalt bestreiten könnte.

Wir saßen vier Nachmittage zusammen, er zeichnete das Gespräch auf und machte Fotos. Die ganze Wahrheit war mir nicht angelegen, warum sollte ich mein Innerstes vor der Öffentlichkeit ausbreiten? Ich erzählte viele Details, wo ich geschlafen, wie ich mich gewaschen hatte, wovon ich mich ernährt und wie ich mich mit Gorgo angefreundet hatte. Ansonsten verlegte ich mich auf das Naheliegende, die Belastung durch die Ungewissheit und die Angst vor dem Sterben. Wenn man auf die nackte Existenz verkleinert gewesen sei, erwerbe man sich einen neuen Blick. Ich würde nun mit meinem Leben bewusster umgehen können, dies sei die positive Kehrseite meiner Gefangenschaft. Jetzt helfe mir das Wissen, wie kostbar die Zeit sei, die mir noch bleibe. Trotz aller Schmerzen sei es tröstlich, dass solches Leid doch auch Wertvolles zu Tage fördern könne. Ich müsse nun aber zunächst einmal wieder zu mir kommen und Abstand gewinnen, um mich von den quälenden Erlebnissen befreien zu können.

Das alles war nicht wirklich gelogen, aber doch eine weichgespülte Version meiner Haltung. Ich gab den tapferen jungen Mann, den das Publikum haben wollte.

Ich blieb noch ein paar Tage in Tonara. Bevor ich mich auf den Weg machte, stattete ich dem Commissario einen letzten Besuch ab. Bislang gebe es keine brauchbaren Hinweise auf die Entführer, sagte er. Ich hatte nichts anderes erwartet. Auch die Überprüfung des Zettels habe nichts ergeben.

»Eine Telefonnummer? Ein Code? Ein Bankkonto? Wir sind alle Möglichkeiten durchgegangen.«

Er schob mir den Zettel zu.

»Behalten Sie ihn, er ist ein Erinnerungsstück. Uns genügt die Kopie.«

Anschließend reiste ich nach Cagliari, wo ich vom dortigen Honorarkonsul empfangen wurde. Da es bislang keine ausreichenden Möglichkeiten gegeben hatte, wurde ich im örtlichen Krankenhaus gründlich untersucht. Man bescheinigte mir einen guten körperlichen Zustand, aber auch seelische Beeinträchtigungen, ich würde mich in einem durch meine Gefangenschaft und die erlittenen Ängste verursachten Ausnahmezustand befinden und sei noch nicht alltagstauglich. Um ein solches Attest hatte ich gebeten, denn ich wollte noch nicht sämtliche Brücken hinter mir abbrechen. Ich bat darum, dies meiner Schule zuzuleiten. Vielleicht würde ich ja irgendwann einmal den Wunsch verspüren, dorthin zurückzukehren. Das Konsulat versorgte mich mit allen notwendigen Papieren, auch Gorgo musste in ein Register eingetragen und gegen Tollwut geimpft werden. Nun waren wir endgültig frei von allen Verpflichtungen und daher reisefertig.

Ich hatte eine ganze Weile überlegt, wohin es mich zog,

und ich entschied mich für Griechenland. Ich wollte seine Inseln bereisen und mir dort einen Ort suchen, an dem es mich länger hielt. Nachdem ich mich drei Monate von einer zur anderen hatte treiben lassen, entschied ich mich für Samos. Ich mietete mich in einem hübschen Haus mit Blick auf das Meer ein. Nichts von dem, was ich machte, war wirklich wichtig: Ich badete, wanderte, versuchte zu kochen, lernte Gitarre und las Romane. Das Instrument und die Bücher lieh ich mir von einer Hippie-Kommune, die in den Bergen lebte. Ich besuchte sie öfters. Dort lernte ich Sue kennen, die meine erste Freundin wurde. Sue war in Griechenland geboren und hatte ihre Eltern und das Leben dort satt. Das passte zwischen uns. Sie wohnte eine Weile bei mir, und wir zogen zusammen auf der Insel umher. Zu dritt, denn Gorgo war immer bei uns.

18

Ich hatte mich inzwischen gut eingelebt, viel von der neuen Umgebung kennengelernt und wollte daher endlich die Besteigung des Kerkis in Angriff nehmen. Der Kerkis befindet sich am südwestlichen Zipfel der Insel und beherrscht mit seiner Größe die Ägäis. Weithin sichtbar wölbt er sich bucklig und grau wie ein ans Meer hingekauerter Riesenelefant auf. Der Vigla, wie der Gipfel dort genannt wird, ist manchmal mit Wolken umkränzt. Seine Besteigung ist keine hochalpine Tour, aber sie erfordert Ausdauer und Routine. Ich hatte diese Unternehmung ursprünglich mit Sue geplant, dann aber immer wieder aufgeschoben, weil sich nicht vorhersagen ließ, ob und wie Gorgo sie bewältigen würde. Sue war inzwischen aus meinem Leben verschwunden Aus einer Reise nach Deutschland war ein dauerhafter Aufenthalt geworden. Als Minderjährige hatte sie sich ihren Eltern zu fügen. Die

Temperaturen waren herbstlich mild, ein guter Zeitpunkt, die Tour zu unternehmen, also startete ich.

Gorgo war ständig an meiner Seite, bewachte mich auf Schritt und Tritt und begegnete allen, die mir gegenüber nicht die nötige Distanz wahrten, mit einschüchterndem Knurren. Das Schicksal hatte uns zusammengebracht, und wir blieben in unlösbarer Beziehung aneinander gekettet. In Deutschland oder der Schweiz wäre dies unmöglich gewesen, aber hier abseits des städtischen Lebens bereitete diese enge Beziehung von Herr und Hund keine Probleme. Wenn wir wanderten, übernahm Gorgo die Führung. Er lief voraus und wartete, bis ich aufschloss.

Wir starteten in Votsalakia und bewältigten den ausgebauten Weg, der sich durch Olivenhaine windet, ohne Schwierigkeiten. Bald schon eröffnete sich ein schöner Ausblick auf die Fourni-Inseln und Ikaria. Dann wurde es zunehmend steiniger und steiler, teilweise waren Treppen in die Felsen gehauen. Ganz gegen seine Gewohnheit hielt sich Gorgo zunächst an meiner Seite und blieb dann sogar zurück. Sein Gang wirkte immer unbeholfener, je länger wir unterwegs waren. Später bemerkte ich, wie er an den Hinterläufen lahmte. Zum ersten Mal wurde mir klar, dass auch ein so kraftvolles Tier wie er alt und schwächlich werden musste. Bei ihm von einer Haltung wie Stolz zu sprechen, ist lächerlich, aber er tat alles, um sich neben mir halten zu können, und zeigte keinerlei Anzeichen von Unwillen. Als er schließlich zu hinken begann, machte ich mir große Sorgen um ihn und entschied, die Besteigung abzubrechen. Bergab bewegte sich Gorgo zwar leichter, ich nahm ihn trotzdem streckenweise auf meine Schultern, weil ich nicht mitansehen konnte, wie er sich dahinquälte.

In den nächsten Tagen ging ich mit ihm zu Dr. Mersiades, einem Tierarzt, und ließ ihn untersuchen. Hunde dieser Rasse, so belehrte mich der Arzt, litten oft an Hüftproblemen, dazu komme in diesem Fall noch Muskelschwund, beides erbliche Belastungen, gegen die man nichts unternehmen könne, und Gorgo sei bereits in die Jahre gekommen.

»Wie lange noch?«

Mersiades zuckte die Achseln.

»Schwer zu sagen. Ein Jahr? Vielleicht zwei? Aber hoffen Sie nicht darauf. Die letzte Zeit wird schlimm. Da wäre es besser, Sie würden ihn einschläfern lassen.«

»Niemals. Das würde ich bei ihm nicht fertigbringen.«

Er gab mir die Hand.

»Wir werden sehen.«

In der Folge wechselten sich Phasen, in denen er gesund und kräftig wirkte, mit solchen ab, in denen er alt und hinfällig anmutete. Ich konnte jedoch den Gedanken, dass er bald sterben könnte, einfach nicht zulassen und versuchte ihn mitsamt seinen Konsequenzen zu verdrängen.

Dann kam alles ganz anders.

Gorgo hatte um das Haus herum seinen Bereich, in dem er umherstromerte, um sich Auslauf zu verschaffen. Er entfernte sich jedoch nie weiter von mir weg als bis zur Straße. Eines Tages saß ich auf unserer kleinen improvisierten Terrasse und las, als ich von oben die Motorengeräusche eines Lastwagens hörte. Er tutete, bremste ab, fuhr weiter und bald war wieder Ruhe. Ich kümmerte mich nicht darum, denn es passierte öfter einmal, dass die enge Kurve oben unterschätzt wurde.

Ich las weiter, vergaß die Zeit, stellte dann aber fest, dass Gorgo nun schon seit einer Stunde nicht mehr aufgetaucht war.

»Gorgo!«

Ich ging um das Haus. In unmittelbarer Nähe war er nicht aufzufinden. Schließlich hörte ich aus dem Gebüsch ein Rascheln und Knacken, es klang, als ob jemand schubweise eine Last ziehen oder schieben würde. Dann endlich entdeckte ich Gorgo. Seine Vorderläufe hingen leblos neben ihm, sie waren gebrochen, auch der Rippenkorb schien eingedrückt und das Rückgrat mutete verdreht an. Mit den noch unversehrten Hinterläufen schob er sich Stück für Stück zum Haus hin. Als er mich sah, stellte er das mühselige Kriechen ein und blieb liegen.

Ich rannte ins Haus, holte eine Decke und schleppte ihn darauf in den Schatten. Das Wasser, das ich ihm hinstellte, verweigerte er. Sein Zustand war aussichtslos. Er war wohl nicht mehr flink genug gewesen, dem Lastwagen auszuweichen. Er musste ihn erfasst und überfahren haben. Ich begann zu weinen und streichelte ihn. Gorgo öffnete langsam seine Augen, das Hochziehen der Lider schien ihm Mühe zu bereiten. Als ich ihm über die Schnauze strich, leckte er an meiner Hand. Dann schloss er die Augen wieder und streckte sich auf der Decke aus. Ich legte mich neben ihn und spürte, wie seine Atemzüge seltener wurden und sich der Brustkorb nur noch unmerklich hob und senkte. Schließlich verfiel er in fortschreitende Erstarrung, und nach einer weiteren Stunde lag ich neben einem leblosen Körper. Bis in den Abend hinein hielt ich Totenwache, dann machte ich mich daran, ihn zu begraben.

Als ich das Grab zugeschüttet und geglättet hatte, wusste ich, dass meine Zeit hier zu Ende war und ich wieder nach München zurückkehren würde.

19

Meinen Eltern schrieb ich auf einer Postkarte, ich käme wieder nach Hause. Die Zeit, die ich alleine verbracht hatte, hatte bei mir viel zurechtgerückt. Das Drama war verflogen, einfach verblichen wie eine alte Fotografie, die zu lange der Sonne ausgesetzt war. Ich war alleine und fühlte mich kräftig genug dafür. Da ich keinen Zeitpunkt genannt hatte, fand ich Vater selbst am Empfang sitzend vor. Man sah sofort, dass alles inzwischen viel schlichter geworden war, die Pläne vom Zobelschen Hotelimperium im Münchener Bahnhofsviertel waren zerstoben, mein Vater verwaltete das verbliebene kleine Hotel selbst. Auch er war sichtlich gezeichnet, mager geworden, verfallen, von dem tatkräftigen Mann war kaum mehr etwas übriggeblieben.

Er blickte von dem Belegungsbuch auf und weinte. Ich fiel ihm dennoch nicht um den Hals, sondern reichte ihm die Hand. Herzlichkeit brachte ich nicht über mich. Er spürte, welche Veränderung mit mir vonstatten gegangen war und machte keine Anstalten, in mich zu dringen. Er nahm die Entfremdung zwischen uns an, die er verursacht hatte.

Wir setzten uns nach nebenan in die Küche. Er bereitete einen Tee und belegte Brote. Dann erst erzählte er, dass Mutter ihn verlassen habe. Ich wunderte mich nicht darüber, wenn ich darüber nachgedacht hätte, wäre es vorauszusehen gewesen. Zwischen beiden war ein Anspruch aufgerichtet, der fast mit dem Tod des Sohnes bezahlt worden wäre. Wohl keine Beziehung ist dem gewachsen, die meiner Eltern schon gar nicht. Die Trennung ging fast beiläufig über die Bühne. Sie habe ihm eines Tages eröffnet, dass sie einen anderen Mann habe. Sie brauche und wolle nichts außer der Scheidung. Dann packte sie ihre Sachen und ging.

Jetzt tat mir mein Vater leid, nicht dieser ungestillten Bedürftigkeit wegen, die er ausstrahlte, sondern als ein vom Leben im Stich Gelassener. Er war kein schlechter Mensch, aber in seinem eigenen Lebensplan war die Chance nicht vorgesehen, ein guter werden zu können.

»Du weißt, dass dieser Bruch zwischen uns nie mehr zu kitten sein wird?«, fragte ich.

Er faltete die Hände und nickte. Einen kurzen Moment

lang wallte in mir wegen dieser Demutsgeste Zorn auf. Am liebsten hätte ich ihn geohrfeigt, um den vielleicht noch verbliebenen Rest von Widerständigkeit und Kraft hervorzulocken. Im selben Moment aber erkannte ich, dass mein Vater kein Gegner mehr war, es gab nichts, was ich in der Auseinandersetzung mit ihm noch hätte schärfen können. Er war nichts weiter als ein alter, gebrochener Mann und verdiente zwar nicht meine Liebe, aber mein Mitgefühl.

Wir saßen noch eine Weile zusammen. Ich sagte ihm, dass ich nicht wieder in unsere alte Wohnung zurück wolle. Ob er mir hier im Hotel etwas anbieten könne? Er überlegte kurz. Er könne das Zimmer im Souterrain für mich freimachen lassen. Es war das Zimmer, dass ich später wieder bezog.

In der Woche darauf besuchte ich meine Mutter. Sie lebte nun in einem Haus in Harlaching, einem stattlichen Anwesen. Ihr neuer Mann war Banker gewesen und inzwischen in Pension. Er trug, wie offenbar früher im Büro, Hemden mit Schlips und zu eng geknöpftem Kragen, über dessen Rand sich seine Halshaut wölbte. Meine Mutter war hübsch gekleidet, *niedlich*, wie ihr Mann es empfand. Er nannte sie ausschließlich *Häschen* und wich keinen Moment von ihrer Seite.

In mir rührte sich nichts, Mutter und ich waren Fremde.

In den nächsten Wochen machte ich Pläne und entschied mich dafür, eine Hotelfachschule in der Schweiz zu besuchen. Mein Großvater war schon lange gestorben, alles inzwischen verkauft, aber meine Großmutter lebte in Lausanne und der Name Zobel hatte im Hotelgewerbe noch einen guten Klang.

ZWEI VERLORENE SEELEN

How I wish, how I wish you were here
We're just two lost souls
Swimming in a fish bowl
Year after year
Running over the same old ground
And how we found
The same old fears
Wish you were here

Pink Floyd, Wish you were here

1

Lautlos tauchten die Männer die Ruderblätter ins Wasser, das Schiff glitt dahin, weiter hinein ins Ungewisse, ein dichtes Grau, so undurchdringlich wie eine mondlose Nacht. War das schon die Unterwelt?

»Es gibt dort einen Fluss, dessen Wasser Vergessen schenkt«, flüsterte mir eine Stimme ins Ohr, die mich an Igor erinnerte. »Davon zu trinken wäre eine große Gnade; wer sich selbst kennt, fesselt sich an seine eigene Geschichte, wer von anderen weiß, bringt sich in Gefahr.«

Nebelfetzen huschten über Deck, wattig verdichtet, dass man glaubte, sie mit den Händen greifen zu können. Ich lag achtern auf harten Planken, unfähig, mich zu erheben, und spürte, wie sich das Schaukeln, das der sachte Wellengang verursachte, in meinem Schädel als bohrender Schmerz fortsetzte. Wie lange diese Fahrt schon dauerte, davon konnte ich mir keine Vorstellung machen. Immer wieder fiel ich in einen saugenden Schlund, eine bewusstlose Dunkelheit, in der alle Wahrnehmungen erloschen waren.

Als ich wieder zu mir kam, machte ich vorne am Drachensteven eine Schar hochgewachsener, kräftiger Kämpfer aus. Kommandorufe schallten über das Deck und halfen der Mannschaft, das schüsselartig breite Boot zu manövrieren. Eine Auseinandersetzung stand bevor. Knirschend fuhr das Schiff auf Sand auf, ein paar Männer sprangen heraus und zogen es den Strand hinauf. Es gab Geschrei. Dann wurde eine Luke aufgestoßen, aus der Licht fiel. Am Mast schälte sich eine riesenhafte Gestalt heraus und hinter ihr ein keifender Zwerg. Ich verstand nichts, wusste aber, dass es um mich ging. Plötzlich wurde der Riese von einem Wesen in raubtierhafter Behändigkeit angesprungen, sie rangen miteinander, bis der Große den Angreifer überwältigte, ihn packte und über Bord warf.

Endlich war Ruhe. Der Riese trat näher. Er beugte sich zu mir herunter und sprach mich an. Ich erfasste nichts von dem, was er sagte, ich hörte nur Geräusche. Schließlich packte er mich unter den Achseln, hob mich hoch und legte mich über seine Schulter. Der Schmerz in meinem Kopf durchfuhr mich so heftig, dass ich erneut das Bewusstsein verlor.

Als ich wieder zu mir kam, lag ich weich gebettet auf einem Polster.

2

»Mann, Mann, Mann, du machst aber auch Sachen.«

Eine Gestalt, silbergrau wie der Eiskönig, stand vor mir. Ich erkannte ihn und damit endlich ging mir ein Licht auf, das mir half, mich in der Welt zu orientieren.

»Bist du das, Siggi?«

Ich richtete mich auf. Tatsächlich stand Siegfried Badenkolb vor mir.

»Na also«, sagte er, »nun funkt es auch im Oberstübchen wieder.«

Hinter ihm verließ ein Weißkittel den Raum, offensichtlich ein Arzt. An meinem linken Oberarm klebte ein Pflaster, wahrscheinlich hatte ich eine Spritze bekommen. Ich versuchte mich zurechtzufinden. Dass ich in einer zum Romantikhotel ausstaffierten Bleibe lag, war ausgeschlossen. Demnach hatte man mich in Siggis Wohnung gebracht. Er liebte offenbar die große Geste, Samt, Brokat und Putten, eher anzüglich mit Zipfelchen als jubilierend. Weiter hinten am Tisch saß Hansi und verzehrte ein gut belegtes Sandwich. Auf seinen Schultern musste ich hierhergekommen sein, nur er hatte die Statur des kräftigen Kerls, der mir als Retter in der Not erschienen war.

»Urs, nimm's mir nicht übel, aber du siehst scheiße aus.« Siggi deutete auf die Wand hinter mir.

Ich rappelte mich auf und besah mich im Spiegel, der dort hing. Er hatte recht. Man hatte mir die Fresse lädiert, keine andere Bezeichnung passte besser als diese.

»Das Badezimmer ist da hinten«, sagte Siggi.

Bei den ersten Schritten taumelte ich noch ein wenig, aber dann durchquerte ich ohne Probleme die geschätzt vierzig Quadratmeter des expressiv dekorierten Wohnraums.

Es hätte so vieler Spiegel gar nicht bedurft, auch ohne die Vervielfältigung und unterschiedlichen Perspektiven sah ich, dass ich übel zugerichtet war. Eine mit Mull und Pflaster abgedeckte Schrunde ging quer über meine linke Backe, mein Auge war zugeschwollen und die Gesichtshälfte ein blauroter aufgeblähter Beutel. Ich tupfte mich, so gut es ging, mit feuchtem Papier ab und fühlte mich danach besser, was sicher auch auf die Spritze zurückzuführen war, die zu wirken begann. Schon etwas festeren Schritts kehrte ich zu Siggi auf das Sofa zurück und bat ihn um einen starken Kaffee.

3

Der heiße Kaffee half mir auf.

»Woher wusstet ihr, dass mich Fritzi in die Mangel genommen hat?«

»So ist die Geschichte falsch herum aufgezäumt, Urs!«

Blitzartig fiel mir Nora ein. Sie war die Einzige, der ich von meinen Plänen erzählt hatte. Selbst Erwin war nicht im Bild.

»Nora?«

Siggi winkte ab. »Lass es gut sein. Hansi hat dich jedenfalls aus dem *Candlelight* rausgehauen …«

Ich schämte mich augenblicklich, dass ich auf meinen Retter noch keinen Bezug genommen hatte. »Danke, Hansi! Ein anderer hätte das nicht geschafft!«

Hansi blickte kurz von seinem Sandwich auf und nickte. Dann hob er den Daumen und aß weiter.

»Schau mich an und hör zu, Urs! Du bist einer, der sich was zutraut. Das weiß ich. Nach ein paar Tagen Schonzeit wird dich der Gedanke umtreiben, wie du Fritzi und seinen Leuten die Abreibung heimzahlen kannst, die sie dir verpasst haben. Es ist nicht wichtig, dass du genau verstehst, warum, es genügt, dass du tust, was ich dir sage: Lass die Finger davon! Ein zweites Mal hole ich dich nicht aus der Scheiße.«

Vorsichtig, um mir nicht weh zu tun, fasste er an mein Kinn und hob es sacht nach oben, bis wir auf Augenhöhe waren.

»Man wird dich in Ruhe lassen, das verspreche ich dir!«

»Aber …«

»Ich will kein Aber hören!« Siggi begann seine Hände zu kneten. »Wenn zwei …« Er brach ab und wandte sich an Hansi. »Wie sagt man das: Sind das zwei Elefanten oder zwei Züge, die aufeinander zu rasen?«

»Geht beides. Ich würde aber Züge sagen, klingt besser«, ließ sich Hansi aus dem Hintergrund vernehmen.

»Da hörst du's: Wenn zwei Züge aufeinander zu rasen, solltest du nicht dazwischenstehen. Wir regeln das auf unsere Weise. Es gibt bei uns im Viertel Konstellationen, in die du dich besser nicht einmischst. Irgendwo schlussendlich könnte das auch mich tangieren. Mehr sage ich nicht, okay?«

»Und dieser Unfall mit Dodo?«

Siggi beugte sich vor, so dass ich übergroß sein leicht gebräuntes Gesicht vor mir hatte, das durch die graue Haarwolle noch massiger wirkte. »Ist vom Tisch. Die Polizei hat ihre Geschichte, und ich meine Ruhe vor ihr.«

So wie er hatte noch niemand mit mir geredet. Siggi kam nicht wirklich zur Sache, er blieb zugewandt und freundlich und machte keinen Versuch, mich einzuschüchtern. Was hinter den Maßregeln stehen mochte, die er mir empfahl, war nicht zu entschlüsseln, aber er stellte bei allem, was er sagte, eine körperliche Nähe her. Er, Siegfried Badenkolb, stand für jedes seiner Worte mit seiner ganzen Person ein. Man konnte ihm eigentlich nicht widersprechen, ohne ihn wegzustoßen. Ich machte daher das Gegenteil und fasste seine beiden Hände, um ihn für mich zu gewinnen.

»Das geht nicht, Siggi.«

Er wiegte sein graues Haupt.

»Natürlich geht das.«

»Meine Entführung, Siggi. Ich werde nie vergessen, was mir angetan worden ist.«

»Lange vorbei. Und was soll deine Entführung mit dieser ganzen Sache zu tun haben?«

»Bruno Mosca, der Geschäftsführer von dem Laden da draußen, ist einer derjenigen, die daran beteiligt gewesen sein könnten.«

»Hansi?«

Hansi stand auf und klopfte sich die Krümel ab. Dann stützte er die Hände in die Hüften und schüttelte den Kopf. »Nä. Halte ich für ausgeschlossen.«

»Da hörst du's, Urs.«

»Er ist es. Seine Stimme verfolgt mich heute noch in meinen Träumen.«

»Das ist schlimm, Urs. Aber wenn du weiterbohrst, bist du ganz allein. Geht alles auf deine Kappe. Kannst du dir vorstellen, was das heißt?«

Ich drückte seine Hände, die ich immer noch umfasst hielt, und stand auf.

»Danke für alles, Siggi!«

4

Hansi brachte mich nach unten. Siggi bewohnte eine Dachwohnung im Asamhof unweit des Sendlinger-Tor-Platzes. Es war bereits Abend geworden, die frische Luft tat mir gut. Hinüber in die Schillerstraße war es nur ein kurzes Stück Wegs, ich zögerte dennoch, gleich nach Hause ins Hotel zu gehen. Ob sich Fritzi und seine Leute an die von Siggi angeordnete Waffenruhe halten würden, schien mir unsicher. Ich rief im Hotel an.

»Urs, Gott sei Dank! Wir haben uns schon Sorgen gemacht. Ist alles in Ordnung?«

Olga war am Telefon. Ihre Anteilnahme tat mir gut.

»Nicht wirklich. Ich bin angeschlagen, sie haben mein Gesicht übel zugerichtet. Ansonsten bin ich wieder gut auf den Beinen. Allerdings ...«

Ich hatte Nora um Hilfe bitten wollen. Nun stellte ich fest, dass ich zwischen zwei Frauen stand, die sich, jede auf ihre Weise, um mich sorgten.

»... kann ich mich im Hotel heute noch nicht blicken lassen. Ich bin zu wenig wehrhaft und möchte mich erst mal verkriechen. Kommt ihr ohne mich klar?«

»Natürlich.«

Ich spürte, dass sie enttäuscht war. Die Angst um jemanden bringt oft das eigentliche Gefühl zu Tage. Das Hantieren mit Optionen, was man tun könnte oder sollte, lenkt uns von einem einfachen Ja oder Nein ab. Aber ich durfte heute keinesfalls an meinen angestammten Platz zurück.

»Du wartest auf mich, Olga. Wir sehen uns morgen, okay?«

Ich spürte, dass ich den richtigen Ton getroffen hatte. Dann meldete ich mich bei Nora.

»Kann ich heute bei dir unterschlüpfen?«

Im Hintergrund säuselte Musik, die angetrunkene Männer gefühlig macht.

»Haben sie dich in die Mangel genommen?«

»Kann man sagen.«

»Schlimm?«

»Die Gesichtskontrolle deines Cabarets würde ich nicht erfolgreich bestehen.«

»Soll ich dich abholen, brauchst du Hilfe?«

»Danke, ich komme zurecht.«

»Gut. Ich warte auf dich.«

Ich überquerte den Sendlinger-Tor-Platz und nahm dann den Weg durch den dunklen Nußbaumpark, um unauffällig zu bleiben. Das Gehen half, ich spürte die Lebensgeister, die sie aus mir herausgeprügelt hatten, zurückkehren. Die Schillerstraße zeigte sich wie immer voller Lichter und emsigem Treiben. Ich schlug den Kragen meiner Jacke hoch, um wenigstens einen Teil meiner Blessuren zu verdecken. Aber hier würde ohnehin niemand auffallen, dachte ich, bis mir jemand an der Fußgängerampel der Schwanthalerstraße seine Hand auf die Schulter legte.

»Guten Abend, Herr Zobel.«

Ich drehte mich um und blickte in das Gesicht von Kommissar Mangold.

»Au weia. Unfall gehabt?«

»Bin in eine Schlägerei geraten.«

»Sollte ich da mehr drüber wissen?«

»Nein. Solche Händel hängt man nicht an die große Glocke.«

Das war so direkt wie die Hiebe, die ich abbekommen hatte, aber mir war nicht nach Herumreden zumute. Mangold schien davon nicht besonders irritiert.

»Was wollen Sie von mir, Herr Kommissar?«

»Ich brauche Ihre Mithilfe für eine Personenidentifizierung.«

»Wenn es sein muss. Meine Nummer haben Sie.«

Ich wandte mich zum Gehen.

»Stopp! Jetzt.«

Innerlich knickte ich ein. Ich war schwach und erschöpft, verspürte zwar dank der Spritze keine Schmerzen, war aber in meiner Wahrnehmungsfähigkeit so abgedimmt, als sei eine Milchglasscheibe zwischen mir und der Welt.

»Ist nicht Ihr Ernst!«

»Kann ich Ihnen nicht ersparen.«

Er fasste mich am Unterarm und zog mich zu seinem Wagen, den er am Straßenrand abgestellt hatte.

»Sonderservice: Wir ziehen die Sache durch, und ich bringe Sie wieder hierher zurück. Okay?«

Wir fuhren zur Ettstraße ins Präsidium. Ich schleppte mich hinter ihm her auf dem Weg durch das weitläufige Gebäude, bis wir im Zellentrakt angekommen waren.

»Alles Untersuchungshäftlinge hier.«

Er machte vor einer Zelle halt, öffnete das Guckloch und schaute hinein. Dann winkte er mich heran. Drinnen hockte der Bär. Er war in noch schlimmerer Verfassung als ich. Er ruhte durch Kissen aufgebockt auf seiner Pritsche und hielt seine zwei bandagierten Arme auf die Brust gelegt.

»Doppelter Armbruch.«

Mangold wartete eine Weile.

»Und? Ist das der Mann, der Sie im Hotel bedroht hat?«

Ich nickte.

»Können Sie uns etwas zu seinen Verletzungen sagen?«

»Keine Ahnung.«

Mangold zog seine Mundwinkel zu einem überlegenen Lächeln auseinander.

»Ich war es nicht, sonst sähe ich nicht so aus.«

Er hob beschwichtigend die Hände. »Schon recht, ich bringe Sie wieder zurück.«

5

Endlich langte ich bei Nora an. Ihr Zimmer war das Gegenstück zu Siggis Wohnung. Man könnte meinen, dass beide durch ihr Gewerbe abgebrüht und illusionslos geworden wären. Stattdessen drückte sich in ihrer Einrichtung das Festhalten an den vermeintlich echten Gefühlen aus. Außenstehende mochten das für Kitsch halten, aber wer wie sie die andere Seite ausgiebig kennengelernt hatte, für den konnte sich das Echte gar nicht anders darstellen. Im Milieu war jede unverbildete Sehnsucht Kitsch.

Ich hatte diesen Raum noch nie zuvor betreten. Offenbar war er für Nora ein Rückzugsort. Als sie mich hineinführte, nannte sie ihn ihr Mädchenzimmer. Sie stellte keine Fragen, hatte sich wohl schon kundig gemacht. Sie nahm meine Verletzung in Augenschein, versorgte meine Schwellung mit einer Salbe. Dann schraubte sie eine braune Flasche auf, goss eine sirupartige Flüssigkeit auf einen Löffel und sagte:

»Mund auf!«

»Was ist das?«

»Medizin.«

Ich gehorchte und schluckte. Es schmeckte wie Hustensaft.

»Schlaf dich aus! Das ist das Beste, was du tun kannst.«

Ich wusste, dass sie ihren Laden nicht unbeaufsichtigt lassen konnte.

»Alles gut. Danke, Nora!«

Das Bett war bequem, Spritze und Sirup polsterten meinen Schädel mit Watte aus, dennoch war ich noch zu aufgewühlt, um schlafen zu können. Ich nahm daher das Zimmer in Augenschein. Die Wände waren zartrosa gestrichen, in der Ecke stand ein prächtiger Standspiegel mit goldenem Rahmen, geschliffenes Glas, keine Billigware. Ich blickte vom Bett aus auf einen schlanken Biedermeierschrank aus rötlichem Kirschholz. Wahrscheinlich war dort ihre Garderobe untergebracht. Dominant waren jedoch mehrere Setzkästen und zwei Glasvitrinen, in denen sie Erinnerungsstücke aufbewahrte, wie Steine, Schmuck und Figürchen. Oben an der Decke war eine Leiste montiert, von der Schnüre hingen, an denen sich Bilder befestigen ließen. Dort waren Fotografien, Kunstpostkarten und Zeitungsausschnitte mit Klammern angesteckt. Lange überlegte ich, nach welchem System sie gesammelt haben mochte, und fand dann die Chronologie Kindheit, Jugend, Erwachsenenalter am wahrscheinlichsten. Tatsächlich begann es oben links mit Babyfotos, Urlaubsimpressionen und abgelichteten Personen, deren Kleidung man die verflossenen drei Jahrzehnte anmerkte.

Die Wand war ein Album der schönsten Jahre, denn aus neuerer Zeit gab es kein Erinnerungsstück. Nora war ein freundliches Kind, dann ein hübscher Teenie gewesen und schließlich eine schöne Frau geworden. Der Vater in Handwerkerhosen, die Mutter am Herd in einer geknöpften blumengemusterten Schürze – Nora entstammte einer traditionellen Familie. Auf einem Foto war die Familie gemeinsam abgelichtet, sie saßen am Biertisch, Vater und Mutter hatten Teller mit großen panierten Schnitzeln und Kartoffelsalat vor sich, das Kind aß Wiener Würstchen. Deutete ich die Umgebung richtig, handelte es sich wohl um ein Kirchweihfest. Dass sie aus der Provinz nach München übergesiedelt war, hatte mir Nora bereits einmal erzählt. Ballspiel im Garten, Schule, Kirche und Sportverein. Ihre Freundinnen machten einen eher unerweckten Eindruck, naive, bäuerliche Gesichter, keine hatte die schon damals hintergründige Raffinesse von Nora. Das Panorama ihrer Träume war weit gespannt, warum sonst hätte sie darauf gesetzt, mit ihrer natürlichen Ausstattung schnell und vermeintlich leicht Geld zu verdienen?

Wie immer das gewesen sein mochte, inzwischen hatte sich Nora gewandelt, aus ihr war eine Prinzipalin geworden, die ihre Geschäfte und Leute zu lenken wusste. Freunde und Liebhaber fand ich keine abgebildet, Fotos mit Männern waren kaum angepinnt. Nur eines fiel mir ins Auge, es schien auf dem Sportplatz aufgenommen worden zu sein. Nora stand in der Mitte zwischen zwei jungen Männern. Sie hatte ihre Arme um die Schultern der beiden gelegt und diese wiederum ihren Arm um sie. So standen sie als ineinander verknäulte Dreiergemeinschaft auf dem Rasen. Mühsam arbeitete ich mich aus den Kissen hoch und robbte zu dem Bild. Auf der Rückseite stand *Die Unzertrennlichen* mit zarter Bleistiftschrift geschrieben. Die drei wollten etwas von der Welt, das sah man, ihr Blick war nicht abgewandt oder schüchtern, sie stellten sich der Kamera mit Selbstbewusstsein.

Lang betrachtete ich das Bild. Die Gesichter kamen mir vertraut vor, zunächst dachte ich, es hänge damit zusammen, dass sie so wenig provinziell wirkten. Aber so nach und nach verdichtete sich mein Eindruck, einen der beiden Männer zu kennen. Freilich, die Gesichter waren glatt und noch jugendlich unverbildet, aber nach einer Weile war ich ganz sicher: Nora stand zwischen Mangold und einem mir Unbekannten.

Ich versuchte mir klarzumachen, was das für mich bedeutete. Aber ich stocherte bereits im Nebel. Die Medizin begann zu wirken.

6

Als ich am anderen Morgen aufwachte, lag Nora neben mir. Sie hatte eine Maske über die Augen gezogen und schlief. Es war neun Uhr, zu früh für eine Nachtarbeiterin. Ich schälte mich so leise wie möglich aus dem Bett, zog mich an und legte einen Zettel auf den Nachttisch. Dann schlich ich mich aus dem Zimmer. Ich floh, denn ich wusste nicht, wie ich ihre Freundschaft zu Mangold zur Sprache bringen sollte. In meinem Kopf war alles noch unsortiert, weder konnte ich mein schmerzhaftes Erlebnis noch Noras Verstrickung verarbeiten. Ich brauchte Zeit und einen klaren Kopf.

Erschrocken blickte Erwin auf, als ich das Hotel betrat. An seiner Mimik konnte ich das Maß meiner Verunstaltung ablesen.

»Chef ...!«

»Schon gut, Erwin! Auch wenn es nicht so aussieht, mir geht es schon wieder ganz passabel. Kein Vergleich mit gestern.«

»Darf ich ...?«

»Nein!«, sagte ich, »keine Fragen jetzt. Alles zu seiner Zeit, okay?«

»Etwas zu essen oder zu trinken?«

»Einen großen Kaffee. Dazu ein weiches Brötchen mit Honig und die Zeitung. Kannst du mir das aufs Zimmer bringen?«

»Natürlich.« Er brummte ungehalten und verschwand in der Küche.

Ich stellte mich unter die Dusche, zuerst heiß, dann kalt. Danach fühlte ich mich belebt. Rasieren war nicht angeraten. Auch Gästen gegenüberzutreten empfahl sich nicht. Die Schwellung im Gesicht war zwar zurückgegangen, in das Rot und Blau meiner Wunden und Quetschungen mischte sich zunehmend mehr Gelb, aber jede Berührung tat noch weh. Ich zog mir frische Kleidung an, setzte mir eine Kappe auf und schlüpfte in einen Kapuzenpullover. Endlich nahm ich das Frühstück ein, das mir Erwin bereitgestellt hatte.

Schließlich schlug ich die Zeitung auf. Die Polizei vermeldete einen Fahndungserfolg. Dimitar A., ein Bulgare, der in einem Truderinger Nachtclub arbeitete, war festgenommen worden. Nach ihm war als Besitzer der Waffe gefahndet worden, mit der Malek Ben Musa umgebracht worden war. Man hatte den Gesuchten nur deshalb festnehmen können, weil er wegen seiner gebrochenen Arme außerstande gewesen war, einen Wagen zu lenken. Mit Sicherheit ging diese Verletzung auf die Auseinandersetzung mit Hansi zurück.

Somit hatte Siggi mit Fritzi gleichgezogen, *Tit for tat*: Dodo war erschossen worden, daraufhin war der Bulgare brutal aus dem Rennen genommen worden.

Bevor ich mich an die Empfangstheke wagte, warf ich einen Blick in das Foyer. Es war leer.

»Bist du allein, Erwin?«

»Im Moment schon. Olga schläft noch, sie hatte den Nachtdienst.«

»Ich kann euch heute nicht helfen. Mein Gesicht ist keine Empfehlung für unser Haus.«

»Sehe ich auch so. Der Betrieb läuft auch ohne Sie, Chef.«

Ich fuhr mit dem Lift nach oben. Leise, um kein Aufsehen zu erregen, öffnete ich die Luke und stieg hinaus. Der Vormittag war frühsommerlich mild, die Sonne hatte das Dach zu wärmen begonnen. Ich streckte mich auf dem terrassenartig abgeflachten Blech aus. Seine angenehme Temperatur tat meinen geschundenen Gliedern gut. Von unten drangen das geschäftige Treiben und der Verkehrslärm der Schillerstraße herauf, ich ruhte, der Welt im Parterre enthoben, und ließ mich von einem lauen Lüftchen bestreichen. Ich schloss die Augen und versuchte gedanklich, die Stationen meiner Probleme abzuschreiten.

Was war von dieser Geschichte mit Nora zu halten? Ich musste mit ihr reden, das war klar. Aber mir wurde nun verständlich, wie es ihr immer wieder gelang, ihren Laden so unangefochten durch alle Auflagen und Zumutungen der Behörden zu lenken. Sie genoss polizeiliche Protektion. Dass Mangold über meine Schritte so gut Bescheid wusste, kam zweifellos von ihr. Sie hatte mich an ihn verraten. Preisgegeben zu werden war mein Lebensdrama, deshalb würde ich ihr das nie verzeihen können.

Weiterhin wusste ich jetzt, dass Bruno Mosca, mein früherer Peiniger, und Fritzi zusammenarbeiteten. Wie, das musste ich unbedingt herausfinden. In Bruno Mosca hatte Fritzi einen sardischen Banditen angeheuert. Diese Tatsache war ihm sicher nicht entgangen, denn er wählte seine Leute sorgfältig aus. Ob er von Moscas Verwicklung in meine Entführung gehört hatte, stand dahin. Auch dem musste ich nachgehen. Mit großer Vorsicht. Siggis Warnung, ich stünde ganz allein, hatte ich noch im Ohr. Es gab zudem kaum eine Möglichkeit, direkt an Fritzi heranzukommen, er schottete sich ab, und außer Juta, seiner Sekretärin, gab es keine Vertrauten. Jedenfalls wusste ich von niemand, der sonst noch Zugang zu ihm gehabt hätte.

Und dann war da Siggi. Für einen abgehalfterten Rotlichtkönig besaß er viel Einfluss. Niemand würde sich gern mit Hansi anlegen, aber körperliche Kraft allein konnte nicht entscheidend gewesen sein. Er verfolgte unbeirrt seine geschäftlichen Interessen und dachte nicht daran, sich beim *Royal Ballhouse* ausbooten zu lassen.

Mir stellte sich der Unfall so dar: Dodo hatte den Porsche von Hansi übernommen. Wahrscheinlich stand eine seiner VIP-Betreuungen an. Irgendwo muss er dann Bruno

Mosca getroffen haben, um mit ihm zu verhandeln. Möglicherweise war der Wagen auch geentert worden, um Dodo zu bedrohen. Warum die Polizeikontrolle hätte gefährlich werden können, war unklar. Dodo hatte vielleicht Drogen an Bord, oder Bruno Mosca wollte verhindern, dass Dodo ihn bei der Polizei anschwärzte. Nach der Amokfahrt hatte man Dodo noch eine Weile festgehalten, um seine Wohnung und seine Geräte für den Islamismusverdacht zu präparieren. So ähnlich könnte sich alles ereignet haben, aber was im Einzelnen vor sich gegangen war, spielte für mich ohnehin keine Rolle. Mir ging es darum, ob es sich bei Mosca um Sentenza handelte.

»Hallo, Urs!«

Ich blickte auf. Olga schaute durch die Luke zu mir herauf.

»Ich dachte, ich hätte da oben etwas gehört«, sagte sie.

»Möchtest du mir Gesellschaft leisten?«

Sie kletterte zu mir hoch und setzte sich neben mich. Ihre Haare waren noch verwuschelt, und ihre Augen verschlafen schmal. Sie hatte einen Pullover übergezogen, dessen Ärmel bis über ihre Fingerspitzen reichten. Etwas schüchtern auf Distanz bedacht, hockte sie da und umfasste ihre Knie. Ich legte meine Hand auf ihren Rücken, so behutsam wie einer, der sich ihrer Zustimmung nicht sicher sein kann. Sie rückte näher, ließ sich nieder und bettete ihren Kopf auf meine Schulter. Wir waren nun so eng zusammengerückt wie in jener Nacht, als ich aus meinem Rausch aufgewacht war.

Viele Bedürfnisse sind wie ein Loch, in das man meist Dinge oder Geldwertes hineinwirft, um es zu füllen. Man gönnt sich etwas. Aber eigentlich rührt dieses Loch von einer Wunde her, die sich nicht schließt. Befriedigung stellt sich nicht ein, das macht uns unersättlich. Eine zarte, wie hingetupfte Vorstellung von dem, was Heilung sein und bewirken könnte, zog in mir auf, als ich Olga so in meinem Arm hielt. Viele Verletzungen können wir verstehen, wenn wir eine vernünftige Erklärung für sie suchen, aber sie verschwinden dadurch nicht. Die Probleme bleiben haften. Geheilt werden sie nur durch die Hand eines anderen.

War das rosarotes Biedermeier, was mir da durch den Kopf zog? Egal, ich spürte, wie in mir ein Zittern und Nachbeben abklang. Immerhin war ich fast unter die Räder gekommen. Dann schliefen wir ein, nicht für lange, vielleicht eine knappe halbe Stunde. Aber selten hat mich mein Schlaf so gestärkt.

Als ich wieder aufwachte, hatte ich eine klare Vorstellung, wie Fritzi zu packen sein könnte.

7

Fritzi besuchte einmal im Monat Salzburg, das war bekannt. Er nahm nachmittags den Zug und kam spätabends zurück. Um herauszufinden, wann er sich wieder einmal auf den Weg zu seinen Kartenbrüdern machte, besuchte ich Gerda, die inzwischen gegenüber von seinem Büro Döner verkaufte. Gerda kannte ich von Kindesbeinen an. Sie hatte früher in der *Luna Bar* gearbeitet und war eine der Personen, die ein Auge darauf gehabt hatten, dass ich auf meinem Weg in den Kindergarten auch dort anlangte.

»Urs? Seit wann isst du Döner?«

»Ich habe ein Anliegen, Gerda.«

»Schieß los!«

»Es geht um Fritzi …«

Gerda drehte sich zur Seite und hantierte am Grill. Ihre Geste war klar, sie wollte in keine Auseinandersetzung mit ihm verwickelt werden. Sie war zwar schon lange nicht mehr im Geschäft, aber an den Ehrenkodex des Milieus hielt sie sich immer noch.

»Gerda, es ist ganz harmlos. Ich will nur wissen, wann er das nächste Mal zum Kartenspielen fährt.«

»Warum?«

»Ich will nichts von ihm, ich möchte nur mit ein paar von seinen Leuten reden. Es würde die Sache leichter machen, wenn keine Gefahr bestünde, dass er aufkreuzt.«

»Und das ist alles?«

»Versprochen.«

Ich schob einen größeren Schein über die Theke.

»Ich rufe dich an, wenn er aus dem Haus geht. Mehr ist nicht, okay?«

»Mehr erwarte ich auch nicht, Gerda. Vielen Dank!«

Zwei Tage später meldete Gerda, Fritzi habe sich nach Salzburg aufgemacht. Ich zog ein weißes Hemd an, band mir eine Krawatte um und schlüpfte in den Blazer, den ich seit langem im Schrank hängen hatte. Im Kühlschrank hatte ich eine große Schachtel mit belgischen Pralinen deponiert, die in rosa Seidenpapier eingewickelt und mit einer roten Kordel ansprechend verpackt war.

Erwin runzelte die Stirn.

»Krankenbesuch!«, sagte ich.

»Schon recht«, erwiderte Erwin. »Soll ich Ihren Anwalt verständigen?«

Er wandte sich ab. Ich wusste, dass Erwin darunter litt, wenn ich mich ihm nicht anvertraute. Mein Verhalten war jedoch keine Unachtsamkeit, ich fand es zu seinem Schutz angeraten. Je weniger er wusste, desto weniger konnte man ihn unter Druck setzen.

Ich nahm am Hauptbahnhof die S-Bahn nach Haar und machte mich von dort auf den bekannten Weg zum Seniorenheim.

8

Ich erinnerte mich gut an das Zimmer, es lag im Erdgeschoss am Ende des Gangs. Da sich auch die Gemeinschaftseinrichtungen wie Clubraum, Speisezimmer und Vortragssaal unten befanden, herrschte reger Betrieb. Der Nachmittagskaffee wurde serviert. In der Mehrzahl waren Frauen unterwegs. Jüngeren Männern, und ein solcher war ich hier, wurde große Aufmerksamkeit entgegengebracht. Sie nickten mir zu, lächelten und begutachteten en passant die Pralinenschachtel, die ich unter den Arm geklemmt hielt. Fragen wollte ich keine aufkommen lassen und behielt daher meinen energischen Schritt bei. Da mir einige hinterherschauten, verschwand ich auf der Toilette. Als ich wieder heraustrat, hatte sich die Neugier gelegt. Unangefochten erreichte ich das Zimmer von Frau Nowak und klopfte. Da niemand antwortete, trat ich einfach ein. Drinnen saß Frau Nowak im Morgenmantel vor einer Art Frisierkommode, ihr schütteres graues Haar stand borstig vom Kopf ab. Sie wandte sich um und schrie. Ich drückte die Tür zu, damit keine Nachbarn alarmiert wurden.

»Um Himmels willen, Frau von Sottwitz, ich bin es doch, der Kurt. Ich soll Sie von meiner Mutter herzlich grüßen.«

Mit raschem Griff stülpte sich Frau Nowak ihre blonde Perücke über den Kopf.

»Ich bin nicht Ihre Frau Sottwitz. Fragen Sie vorne an der Rezeption. Und jetzt raus!«

»Aber das kann doch nicht sein. Ich war doch vor einiger Zeit noch ...«

»Dann ist sie halt gestorben. Kommt bei uns ständig vor.«

Ich blickte mich in ihrem Zimmer um. Es wirkte wie ein

Boudoir, dabei so vollgestopft, als hätte man eine ganze Wohnung dort zusammengeschoben. Frau Nowak hatte früher offenbar räumlich großzügiger gelebt, bis ihre Umstände von ihrem Sohn auf Heimmaße heruntergekürzt worden waren. Ich ahnte, dass hierin der Grund lag, warum sie ihn so ungnädig behandelte. Sie fühlte sich abgeschoben.

Der Raum lag im Halbdunkel. Die schweren Samtvorhänge vor den Fenstern ließen nur einen Spaltbreit Licht herein. Die Wände waren mit einer grünen Tapete ausgestattet, auf der sich in geprägten Reliefs goldfarbene Ornamente ineinanderschlangen. Den unverstellten Platz auf ihr hatte sie für Gemälde, Masken und Fotografien genutzt. Die Motive erinnerten an ein plüschiges Kaffeehaus. Eine Reproduktion kannte ich, sie war mir sofort ins Auge gefallen.

»*L'après-midi d'un faune.* Roussel, nicht wahr?«

Der die Anhöhe erklimmende Faun erblickt die auf eine rote Decke hingebreitete nackte Schöne.

»Pourquoi, sûrement«, erwiderte sie in gelenkigem Französisch.

Sie zeigte auf eine Fotografie im Hintergrund. Ich erkannte nicht mehr als einen Tänzer.

»Nijinski?«

Sie faltete die Hände und schüttelte den Kopf. »Nurejew. Ich habe ihn selbst noch gesehen. In der Wiener Staatsoper.«

Auf weitere Hilferufe hatte sie verzichtet, bis jetzt hielt ich die Stellung. Nun ging es darum, sie zu festigen.

»Jetzt, wo Frau von Sottwitz offenbar gestorben ist …«

»Herrgott na, wos waß denn i!« Sie verfiel wieder in ihren lamentierenden Dialekt.

»… dann sind die wohl für Sie bestimmt.« Ich reichte ihr die Pralinenschachtel.

Sie strich über die Oberfläche, musterte anerkennend das zarte Seidenpapier, löste dann geschwind die rote Kordel, fuhr mit dem Zeigefinger in die Falte an der Ecke und riss in einer einzigen fließenden Bewegung die Verpackung auf. Nun lüftete sie den Deckel der Schachtel und schaute hinein.

»A so eine Gemeinheit!«

Ich verstand nicht.

»Die anderen dürfen, ich nicht. Ich habe Zucker. Alles verboten!«

Sie hob den Blick, aber ich war ratlos.

»Aber probieren darf man doch wenigstens, oder?«

Ich zuckte die Achseln. Sie in den Zuckerschock zu bringen, war mir auch nicht angelegen. Aber schon kreisten Daumen und Zeigefinger wie eine Zange über der Pralinenauswahl, schließlich fuhren sie herunter und pickten einen Trüffel heraus. Sie kaute und schaute zur Decke, wo sich ein Himmel auftat.

»Ist der gut! Aber sowas von verboten!«

Ich fand es inzwischen angemessen, mich zu setzen. Das Eis zwischen uns war gebrochen. Sie hatte inzwischen unter Schmerzen drei weitere Pralinen ausgewählt und sich in den Mund geschoben.

»Jetzt ist aber Schluss!«

Sie legte die Schachtel auf den Boden und kickte sie mit einem Stoß unter ihr Bett.

»Und du bist der Kurt?«

Ich nickte.

»Was hast du mit deinem Gesicht angestellt? Sieht ja furchtbar aus.«

»Schon. Ein Unfall. Deshalb konnte ich nicht früher hierherkommen.«

»Deine Mutter hat dich geschickt?«

»Ja. Und Sie, haben Sie auch Kinder?«

»Den kannst du vergessen!«, erwiderte sie.

Nachdem sie den ersten Zugang zu Fritzi so rasch verschlossen hatte, sah ich mich auf der Suche nach einem Anknüpfungspunkt in ihrem Zimmer um.

»Schöne Sachen, nicht wahr? Mehr habe ich nicht retten können. Den Rest hat er wahrscheinlich verscherbelt.«

»Ihr Sohn?«

»Hör mir auf mit dem Kerl, Kurt. Ich will nichts von ihm wissen!«

Ich durfte nicht riskieren, dass sie ärgerlich wurde und sich womöglich ganz verweigerte. Also lenkte ich ihre Aufmerksamkeit wieder auf ihre Lieblingsstücke, die sie an der Wand hängen hatte.

»Alemannische Fasnacht?« Ich wies auf die drei Masken, die nebeneinander platziert waren. Zwei waren mattschwarz lackiert, rohe, urmensch-artige Gesichter, die grob aus dem Holz herausgeschnitzt waren, und eine bunte, reichverzierte Larve, die mit ihren langen Hörnern dem Träger ein Bocksgesicht gab.

»Sardisch«, sagte sie. »Ein Souvenir von der Insel.«

»Waren Sie mal dort?«

Sie seufzte. »I bei tempi sono finiti.« Ihr Italienisch war zwar österreichisch intoniert, kam aber flüssig und gewandt. »Ständig. Alfred, mein verstorbener Mann, hatte dort ein Haus gekauft. Noch bevor der ganze Rummel um die Costa Smeralda losging.«

»Ich war auch mal auf Sardinien. Noch als Jugendlicher allerdings.«

»Wo warst du denn, Kurt?«

»Meine Mutter wollte unbedingt nach Porto Cervo.«

»Du meine Güte! Der reine Nepp für depperte Touristen. Wir waren ein ganzes Stück weiter im Hinterland. Ein schönes Anwesen. Ist heute sicher ein Vermögen wert, wenn er es nicht schon längst weggegeben hat.«

»Warum sollte er?«, sagte ich aufs Geratewohl, »bestimmt hat er gute Erinnerungen an die Urlaube dort.«

»Erinnerungen hat er sicher gute, aber der Mensch hat keine Pietät.« Sie deutete auf die Wand. »Ich habe einmal so einen kleinen Spitzweg gehabt. Wo ist der jetzt, frage ich dich?«

»Ein echter Spitzweg?«

»Was ist noch echt heutzutage? Hübsch war er halt, ein schönes Bild.«

Sie schaute auf ihre Knie und strich ihren moosgrünen Morgenmantel zurecht. Ihre Mundwinkel wiesen nach unten. Die Erinnerungen hatten sie nur kurzzeitig belebt, jetzt war ihr alles sichtlich zuwider.

»Jetzt ist gut, Kurt. Ich will jetzt meine Ruhe.«

Ich erhob mich und deutete eine Verbeugung an. Sie hatte sich bereits abgewandt und fischte mit ihrem bestrumpften Fuß die Pralinenschachtel unter dem Bett hervor.

9

Ich kam rechtzeitig ins Hotel zurück, um Erwin abzulösen, der den Frühdienst übernommen hatte.

»Krankenbesuch absolviert?«, fragte er.

Sein Ton blieb gleichmütig, er blickte dabei nicht einmal von seinen Papieren auf. Ich wusste, dass er sich verschanzte. Er fühlte sich von meinen Sorgen und Nöten ausgeschlossen und hätte doch so gern an ihnen Anteil gehabt, um mir zu helfen. Augenblicklich überkamen mich Schuldgefühle, nicht weil ich ihn vernachlässigt hätte, sondern weil ich ihm keinen überzeugenden Vertrauensbeweis liefern konnte.

»Erwin …«

Er begann im Belegbuch zu radieren.

»Schau mich an, Erwin!«

Er hob den Blick.

»Nichts täte mir wohler als ein Vertrauter, der meine Bedrängnisse mit mir teilt.«

»Ich bin doch da.«

»Wenn ich alles vor dir ausbreiten würde, brächte ich dich womöglich in Gefahr. Ich bin für dich verantwortlich, auch wenn du das nicht wahrhaben willst. Nur darum geht es.«

Er atmete hörbar ein und nickte.

»Gibt es denn sonst ein Problem, Erwin? Ich meine: Geht es dir gut?«

»Durchaus, es geht mir gut. Unter gut stellen Sie sich ein Aleph vor. Das kommt dem, was ich darunter verstehe, ziemlich nahe.«

Ich war verblüfft. Seine Weisheitsschübe verwandelten ihn. Aber fast hätte ich gelacht. Aus ihm wurde ein goldener Drache.

»Das Aleph? Was habe ich mir darunter vorzustellen?«

»Alles«, erwiderte Erwin mit großer Schlichtheit. »Was werden kann, ist noch nicht, und es ist in einem winzigen Punkt zusammengedrängt. Der Mund ist geöffnet, aber der Ton ist noch nicht erklungen. Alles ist möglich, nichts ist wirklich.«

»Stimmt, wir müssen warten.«

»... auf den großen Knall!«, ergänzte er.

Ich ging auf mein Zimmer, um das, was ich erfahren hatte, zu sortieren. Erwin hatte recht, alles ballte sich zusammen, es bedurfte nur eines letzten Anstoßes, um Klarheit zu schaffen. In meinem Zimmer war ein Regal voller Ordner aufbewahrt, in denen ich alles, was damals zu meinem Fall ermittelt worden war, gesammelt hatte.

10

Verdächtig, an meiner Entführung mitgewirkt zu haben, war damals Mauro Derosas. Von ihm existierten weder Bild noch Beschreibung, aber viel sprach dafür, dass er derjenige war, den ich Sentenza nannte. Derosas gehörte zu einer neuen Generation sardischer Banditen, die mit dem Ehrenkodex der früheren Kultur gebrochen hatten. Entführungen waren von der Überlebenshilfe, vom Viehdiebstahl und kleinen Erpressungen zu einem Geschäftszweig geworden. Diese Banditen bedienten sich bei den Reichen an der Küste, aber mit einem klassenkämpferischen Aufstand hatten ihre Aktionen nichts zu tun. Es ging nicht mehr darum, die Unabhängigkeit vor Übergriffen von Kolonisatoren zu bewahren, nicht die Verteidigung der unter der Bevölkerung anerkannten Werte stand obenan, denn die Drahtzieher lebten längst nicht mehr als Hirten oder Bauern in den Bergen, sondern, von Geldgier getrieben, als berufsmäßige Kriminelle in den Städten.

Schon mein Fall war grenzwertig gewesen, einen Jugendlichen festzuhalten, weil das Lösegeld nicht aufgebracht werden konnte, entsprach nicht der Forderung, auch dem Feind gegenüber Großzügigkeit und Respekt walten zu lassen, vor allem aber Schutzlose nicht zu quälen. Ein paar Jahre später schrieb man Derosas die Beteiligung an der Entführung eines zwölfjährigen Jungen zu. Um die Lösegeldforderung zu unterstreichen, schnitt man dem Gekidnappten ein Ohrläppchen ab und schickte es den Eltern. Damit hatte Derosas sein Ansehen bei den Einheimischen eingebüßt und wurde ein Geächteter. Der Polizei ausgeliefert hätte ihn dennoch niemand, aber ein christliches Begräbnis, Unterstützung auf der Flucht oder Unterschlupf in einem Versteck würde ihm niemand mehr gewähren.

Kurz danach war Mauro Derosas verschwunden und offenbar wusste niemand zu sagen, wo er sich aufhielt oder ob er gar schon gestorben war. Niemand hatte eine Verbindung zu Hannes Nowak, genannt Fritzi, vermutet. Aber offensichtlich gab es sie.

Im Bewegen all dieser wohlbekannten Informationen kam mich die Idee an, dass der gesuchte Baustein in jenem

Rätsel zu finden sein könnte, das niemand hatte auflösen können. Ich holte mein Tagebuch heraus. Dort war das vergilbte Blatt eingeklebt, der Notizzettel, den ich Sentenza abnehmen konnte. Die Bedeutung der Nummer hatte nie gelüftet werden können. Aber die zwei Buchstaben, bei denen ich nicht entscheiden mochte, wie sie zu lesen waren, konnten nur FN und nicht AN lauten. FN, wie Fritzi Nowak.

Ich wählte die Nummer auf dem Telefon. Es tutete. Lange passierte nichts, dann wurde der Hörer abgenommen und eine Stimme fragte »Ja bitte?«. Auch wenn kein Name genannt wurde, erkannte ich eindeutig Fritzi mit seinem österreichischen Einschlag.

Die italienische Polizei war nicht auf die Idee gekommen, der Nummer die deutsche und die Münchner Vorwahl anzufügen.

11

Abends war es dann so weit, ich konnte der Begegnung mit Nora nicht mehr länger aus dem Weg gehen. Meist war an einem Werktag das Geschäft gegen 23 Uhr bereits vorbei, nur am Wochenende wurde bis weit nach Mitternacht gefeiert. Tatsächlich war Nora alleine, sie saß an der Theke und hielt ihren Kopf auf die Arme gebettet. Im Hintergrund lief das Band mit alten Schlagern, Heidi Brühl, *Wir wollen niemals auseinandergehen*. Sie war auf Selbstmitleid gepolt, und ich wusste schon da, dass wir eine heftige Auseinandersetzung haben würden. Ich nahm ihr gegenüber auf der anderen Seite der Theke Platz. Sie hob ihren Kopf. An ihren Augen sah ich, dass sie getrunken hatte.

»Ah, dann doch! Verschwindet frühmorgens wie ein Dieb und kommt nicht wieder.«

Sie richtete sich auf.

»Hast du was mit Olga?«

»Nein …«

»Aber?«

»Noch nicht.«

Das war gemein, aber sie wollte eine Ansage, und ich machte sie daher. Sie gab mir zwei Ohrfeigen.

»Ich dachte, das mit uns wäre nun enger.«

»Das dachte ich auch. Aber du hast mich und meine Geschichte an Mangold verraten. Zweimal! Schon bei meiner Festnahme war er zu gut informiert, und dass er mich auf dem Weg zu dir abgegriffen hat, war kein Zufall.«

»Aber da ist doch nichts mit Ludwig, glaube mir! Ein Freund aus Jugendtagen, eine längst verflossene Liebe aus Teenagerzeiten.«

»Darum geht es nicht, Nora. Ich bin nicht eifersüchtig.«

»Was dann?«

»Du kennst meine Vergangenheit. Ich kann alles verzeihen … fast alles, aber keinen Verrat. In meinem Leben ist das ein großer Bruch. Seither kenne ich nur zwei Sorten von Menschen: solche, die mich verraten haben, und solche, die es nie tun würden.«

Sie stand auf und stellte sich vor mich hin.

»Weißt du, was das bedeutet, diesen Laden am Laufen zu halten? Ständig ist alles auf der Kippe. Genehmigungen können widerrufen werden, Hygienekontrollen, Drogen – ohne Unterstützung und gute Kontakte dort hinauf kriegst du das nicht geregelt. Im Gegensatz zu Fritzi und Konsorten habe ich keine Anwälte auf meiner Seite. Alles, was ich habe, habe ich erstritten. Als Einzelkämpferin.«

Sie strich sich ihr Kleid glatt.

»Was daran ist so verkehrt? Du bist doch ungeschoren geblieben. Ludwig hat mir versichert, dass es nur darum geht, dich zum Reden zu bringen. Und ich wusste, dass er sein Wort halten würde.«

»Ich verstehe deine Zwänge, Nora. Aber ich will sie nicht teilen. Meine Vorstellung von Loyalität ist eine unbedingte. Wenn für dich zu viel auf dem Spiel steht, könntest du sie fallen lassen. Verrat führt meist zu weiteren Treulosigkeiten.«

Nora begann zu weinen. Ich fasste ihre Hände.

»Freundschaft, mehr kann ich dir nicht bieten.«

Ich versuchte sie auf die Wange zu küssen, aber sie stieß mich von sich.

»Verschwinde!«

Ich ging wieder hinüber ins Hotel. Dort saß ich an meinem kleinen Schreibtisch und versuchte, meine Gedanken zu ordnen. Später legte ich mich aufs Bett und starrte an die Decke. Ich musste handeln, verspürte aber eine Hemmung. Es gab nur zwei Wege, der eine schien klug und geschickt, der andere war gewalttätig. Mir schwante jedoch, dass nur letzterer erfolgreich sein würde. In mir zog etwas wie schweres Wetter herauf, das sich bald entladen würde. Der Film meines Lebens wurde noch einmal zu einer Gabelung zurückgespult, an der alles einen anderen Verlauf nehmen könnte.

Ich versuchte eine Meditationsübung, die ich früher einmal gelernt hatte, aber es gelang mir nicht, alles auszublenden, was in meinem Kopf vorüberzog. Stattdessen erlebte ich eine Schärfung des Blickwinkels, als schneide ein Scheinwerfer nur ganz bestimmte Objekte heraus.

Es klopfte. Olga stand in der Tür.

»Störe ich?«

Ich schüttelte den Kopf.

»Du fährst nach Hause?«, fragte ich.

»Nein, ich bleibe.«

Sie stellte ihren schwarzen Rucksack neben meinem Bett ab und setzte sich.

Ihre Gegenwart versprach Befreiung aus dem Wirbeln und Wogen meiner Gedanken. Hilfe, für den Moment zumindest Frieden zu finden. Dennoch fühlte ich mich unter Druck. Körperlich zu werden war mir in diesem Zustand unmöglich.

Sie musterte mich. »Wenn es das ist: Ich auch nicht. Ich möchte dir nur nahe sein.«

Ich breitete die Arme aus und zog sie an mich. Seltsam. Wir waren zwei verlorene Seelen, die sich in Zeiten der Not aneinander festhielten.

Was träumen wir eigentlich in solchen Krisen? Urerzählungen, in denen sich unser Leid spiegelt? Die Zukunft hebt uns empor, die Vergangenheit jedoch saugt uns in Wirbeln tief hinunter. Ins Dunkle.

12

»Wer bist du?«, fragte Haki der Seekönig.

»Mein Name ist Urs«, erwiderte ich. Die Männer, die Haki hinter sich versammelt hatte, lachten. Sie alle schienen mir groß und von ungezähmter Wildheit. Ich hingegen war allenfalls ein Kind.

»Was suchst du?«

»Einen Sperling.«

Wieder erhob sich das Gelächter der Männer. Sie stießen sich in die Seite, ihre Augen und Münder waren weit aufgerissen.

»Und wie könnte dir dieses Vögelchen helfen?«

»Es wird mir mein Leben so erzählen, wie es hätte sein sollen und nicht wie es war. König Dag der Kluge wusste von der Weisheit der Vögel und auch mich hat ihre Botschaft erreicht.«

»Und wenn man den Sperling getötet hat?«

»Nichts ist so unmöglich, als dass es nicht gewagt werden sollte.«

Zustimmendes Gemurmel erhob sich unter Hakis Schar.

»Du weißt, dass die Schicksalsgöttin König Dags Tod beschlossen hatte, weil er auszog, um seinen Sperling zu rächen?«

»Der Tod richtet nichts mehr aus gegen mich. Ich bin ihm bereits begegnet.«

»Gut, dann soll es so sein!«

Haki holte einen Lederbeutel hervor, öffnete ihn und hielt ihn mir hin. Ich nahm von den getrockneten Pilzen und kaute sie.

13

Für Fälle wie diesen hatte ich stets Seile aufbewahrt. Sie lagen unauffällig eingerollt bei meiner Bergsteigerausrüstung. Ich kleidete mich ganz in Schwarz, schwarze Hose, schwarzer Pullover mit Kapuze, schulterte die Seilrolle und schlich ins Foyer. Das Licht war bereits abgedunkelt, Erwin hatte sich wohl im Büro auf das Klappbett gelegt und schlief. Aus dem Magazin steckte ich noch ein paar längere Kabelbinder in die Hosentasche. Draußen war die Nacht lau und luftig. Ich ging hinüber zur Senefelderstraße zum *Royal Ballhouse*. Man hatte dort bereits einen Bauzaun aufgebaut. Auf einem großen Schild war eine Avia AG als Bauherrin ausgewiesen. Die Parkgarage war nur durch eine Schranke gesichert. Die Tür zum Hotel war verschlossen, aber mit Remmels Schlüssel konnte ich mir Zugang verschaffen. Innen hatte man begonnen, die Einrichtung herauszureißen. Überall trat ich auf gesplittertes Holz und gebröckeltes Mauerwerk. Den schon altersschwach wirkenden Lift benutzte ich vorsichtshalber nicht, sondern nahm die Treppe. Es dauerte, bis ich endlich oben im Speicher angekommen war. Auch in diesem Geschoss war die Trennwand bereits weggeschlagen worden, so dass ich ohne Probleme bis unter das Dach gelangte. Dort gab es einen Auslass für Kaminkehrer. Ich stemmte ihn auf und trat hinaus. Eine sachte Brise wehte mich an. Ich hielt kurz inne. Es mochte nun Mitternacht sein. Drüben am Hauptbahnhof glitten beleuchtete Züge wie Schlangen dahin, das Brausen des Verkehrs hatte bereits nachgelassen und auch sonst begann da unten Ruhe einzukehren.

Ich versuchte mich zu orientieren. Um zur Goethestraße hinüberzugelangen, musste ich die Hinterhöfe queren. Ein Ausläufer des Hotels schob sich wie ein Riegel dort hinein und bildete mit einem Anbau von der anderen Seite her einen durchgehenden Abschluss zu einem Innenhofkarree. Die Dächer der Häuser waren miteinander verbunden. Der Übergang war daher leichter zu bewerkstelligen, als ich mir das vorgestellt hatte. Unter mir lag die gepflasterte Terrasse des Hotels, hinter einem Mäuerchen war eine zum gegenüberliegenden Haus gehörige Grünanlage angelegt worden.

Auf meinem luftigen Pfad erreichte ich die Goethestraße. Von dort hielt ich mich noch ein Stück Richtung Hauptbahnhof und stand dann auf dem Dach des Hauses, in dem Fritzi Büro und Wohnung hatte. Ich ließ mich am Seil zur Hofseite hinunter und schaute über die Dachrinne nach unten. Dort waren Balkone, wie ich wusste, denn schließlich war dieses Haus einmal unseres gewesen. Fritzi lebte im Obergeschoss. Ich seilte mich auf seinen Balkon hinunter ab.

Die Tür zur Wohnung stand offen, drinnen brannte noch Licht. Ich hörte Klaviermusik und Gesang. Ein Bariton. *Sei guten Muts! Ich bin nicht wild, sollst sanft in meinen Armen schlafen.* Der Tod und das Mädchen! Ich kannte das Stück, wenn auch nicht in der gerade vorgetragenen Version. Fritzi lag auf dem Sofa und blies den Rauch einer Zigarre in die Luft. Er schob seine Brille nach oben auf die Stirn und tupfte sich die Augenwinkel mit einem Taschentuch. Offensichtlich rührte ihn die Musik.

Mich im Halbdunkel seiner Wohnung zu ihm zu bewegen, war ein Leichtes. Die Musik überdeckte alle Geräusche. Als der Tonarm dann mit knackendem Schlag am Ende der Schallplatte festhing, stand ich hinter ihm. Bevor er sich aufrichten konnte, kniete ich mich auf seine Brust, drehte den Erschrockenen zur Seite und band seine Arme mit zwei Kabelbindern hinten am Rücken fest.

»Was willst du denn? Geld habe ich keines hier in der Wohnung.«

Ich setzte ihn auf und schob meine Kapuze nach hinten.

»Urs! Ja, leck mich!«

Mit aufgerissenen Augen schaute er mich an, sein Blick flackerte unentschieden zwischen Wut und Panik. Ich musterte ihn. So wie er dasaß, war Fritzi nur ein Männlein. Er trug eine bequeme, etwas zerknitterte Haushose, sein weißes, auf der Brust aschegepudertes Hemd hing ihm vorne heraus und die schrundigen Füße des alten Mannes steckten in Badeschlappen. Ohne seine gewohnte Montur und ohne die durch den Rückhalt seiner Umgebung abgesicherte Gehässigkeit stellte er nichts mehr dar.

»Binde mich los, sonst kommst du aus dieser Scheiße nicht mehr lebend heraus!«

Ich hob den Tonarm von der Schallplatte. Die Stille verstärkte die Bedrohung, die von mir ausging. Zum jetzigen Zeitpunkt gab es nichts zu sagen. Ich würde das Gespräch mit Fritzi erst beginnen, wenn sein Widerstand erlahmt war. Noch kämpfte er. Ich nahm das Stück Seil, das ich um die Schulter gehängt hatte, wand es unter Fritzis Achseln hindurch, machte am Rücken einen Knoten, sah mich um und hängte ihn schließlich an der Querstrebe eines seiner Balken auf, die geglättet, aber immer noch rustikal seiner Wohnung die alpenländische Anmutung einer Berghütte gaben.

Er atmete schwerer, denn das Seil schnürte ihm die Brust ab. So würde ihn, hoffte ich, die Angst vor dem packen, was ich ihm noch antun könnte. Ich hatte vor, mich zunächst einmal in seiner Wohnung umzusehen. Fritzi war, wie allgemein bekannt, ein Pedant, der alle Verträge, Notizen und Belege aufbewahrte, die er einmal abgezeichnet hatte.

Gegenüber dem Wohnzimmer war sein Schlafraum. Dort gab es nichts außer einem zerwühlten Bett, einem Nachttisch und einem hohen Kleiderschrank aus Birke. Dahinter schloss sich die Küche an. Der Geruch verriet, dass sich Fritzi noch einen Kakao gemacht hatte. Am Ende des Ganges, hinter dem Bad und der Toilette, bildete eine bewehrte Tür den Abschluss. Der Schlüssel steckte im Schloss.

Drinnen lag der Moder von altem Papier in der Luft. Der Raum war bis obenhin mit Registermappen und Ordnern vollgestopft. Auf die Jahrzehnte zurückgehende Ablage hatte sich Staub gelegt. Ich befand mich in Fritzis Archiv. Die Ordnung war chronologisch, auch die Akten zum Jahr 1989 standen am richtigen Platz.

14

Warum gerade Porto Cervo und nicht Mallorca, Gran Canaria oder Madeira? Der Plan kam nicht aus heiterem Himmel, sondern war vorbereitet. Sie hatten meiner Mutter eine hübsche Mappe mit Magazinen zukommen lassen, Schnappschüsse mit all den Reichen und Schönen, die dort ihren Urlaub verlebten. Emil Zobel, mein Vater, war ein aufmerksamer Mann und registrierte das Interesse seiner Frau an dem Ort. Er glaubte, sie habe sich diese Magazine aus eigenem Antrieb besorgt. Ihr fünfundvierzigster Geburtstag stand bevor, und so begann mein Vater Ideen für eine Überraschung zu sammeln. Ewald Beyer, der in der Sonnenstraße ein großes Reisebüro betrieb, brachte ihm Prospekte vorbei, in denen beschrieben war, wie man einen Luxusurlaub auf Sardinien zu planen hatte. Dass sich die hilfreichen Informationen von überallher zusammenballten, machte Emil Zobel nicht misstrauisch, er begriff das als willkommene Hilfestellung. So saß er bald bei Ewald Beyer im Büro und ließ ihn den gewünschten Urlaub ausarbeiten.

So war das Terrain bereitet.

Zuvor hatte Fritzi mehrfach versucht, meinen Vater zum Verkauf seiner Häuser in der Goethestraße und des *Royal Ballhouse* in der Senefelderstraße zu drängen. Mein Vater hatte diese Immobilien zu einem Zeitpunkt erworben, als sie als wertlos gehandelt wurden. Die Situation hatte sich inzwischen grundlegend geändert, aus der Billiganlage waren Wertstücke geworden. Zudem standen die seriösen Geschäftsleute mit ihren Hotels, Gaststätten, Elektronik-, Schmuck- und Buchläden der immer stärker werdenden Rotlichtbranche gegenüber, die sich nach der Ausquartierung anlässlich der Olympiade mit Räumen für Bars, Sexkinos und Spielhallen schadlos zu halten suchte. Bereits nach ein paar Jahren hatten alle begriffen, dass sich ein Bahnhofsviertel nie vollständig säubern lassen würde. Emil Zobel war Schweizer Hotelier und dachte gar nicht daran, diese erstklassigen Anlagen wegzugeben. Alles sprach dafür, dass sie bald noch mehr wert sein würden.

Fritzi hatte keine Chance und reagierte jähzornig. Er beschimpfte meinen Vater als »Deppen«, der nicht verstehe, etwas aus seinen Häusern zu machen und auf ihnen wie auf einem Sparbuch hocken bleibe. Der versuchte einem dauerhaften Zerwürfnis auszuweichen und glättete die Wogen, indem er Fritzi versprach, ihm den Grundbesitz anzubieten, sollte der Verkauf je ein Thema werden.

Fritzis Idee war ebenso einfach wie skrupellos, mein Vater musste in den Ruin getrieben werden. Da er jedoch ein solider Geschäftsmann war, blieb nur Gewalt. Die Kontakte zu den sardischen Banditen verdankten sich einem Zufall: Fritzi war bei seinen Exkursionen in den Bergen auf Mateo Norfo gestoßen, einen Latitanten, der auf der Flucht vor Carabinieri angeschossen worden war. Er nahm den Verwundeten in seinem Haus auf, versorgte ihn und hielt ihm die Verfolger vom Leib. Damit war eine Verbindung geknüpft, die die Bande zu Dankbarkeit und somit Gegenleistung verpflichtete. Mit ihrer Unterstützung ließ sich dann auch die geplante Attacke umsetzen: Die Lösegeldforderung sollte so hoch angesetzt werden, dass mein Vater das Geld nicht aufbringen konnte. In dieser Zwangssituation bliebe nichts anderes, als die Häuser zu verkaufen.

15

»Was hattet ihr mit mir vor? Verhungern lassen?«

»Rede keinen Blödsinn. Du bist doch freigekommen.«

Ich ging wieder nach nebenan. Offenbar war Fritzi immer noch nicht mürbe genug, um offen Rede und Antwort zu stehen. Ich packte alles, was mir für meinen Fall von Interesse schien, in eine Stofftasche, die ich in der Küche gefunden hatte.

Wie aber sollte ich mit ihm verfahren? Hatte ich nun genug gegen ihn in der Hand, um ihn loszubinden? Oder sollte ich ihn hängen lassen?

Meine Stimmung schlug um, die Unschlüssigkeit wurde mir zur Last. Ich dimmte das Licht weiter ab, um Fritzi nicht den Anblick meiner Schwäche zu bieten. Auch körperlich geriet ich in eine Krise. Ein leichter Schwindel hatte mich erfasst, dazu kam eine Blutleere in meinem Kopf, die mein Zaudern herbeigeführt haben mochte. Obendrein verfolgte mich das tiefe Brummen, es ergriff immer mehr Besitz von mir. In der Ecke stand die Musikanlage, deren Lämpchen mich wie magische Augen aus der Dunkelheit anstarrten.

Auf einmal gewärtigte ich die Gegenwart des Bösen, das Finstere hatte sich zu einer schwarzen Wolke zusammengeballt, in der sich die gestaltlose Gewalt sichtbar zu machen begann. Ich war noch klar genug, dies als bizarre Verwirrung meines Verstandes und meiner Wahrnehmungsfähigkeit mitzuerleben, war ihr dennoch hilflos ausgeliefert, weil ich kurz davor stand, die Besinnung zu verlieren. Meine Abwehr war zu schwach, mein Ringen um Fassung aussichtslos – ich war nicht mehr Herr meiner Sinne.

Das Brummen nahm zu, als habe man einen Bären gereizt. Es wurde zu einem Knurren und Grollen, das mich körperlich erfasste. Es ging vom Kehlkopf aus und verstärkte sich pulsierend in meinem Brustkorb als Resonanzraum. Endlich begriff ich, dass diese tierischen Laute aus mir selbst kamen und von weiteren Veränderungen begleitet waren. Meine Nackenhaare sträubten sich, und ich machte mich sprungbereit.

Schließlich trat er hervor.

Ich erstarrte, hob den Blick und erkannte Sentenza. Er hatte die Sturmhaube über das Gesicht gezogen.

»Vieni fuori!«, rief er mit scharfer, befehlsgewohnter Stimme.

Ich konnte nicht mehr sprechen. Stattdessen knurrte ich erneut und zeigte die Zähne. Panik erfasste mich. Alle menschliche List und Geschicklichkeit waren mir genommen und zu einem Widerstreit zwischen angstvollem Fühlen und instinkthaft-gewalttätigem Wollen in einem knochigen Hundeschädel zusammengestaucht. Ich wollte Sentenza angehen, blieb aber wie gelähmt stehen, weil mir dieser Drang über die Jahre hinweg schmerzhaft ausgetrieben worden war. Das Anstemmen blieb wie ein Zerren an der Kette, an der man mich festgemacht hatte. In mir gewannen Furcht und Gehorsam die Oberhand sowie der früh verspürte Wunsch eines Jungtiers, mich dem Willen meines Herrn und Meisters zu unterwerfen, um seine Nähe zu erringen.

Sentenza fackelte nicht lange. Er zog die gefürchtete Gerte hervor und drosch mit wuchtigen Schlägen auf mich ein. Der Schmerz war heftig, ich jaulte, wich unter den Tisch zurück, lag dort geduckt und winselte.

Wenn es doch in diesem Ausgeliefertsein nur einen starken Gedanken gäbe, der mir zu Hilfe käme! Ereignisse, Gesichter und Figuren flirrten durch meinen Kopf, aber nirgendwo fand ich Halt, bis mir endlich der vor Augen stand, der mir stets treu ergeben gewesen war: Gorgo.

Sein Schmerz damals, sein hilflos überwältigtes Wegkriechen, dann aber seine Selbstüberwindung – darin erkannte ich mich nun selbst und verstand: All das hatte ich schon einmal erlebt, wenn auch aus einer anderen Perspektive. Jetzt aber bot sich die Möglichkeit, die Wendung zum Besseren mit eigenem Entschluss einzuleiten. Ich richtete mich auf, fühlte meine Kraft zurückkehren, erlebte, wie sich das tiefe Knurren in ein wölfisches Fauchen verwandelte, schoss aus meiner Deckung hervor, sprang in einem großen Satz auf Sentenza, riss ihn zu Boden und packte ihn an der Kehle.

Sentenza brüllte. Eine Mischung aus Wut und vor allem Schmerz brach aus ihm heraus, so kreatürlich wie ein vom Rudel in die Enge getriebenes Wild, in das ich meine Zähne geschlagen hatte. Dieser Schrei war eine Befreiung, denn ohne meine Angst war Sentenza ein Wesen wie alle anderen auch. Er versuchte von mir loszukommen, aber es blieb bei einem Zucken, mit dem sich meine Zähne tiefer in seinen Hals gruben. Deutlich spürte ich das Pulsieren seiner Adern, er war vollständig in meine Hand gegeben. Wildheit loderte auf, und ich biss zu.

Urplötzlich war der Spuk vorbei. Ich stand neben der brummenden Musikanlage in der dunklen Ecke des Wohnzimmers, vor mir baumelte Fritzi am Seil. Was nun kam, waren keine Entschlüsse, sondern Reflexe: Ich hob ihn herab, legte den Zappelnden auf das Sofa, packte meine Tasche und verschwand durch die Balkontür auf demselben Weg, auf dem ich gekommen war.

Noch nie hatte ich mich auf einem Dach mit solcher Leichtigkeit bewegt wie in dieser Nacht. Ich balancierte auf dem First, tänzelte die Dachrinne entlang und nicht einmal kam mich der Gedanke an, ich könnte stürzen. Über mir nahm ich das schwirrende Auf und Ab eines kleinen Vogels wahr. Er bewegte sich rasch und mühelos in der Luft, fast hüpfend, weil seine Schwingen nicht ausreichten, um im Aufwind zu schweben.

Ich, Urs der Berserker, hatte meine eigene Geschichte besiegt.

16

Ich erwachte. Es war sechs Uhr, eine gute Zeit, um aufzustehen und meinen Dienst oben anzutreten. Olga war verschwunden. Es war mir entgangen, wann sie das Zimmer verlassen hatte. In meinem Badezimmer stand ein Radio, das ich immer bei meiner Morgentoilette laufen ließ. Die Nachrichten waren vom Üblichen, nur der Wetterbericht machte mich stutzig: Es hieß, dieser Freitag würde ein freundlicher Sommertag werden. Freitag? Ich war ganz sicher, dass ich mich am Mittwochabend zusammen mit Olga hingelegt hatte. Wir hielten einander im Arm, ihr zimtherber Mandelduft umfing mich, und ich war schnell eingeschlafen.

Wo war der Donnerstag?

Ich musterte mich im Spiegel. Meine Verletzungen waren weitgehend abgeklungen, ich fühlte mich erholt und kräftig. Mit etwas Geschick würde ich mich heute sogar wieder rasieren können.

Daniel Paul Schreber kam mir wieder in den Sinn, der seiner Verrücktheit so kontrolliert freien Lauf gelassen hatte. Mir war jedoch der Überblick verloren gegangen, ein ganzer Tag war verschwunden. Was tun? Zu Erwin hochgehen und ihn fragen, was ich gestern gemacht hatte? Unmöglich! Wenn er bei Verstand geblieben war, dann würde er einen Arzt rufen, der meine geistige Gesundheit überprüfte. Ich musste versuchen, indirekt zum Ziel zu kommen, indem ich die Zeichen und Hinweise der anderen deutete.

Als ich mich fertig gemacht hatte, schlich ich auf leisen Sohlen nach oben. Ich wollte zunächst einmal feststellen, wie es um die Dinge stand. Vielleicht ließ sich an ihnen etwas ablesen. In der Küche schaltete ich die Kaffeemaschine ein und machte mir einen Espresso. Der Anschub in den Tag war eine Wohltat. Dann ging ich hinüber zum Schrank, wo wir unsere Putzmittel verwahrt hielten, und lugte hinein.

»Die Flasche ist weg, Chef. Hatte ich ganz vergessen zu erwähnen. Sie war ohnehin fast leer.«

Erschrocken wandte ich mich um. Erwin studierte amüsiert mein entgeistertes Gesicht.

»Guten Morgen, Chef!«

»Guten Morgen, Erwin.«

Fast leer? Meiner Erinnerung nach hatte ich nur einmal daraus getrunken, am Vorabend vor dem Unfall. Ratlos wandte ich mich erneut der Kaffeemaschine für ein zweites Tässchen zu.

»Dieser dürre Russe war noch einmal hier, Sie erinnern sich? Er habe die Flasche damals vergessen, und es sei wohl besser, wenn er sie wieder an sich nehmen würde. Nun ist sie weg.«

»Aha. Wann war das?«

»Gestern.«

Ich hatte es befürchtet: Der verschwundene Donnerstag war ein ereignisreicher Tag gewesen. Später verstand ich, dass er nichts weniger als den zentralen Tag in meinem Leben darstellte.

»Gut sehen Sie aus, Chef. Erholt. Erfreulich, dass Sie wieder auf die Beine kommen.«

Ich bewegte mich in dieser Konversation so unsicher wie ein Schlaftrunkener in einem dunklen Raum. Was mich zusätzlich verwirrte, war, dass Erwin etwas Verschlagenes an sich hatte, ich spürte heute in seiner harmlosen Zugewandtheit eine Doppelbödigkeit. Ich räumte die Tasse in die Spülmaschine.

»Ich nehme an, Ihr Verstand arbeitet nach dem Espresso in gewohnter Präzision?«

Ich nickte, obwohl das eher süffisant klang.

»Dann bitte ich kurz um Ihre Aufmerksamkeit, ich habe mich nämlich mit der Quantenphysik beschäftigt.«

Er richtete den Oberkörper gerade und zog sein Jackett nach unten.

»Ich dachte ja immer, ich hätte schon einige Abenteuer des Geistes kennengelernt, aber wenn Sie in diesen Bereich vorstoßen, Chef – Mannomann!«

Genau das hatte ich befürchtet. Ich war immer interessiert an seinen Exkursionen, nur eben heute nicht, wo ich mich labil fühlte und meinen Stand in der Welt nicht finden konnte.

»Der Doppelspaltversuch, ein Experiment, das man schon als legendär bezeichnen darf.«

Er packte den Toaster, stellte ihn zur Seite gedreht vor die Wand, so dass die beiden Schlitze nach oben wiesen. Dann platzierte er den Sahnesyphon davor.

»Denken Sie sich eine Blende mit zwei Schlitzen ...«, dann legte er die Hand auf den Syphon, »... durch die wir nun Elektronen schießen ...«, nun deutete er an der Wand die gemeinte Fläche an, »... und mit einer Fotoplatte aufzeichnen. Was, glauben Sie, wird auf dieser Platte zu sehen sein?«

Ich überlegte nur kurz.

»Punkte. Wie Einschüsse.«

»Falsch. Es lassen sich ganz deutlich hell-dunkle Interferenzmuster ausmachen, wie wir sie von Wellen kennen, die sich verstärken und auslöschen.«

Begeistert ließ er sich von der Paradoxie der Kleinstmaterie forttragen.

»Gut, dann sagen wir, wir messen diese Welle einmal. Was stellt sich heraus?«

Ich zuckte die Achseln. »Sag schon. Ich bin in diesen Dingen nicht bewandert.«

»Wir machen nur Teilchen dingfest. Was sich da durch den Doppelspalt bewegt, ist demnach beides zugleich: Welle, was uns die Fotoplatte zeigt, und Teilchen, wenn wir sie zuvor abfangen!«

»Sei mir nicht böse, aber das ist mir doch etwas zu hoch. Heute Morgen zumindest.«

»Macht nichts. Darüber muss man erstmal eine Weile lang nachdenken. Zum Schluss möchte ich noch eins obendrauf setzen, da wird es endgültig rätselhaft: Aus dem Syphon hier schießen wir nur einzelne Teilchen und möchten nun wissen, durch welchen Spalt sie schlüpfen.«

»Hm. Durch den linken oder den rechten – was sonst?«

»Irrtum! Durch beide. Das Teilchen ist überall da, wo es sein könnte. Gleichzeitig.«

»Unsinn. Das geht doch gar nicht.«

Erwin wurde nun ganz ernst und rückte so nah an mich heran, dass ich jede einzelne Falte sah, die seine Brillengläser um die Augen herum vergrößerten.

»Die Wirklichkeit ist uns nicht objektiv vor die Nase gesetzt. Die Dinge werden erst real, wenn wir sie beobachten. Bis dahin sind sie überall dort, wo wir sie vermuten.«

Er atmete tief durch.

»Natürlich frage ich mich, ob das auch für den Menschen gilt. Was meinen Sie?«

»Wie gesagt: Von Quantenphysik verstehe ich nichts.

Aber ich meine doch eher nein. In uns haust Verstand, und wir haben ein Bewusstsein und eine Vorstellung von uns im Gegensatz zu den Dingen.«

»Selbstbeobachtung, meinen Sie? Mag sein. Aber wenn sie nun vom Blick der anderen abweicht, was ist dann realer? Lassen Sie sich die Sache durch den Kopf gehen, ich glaube, aus dieser Erkenntnis kann jeder einen Nutzen ziehen.«

Mit dieser rätselhaften Bemerkung hatte er ins Schwarze getroffen, und ich war sicher, er wollte andeuten, dass er mehr über mich und meine Aktionen wusste, als er zu erkennen geben wollte.

»Daraufhin brauche ich noch einen weiteren.«

Ich nahm mir eine frische Tasse und genehmigte mir an diesem Morgen nun schon den dritten Espresso.

»Wann kommt Olga?«

»Heute Abend.«

»Und sonst, Erwin? Gibt es sonst noch etwas, was ich wissen müsste?«

Erwin wiegte so besorgt den Kopf, dass ich kapitulierte.

»Ich gebe es nicht gerne zu, aber seitdem ich unter die Räder gekommen bin, stelle ich bisweilen … Ausfälle an mir fest. Ich wäre dir sehr dankbar, wenn du da eine gewisse Großzügigkeit walten lassen würdest.«

Erwin legte mir seine Hand auf den Unterarm. Eine solche Vertraulichkeit war zwischen uns noch nie vorgekommen.

»Selbstverständlich, Chef.«

»Ich mache mich dann mal ans Frühstück. Wie viele Gäste haben wir zurzeit?«

»Acht. Fünf haben Frühstück geordert.«

Ich setzte Brühkaffee auf und holte Wurst und Käse aus dem Kühlschrank.

»Bei Fritzi ist eingebrochen worden. Haben Sie davon gehört?«

Mein Herz begann zu klopfen. Nun kam also doch noch das dicke Ende.

»Und? Weiß man Näheres?«

»Nichts. War wohl harmlos. Ihm ist nichts geschehen, Wertsachen sind nicht verschwunden.«

»Woher hast du das?«

»Buschfunk. Man schnappt so einiges auf, wenn man so lange dabei ist wie ich.«

Ich atmete durch. Keine Toten, keine Verletzten, bis jetzt auch keine Morddrohung gegen mich.

»Alles andere werden Sie ja noch genauer erfahren.«

»Von wem?«

»Nur sicherheitshalber, Chef, weil Sie mich darum gebeten haben. Bitte vergessen Sie nicht, dass Sie heute Mittag mit Ihrem Anwalt verabredet sind. 12 Uhr 30, drüben in der Vinothek.«

»Oh, gut zu wissen. Daran hatte ich nicht mehr gedacht.«

Wir hatten die Platten hergerichtet, Brötchen im Korb drapiert und trugen nun alles in den Frühstücksraum hinüber. Für das Buffet fehlten nur die Marmeladen und das Obst.

»Danke, Erwin, den Rest mache ich schon.«

»Eines noch, Chef: Das rote Bergseil habe ich vorläufig ins Magazin gelegt. Vielleicht möchten Sie es ja noch anderweitig verstauen.«

17

Rüdiger war selten gut gelaunt. Ein widerspenstiges Büschel seiner blonden Haare stand an seinem Hinterkopf aufgestellt wie Gockelfedern. Schwungvoll nahm er Platz.

»Wenn du zur Feier des Tages mal ein Glas Champagner spendieren möchtest, hätte ich nichts dagegen.«

Ich orderte das Gewünschte und war gespannt, was wir beide denn zu feiern hatten. Rüdiger hatte seine braune Aktentasche auf seinen Schoß gelegt und tätschelte sie so liebevoll, als befände sich ein Goldschatz darin.

»Das Material, das du mir durch Erwin hast zukommen lassen, beseitigt alle Zweifel: Wir haben Hannes Nowak, diesen Fritzi, am Kanthaken. Prost!«

Wir stießen an.

»Was ist? Freust du dich denn nicht?«

»Natürlich. Aber kannst du vielleicht ein bisschen mehr sagen?«

Rüdiger beugte sich nach vorne zu mir hin.

»Die Aneignung der Immobilien in der Goethestraße war widerrechtlich. Durch die Entführung erpresst. Das Gericht wird uns in dieser Auffassung folgen. Ich bin nicht der Einzige, der das so sieht. Die Kollegen in der Kanzlei teilen diese Einschätzung.«

»Was heißt das?«

»Was wohl? Die abgenötigte Vermögensmasse ist noch vorhanden, du wirst also die Häuser wiederbekommen.«

Mir schwindelte.

»Und Fritzi? Wo steckt der?«

»Abgehauen. Vermutlich nach Italien, wir wissen das nicht. Er ist zusammen mit seinem Helfer ...«

»Bruno Mosca?«

»Richtig. Die beiden sind international zur Fahndung ausgeschrieben.«

»Ich wundere mich, wie schnell das alles ging.«

»Ich will jetzt gar nicht wissen, wie du das Material beschaffen konntest, aber Fritzi wusste offenbar, was durch den Verlust seiner Unterlagen auf ihn zukommen würde. Also ist er vermutlich schon gestern Morgen geflüchtet. Der Rest ist einfach: Ich habe mich in die Sache hineingekniet und alles Weitere veranlasst.«

Der Kellner kam und erläuterte das Mittagsmenü.

»Vielen Dank, Rüdiger, das hast du gut gemacht.«

Rüdiger hob das Glas und beugte sich dann noch einmal zu mir vor.

»Die Geschichte muss wie ein Lauffeuer durch das Quartier gegangen sein. Weißt du, wer mich noch am selben Abend angerufen hat?«

Ich schüttelte den Kopf.

»Siegfried Badenkolb. Er möchte mit uns reden. Du seist jetzt wieder eine große Nummer im Viertel.«

Rüdiger lachte und schlug mit der flachen Hand auf den Tisch.

»Ich erwarte, dass du mich zu deinem Consigliere machst!« Er beugte sich vor. »Hast du dich eigentlich mal mit meinem Exposé beschäftigt?«

Ich tätschelte seine Hand.

»Müsste das nicht noch ein wenig der neuen Lage angepasst werden?«, sagte ich, heilfroh, dass sich mir dieses Schlupfloch bot.

18

Abends wurde es ruhig im Hotel. Eben hatte ich das letzte Zimmer vermietet, neue Gäste standen daher nicht mehr ins Haus. Ich hängte das *Belegt*-Schild an die Tür und verschloss sie, so dass sie nur noch mit Chipkarte zu öffnen war. Olga war irgendwo im Haus unterwegs, kümmerte sich um die Wäsche oder hatte sonst wie zu tun. Immer wieder horchte ich in mich hinein und versuchte zu ergründen, wie es mir ging. Eine große Last war von mir abgefallen, mein Lebensdrama war zu einem Abschluss gebracht worden. Was mir der unverhoffte Reichtum bedeutete, wusste ich selbst noch nicht zu sagen.

So saß ich eine Weile lang im Halbdunkel hinter dem Empfangsdesk und entschied mich schließlich, meine Gedanken weiter wandern zu lassen. Unten aus meinem Zimmer holte ich mein Tagebuch und fuhr hinauf ins Obergeschoss. Dort trat ich auf das Dach hinaus. Tatsächlich war es ein Sommerabend, wie man ihn sich wünschte: Keine stockige Hitze vom Nachmittag, stattdessen ein lindes Lüftchen, bei dem man sich gerne im Freien aufhielt. Ich blätterte in dem Buch und ließ alle Stationen noch einmal Revue passieren. Die Erinnerung an Gorgo würde immer eine wunde Stelle bleiben, sonst blieb nur wenig unerfüllt.

Ich hörte Schritte. Olga war durch das Dachfenster geschlüpft und kletterte nun zu meiner Aussichtsplattform hoch, den abgeflachten Blechen, auf denen sich so gut sitzen ließ. Sie bewegte sich selbstverständlich und trittsicher und würde zweifellos bald meinen Drang in die oberste Sphäre der Stadt teilen. Sie nahm neben mir Platz.

»Ich muss dir von Susi erzählen«, sagte ich.

»Gibt es da etwas, was ich wissen müsste?«

»Susi ist die Frau in meinen Träumen, und ich möchte dir erzählen, wie es dazu kam. Hier, das ist sie, mehr weiß ich nicht von ihr.«

Ich klappte mein Tagebuch auf und zeigte ihr die eingeklebte Fotografie. Dann begann ich zu erzählen. Es war, als webte ich ein Band, das mich nicht mehr in Fesseln legte, sondern sich flatternd im Wind bewegte und hinaustragen ließ, luftig und frei.